背叛

The Sellout

Paul Beatty

[美国] 保罗·比第 著

邓晓菁 译

译林出版社

图书在版编目（CIP）数据

背叛 /（美）保罗·比第（Paul Beatty）著；邓晓菁译.
—南京：译林出版社，2020.9（2022.7重印）
书名原文：The Sellout
ISBN 978-7-5447-7989-0

Ⅰ.①背… Ⅱ.①保… ②邓… Ⅲ.①长篇小说－美国－现代 Ⅳ.①I712.45

中国版本图书馆 CIP 数据核字（2019）第 236869 号

背叛 ［美国］保罗·比第／著 邓晓菁／译

策　　划 黄　洁
责任编辑 刘　免
装帧设计 周伟伟
校　　对 蒋　燕 王笑红
责任印制 单　莉

原文出版 Oneworld, 2015
出版发行 译林出版社
地　　址 南京市湖南路 1 号 A 楼
邮　　箱 yilin@yilin.com
网　　址 www.yilin.com
市场热线 025-86633278
排　　版 南京展望文化发展有限公司
印　　刷 苏州市越洋印刷有限公司
开　　本 850 毫米 ×1168 毫米 1/32
印　　张 11.75
插　　页 4
版　　次 2020 年 9 月第 1 版
印　　次 2022 年 7 月第 15 次印刷
书　　号 ISBN 978-7-5447-7989-0
定　　价 78.00 元

献给奥尔西娅·阿姆里克·瓦索

目录

序　篇

很难相信吧，身为一个黑人，我从来没偷过东西。从来没逃过税，也没出过老千。我不曾逃票混进电影院，也不曾忘记把多找的零钱还给那些对商业规矩和最低工资标准都无所谓的杂货店收银员。我不曾入室盗窃，也不曾抢过什么酒铺。不曾跑到人满为患的公交车或地铁上，坐在老弱病残专座，掏出硕大的那话儿，脸上带着变态又多少有点沮丧的表情打飞机。可此时此刻，我出现在美利坚合众国联邦最高法院洞穴般的法庭里，我的车非法且不乏讽刺意味地停在了宪法大道上，我的手被铐在背后，我保持沉默的权利早就被放弃，跟我说再见了，我坐在有着厚厚衬垫的座椅上，它就跟这个国家一样，并不像看上去那么舒服。

我是被一个装腔作势的信封传唤来的，上面盖着“重要！”字样的印章，每个字母都大大的，用的是“赌金独得”的那种红色，我从抵达这个城市开始，就一直坐立难安。

“尊敬的先生”，信是这样开头的。

“恭喜，您或已成为赢家！您的案子从数百宗上诉案中被选出，将在美利坚合众国最高法院接受审理。荣幸之至！强烈建议您至少在开庭时间两个小时前到达，开庭时间定于公元……年3月19日上午10∶00。”这封信在结尾提示了从机场、火车站和95号州际公路到达最高法院的路线，还附了一大堆景点、餐厅和宾馆之类的优惠券。没有签名。落款就写着——

此致

敬礼

美利坚合众国人民

华盛顿哥伦比亚特区拥有宽阔的街道、错综复杂的环岛、大理石雕塑、多立克圆柱、巨型穹顶，它本应给人古罗马的感觉。（如果古罗马的大街上到处是无家可归的黑人、搜爆犬、观光公交车还有樱花的话。）昨天下午，我像是某个从洛杉矶丛林最幽暗的角落趿着凉鞋走出来的埃塞俄比亚人，冒险离开了酒店，加入了蓝牛仔乡巴佬的朝圣之旅，在帝国的一座座历史地标前缓慢且充满爱国热情地招摇而过。我满怀敬畏地凝望林肯纪念堂。如果这位“诚实的亚伯”能够重回人世，设法直起他总统宝座上那副二十三英尺四英寸高的瘦削身躯，他会说些什么呢？他会做些什么呢？他会大跳霹雳舞吗？他会玩路边扔硬币的游戏吗？他会看报纸，发现他所拯救的那个联邦现在成了一个功能失调、富豪掌控的国家，发现他所解放的人民现在屈膝成了节奏、说唱和掠夺性贷款的奴隶，发现他的才艺如今更适合在篮球场上而不是在白宫里展示吗？在球场上，他会在快攻中抢到球，急停躲过大胡子的三分球投手，保持住姿势，球入网的时候还要骂骂咧咧。伟大的奴隶解放者，你不能阻止他，你只能试着控制他。

并不意外，在五角大楼，你除了启动一场战争之外，完全无事可做。它甚至不允许游客以它为背景来张“到此一游”的照片。因此，当穿着水手服的海军老兵一家四代将一台一次性照相机用力塞到我手里，让我隔着一段距离跟随他们，然后在他们突然面向镜头，又是敬礼又是亮出世界和平的手势那一瞬间偷偷给他们拍合影时，能借此机会为国效力真是让我开心。在国家广场，那儿正上演着一出针对华盛顿的单人示威行动。一个孤军奋战的白人男孩躺在草坪上，处心积虑摆出一个恶搞的姿势，让远处的华盛顿纪念碑看上去像是一个巨大、尖耸而挺拔的白人老二，从他门襟大开的裤子里冒出来。他跟碰巧路过的人开玩笑，还冲人家的手机镜头摆笑脸，轻抚他那错位摄影中的异常勃起。

在动物园，我站在灵长类动物的笼子前，听到一个女人惊呼，那只四百磅重的大猩猩骑在一截橡木上，警觉地监视着笼子里的其他同类，看上去多么“有总统范儿”。她的男友用手指敲敲信息牌，指出这只“有总统范儿”的银背大猩猩的名字恰好就叫贝拉克，那个女人更是放声大笑，直到她看见我——这个屋檐下另一只四百磅重的大猩猩，正往嘴里塞着最后一口大冰棒或金吉达大香蕉。这时她表情尴尬，大声道歉说她只是一时口无遮拦而我又偏巧长成这样。“我有几个最好的朋友就是猴子。”她脱口而出。这次轮到我笑了。我明白她为什么会这样。这座城市整个就是一根容易说漏嘴讲错话的舌头，是为美国的功绩与罪行竖起的混凝土老二。奴隶制？天命论？《拉文与雪莉》？在德国试图将全欧洲的犹太人斩尽杀绝时悠闲地袖手旁观？为什么非洲艺术博物馆、大屠杀博物馆、美国印第安人博物馆和美国妇女艺术博物馆是我最好的几个朋友？而且，我想让你知道，我的外甥女嫁给了一只红毛猩猩。

只需来趟穿越乔治城和唐人街的一日游，一次路过白宫、菲尼克斯宫、布莱尔宫和当地嗑药宫的漫步，就能把这事儿搞得非常清楚。不管是在古罗马还是当代美国，你要么是公民要么是奴隶，要么是狮子要么是犹太人，[1]要么有罪要么无辜，要么舒服要么不爽。在这儿，在美利坚合众国最高法院，戴着手铐，坐在这个滑溜溜的皮衬垫座椅上，避免我的屁股耻辱地摔到该死的地板上的唯一办法，就是使劲往后靠，直至我倾斜到某个角度，姿势不像在羁留室里那么满不在乎，但肯定达到了藐视法庭的程度。

法院工作人员们带着一串像雪橇铃铛一样叮当响的钥匙走了

进来，如同一队拖着车厢的克莱兹代尔马，留着侧剃渐层发型，两两并行，由上帝之爱和国家共同驾驭。走在前头的一个骄傲的矮胖女人，胸前抱着和鲜艳的饰带一样五颜六色的传票，拍了拍我的椅背。她让我坐直，但我乃传说中的不服从的公民，挑衅地把身子更使劲地往后仰，结果一下子摔在地上，来了个笨拙的非暴力抵抗的大屁股蹲儿。她在我面前晃着一把手铐钥匙，用一只胖胖的没什么汗毛的手臂把我拉起来，再把椅子推到桌下，我甚至都能从散发着柠檬味儿的桃花心木抛光桌面看到我西装领带的倒影。我以前从没穿过西装，那个卖给我西装的人跟我说，“你会喜欢自己这副样子的，我担保！”可映在桌子上盯着我看的那张脸，看上去像是任何一个发型为玉米辫、脏辫、秃头或爆炸头的西装革履的黑人，你叫不出他的名字，也看不出他的脸长得像谁——他看上去像一个罪犯。

“你打扮得很棒的时候，你感觉也会很棒。”那个卖西装的家伙对我信誓旦旦，打了包票。所以，等我回家后，我一定会把那一百二十九美元要回来，因为我可不喜欢我现在这副样子、这种感觉。我感觉自己就像这套西装——廉价，扎人，而且已经脱线了。

大多数时候，警察认为民众对他们应该心存感激。不管他们是给你指了去邮局的路，还是在警车后排座位上打你的屁股。具体到我的情况，就是给我解开手铐，把大麻烟和嗑药工具还给我，并向我提供最高法院传统的鹅毛笔。但这位女士打从和她的同事们今天一早在最高法院自负不凡的第四十四级台阶顶上遇到我的时候开始，就一直面带同情。在铭刻着“法律面前人人平等”的门楣下，他们肩并肩站着，眯眼望着朝阳，防风夹克上飘落着头屑一般的樱花，挡住我进法院大楼的路。我们都心知肚明，这幢大楼是个拙劣的伪装，是这个国家最后一刻毫无意义的权力秀。唯一不明白这个笑话的是可卡猎犬。那根可伸缩的拴绳在它身后飕飕作响，它向我一跃而起，兴奋地嗅我的鞋和我的裤腿，用它湿乎乎的流着鼻涕的鼻子蹭我的裤裆，然后又乖乖地在我身边坐下，尾巴骄傲地拍打着地面。指控我的罪名实在太严重了，要是因为我在联邦政府的不动产地盘上持有大麻而拘捕我，无异于指控希特勒形迹可疑地瞎晃悠，或者指控一个像英国石油公司这样五十年来不断炸毁炼油厂、排放有毒物质、进行虚假宣传的跨国企业乱丢垃圾。于是我在桃花心木桌上响亮地敲了两下，清了清我的烟管，擦了擦大麻脂，把它吹到地上，把自家种植的佳品塞进烟斗。然后，就像行刑队指挥官为犯人点燃最后一支香烟那样，女警察体贴地拿出她的比克打火机给我点上。我拒绝了蒙眼布，来了大麻吸食史上最荣耀的一口。打电话给所有那些支持种族定性的、反对堕胎的、焚烧国旗的、接受第五修正案的人吧，让他们要求重审，因为我在这个国家最高级别的法院里嗨高了。工作人员吃惊地望着我。我成了斯科普斯的猴子[2]，重获新生的非裔美国法理学演进过程中丢失的那一环。我可以听到那只猎犬在过道里呜咽，爪子扒拉着门，而我冲屋顶的巨大饰带上的面孔喷出了一个原子弹蘑菇云大小的烟团。汉谟拉比、摩西、所罗门——这些由有纹理的西班牙大理石雕刻而成的民主和公平竞争之象征，穆罕默德、拿破仑、查理曼大帝，还有一个穿着宽袍、有点壮硕的古希腊男孩站在我的上方，向我投以冷酷的、审视的目光。我想知道他们对斯科茨伯勒男孩[3]和小阿尔·戈尔是不是也报以同样的蔑视。

只有孔子看起来比较冷静。他穿着运动型中式绸缎广袖长袍、功夫鞋，留着少林师傅的胡须。我把烟斗高高举过头顶，向他献上大麻——千里之行，始于一口……

“那套‘千里之行’的鬼话是老子说的。”他说。

“你们这些诗人哲学家的话，我听着都差不多。”我说。

在一长串具有里程碑意义的种族相关案件里，这是最新的一次旅程。我敢说宪法学者和文化古生物学家将会就我在历史时间轴上的位置展开争论。他们会用碳素测定我烟斗的年代，确定我是不是德雷德·斯科特[4]的直系后代，他是一个有色的大麻烦——身为一名生活在自由国度里的奴隶，对他的妻儿来说够爷们儿，爷们儿到有胆起诉主人以争取自由，但对宪法来说又不够爷们儿，因为在最高法院看来，他只不过是一份财产：一个“并不拥有白人必须予以尊重的任何权利”的黑色两脚兽。他们会仔细阅读案情摘要，翻查内战前的牛皮纸文书，试图断定这个案子的结果是确认还是推翻了普莱西诉弗格森案[5]。他们会仔细搜索种植园、公共住房项目、城郊地块上的都铎式平权运动宅邸，挖开后院的土，在变成化石的骰子和多米诺骨牌里找寻歧视的幽灵遗迹，将埋在成捆法律文书里石化了的权利和令状上的灰尘拭去，并宣布我是路德·“卢克·天行者”·坎贝尔这一脉络中“未被预见的嘻哈一代的先例”，是齿间漏风的说唱歌手，为自己派别的权利而战，戏仿那个白人多年来对待我们的方式。但如果我能坐在审判席的另一边，我会从首席大法官伦奎斯特的手里抢过自来水笔，写下唯一的异议，明确指出：“任何一个以‘我好性感’作为主打调调的怪咖说唱歌手，都无权得到白人或者其他配得上翻毛皮彪马鞋的嘻哈迷的尊重。”

烟在我喉咙里灼烧。“法律面前人人平等！”我对空大喊，这是在大麻的力道和轻飘飘的宪法作用之下说出的证词。在跟我成长于其中的社区差不多的地方，那些现实贫乏但辞藻华丽的地方，死党们常说：宁被十二个人审，也不要六个人抬。这是一句箴言，一句常被重复的说唱歌词，是两害相权取其轻的最后防线，表面上关乎对体制的信任，实际上则意味着先开枪，把你的信任交给公设辩护人，然后为你仍拥有健康而谢天谢地。我不具备那样的街头智慧，但据我所知，并不存在什么上诉法院的推论。我从没听到哪个街角小店里的流氓在吞下一口麦芽酒后说：“我宁可被九个人复审，也不想被一个人裁决。”人们为了实现铭刻于最高法院大楼门楣上那看似轻巧的“法律面前人人平等”而奋斗甚至献身，但不管有罪无罪，多数违法者都没能走这么远。他们的上诉基本上限于一个母亲泪流满面地祈求上帝怜悯，或者祖母老房子的二次按揭这一类案子。而且，如果我相信这种口号，我必定会说我已获得的正义多于我应得的，但我不相信。如果人们需要用“劳动使人自由”[6]、“世界上最大的小城”或者“地球上最幸福的地方”这类话去装饰一座建筑、一片区域，这就是缺乏安全感的迹象，是对占用我们有限的时空给出的一个做作借口。去过内华达州的里诺吗？它是世界上最狗屎的小城。如果迪士尼乐园真是地球上最幸福的地方，那你要么对此保密，要么免费开放，而不是一张门票的价格相当于撒哈拉沙漠以南一个国土面积相当于底特律的非洲小国的人均年收入。

早先，我并不这么想。在成长过程中，我曾以为美国黑人的所有问题只需一句口号就能彻底解决。比如一句简洁有力的“自由，平等，博爱”[7]，我们可以把它贴在嘎吱作响的铸铁大门上，绣在厨房壁挂和仪式彩旗上。它，就像非裔美国人的最佳民俗和发型，必须简洁但有内涵。要高贵，还得有点平等主义色彩。它是一张代表整个人种的名片，表面上看没有种族特征，但那些谙熟内情的人知道，它是非常、非常具有黑人特色的。我不知道小伙子们从哪儿冒出这样的想法，但当你的朋友无不对他们的父母直呼其名，你总还是有种哪里不对劲的感觉。而在这个歇斯底里、危机四伏的时代，破碎的黑人家庭能够围坐在壁炉边，凝望壁炉架，看着自己用刷爆了的信用卡从深夜电视购物节目里买到的手工精制的纪念盘套装或限量版金币，上面镌刻的文字鼓舞人心，令人欣慰，这难道不是很好了吗？

其他族群是有口号的。“不曾被征服，不会被征服”是契卡索民族的名片，虽然它不适用于赌场的游戏桌，或美国内战中与南方邦联的战斗。“真主至大。”[8]“没办法。”[9]“绝不重演。”“哈佛大学96级。”“保卫市民，服务市民。”[10]这些可不仅仅是问候语和陈词滥调。他们是重装上阵的代号。是加强我们生命力的语言之“气”，把我们和其他有同样想法、同样肤色、同样鞋履的人团结在一起。在地中海沿岸国家，他们怎么说来着？一样的面孔，一样的人种。[11]每个人种都有自己的口号。你不相信我说的话吗？你认识那个人力资源部的黑发小伙子吗？那个做事像白人，说话像白人，但就是看着不那么对劲的人？去找他。问他为什么墨西哥守门员那么野蛮，或者停在外面的墨西哥玉米卷饼车里卖的东西是不是真的可以安全食用。去吧，去问问他，戳戳他，摸一下他印地欧式平平的后脑勺，看他是不是会转过头说那句西班牙语宣言——“为了族裔，可以做一切！离开族裔，什么都不是！”

我十岁的时候，曾在被窝里熬过一个漫漫长夜，我抱着贪玩熊，它充满了像泡沫一样莫测的语感和布鲁姆式的教条主义，它是绒毛熊里的文学家，也是我最激烈的批评者。在人造丝蝙蝠洞霉味十足的黑暗中，它几乎不能动的黄色短粗胳膊奋力想抱紧手电筒，我们打算用八个以下的单词来拯救黑色人种。我拼尽全力用上了在家上学学到的拉丁语，终于憋出了一句口号，然后塞到它心形的塑料鼻子下面征求意见。我的第一次尝试：**黑色美国：我来，我看见，我征服——炸鸡**！贪玩熊失望地把耳朵翻下来，闭上硬硬的塑料眼睛。**永远忠诚，永远时尚**，它竖起了脖颈上的聚酯毛发。后来它开始生气地挠床垫，用黄色小胖腿站立起来，还亮出了尖牙和熊爪，我努力回想童子军手册的内容：在面对一个仗着偷喝了酒柜里的葡萄酒、拥有语言组织能力而暴怒的毛绒卡通熊时,应该怎么办。“如果你遇到一头生气的熊——保持镇静。用温柔的声音说话，站在原地，敞开思路，写下清楚、简单、鼓舞人心的拉丁语语句。”

同一个身体，同一种思想，同一颗心灵，同一份爱。

不错。这句话看起来很适合刻在车牌上。我能想象到它用手写体环刻在一枚种族战争荣誉奖章边缘作为装饰的样子。贪玩熊也不讨厌这句话，但从它那天晚上临睡前皱起小鼻子的样子，我能看出，它觉得我的这句口号暗含某种群体思维，黑人不是总抱怨被贴上毫无特点的标签吗？我并没有告诉它黑人的想法的确相似，这样会毁掉它的好梦。虽然大家不会承认，但每个黑人都觉得自己比其他任何一个黑人优秀。我从来没有收到全国有色人种促进会或城市联盟的反馈，所以这个黑人信条只存在于我的头脑里，迫不及待地要去服务一场运动、一个国家，以及一个品牌标志（毕竟，如今品牌就是一切）。

也许我们并不需要什么口号。“黑鬼，你是了解我的，我的口号是……”这话我已经听了多少次？如果我够聪明，我就会好好施展拉丁语。一个词十美元。如果来找我的不是我的街坊邻居，或者要我翻译“不要怪玩家，要怪就怪游戏”这句话，我得收十五美元。如果“一个人的身体就是他的神殿”此言不虚，我真可以大赚一笔。在大街上开一家小店面，身上有文身的顾客们排起长龙，他们把自己变成了跨教派的朝圣之地：古埃及十字架、古非洲的桑科法标志、耶稣受难十字架为争夺肚子上的地盘，与阿兹特克的太阳神以及大卫之星这一单星星系混战。汉字沿刮了汗毛的小腿和脊柱倾泻而下。他们以为那句话是中国人对已故至亲的呼唤，意思是“安息吧，比弗利奶奶”，实际上却是“没有小票！没有双边贸易协定！”。天哪，这可真是座金矿。哪怕跟香烟的价格一样高，顾客还是整宿络绎不绝。我可以坐在厚厚的树脂玻璃窗后，搞一个加油站售货员用的那种能滑动的金属钱箱。我会把抽屉拉出来，然后顾客像监狱里的犯人传递小纸条一样，偷偷地塞给我他们的动人言词。越是硬汉，笔迹越是工整。越是软心肠的女人，用词就越挑衅。“你是了解我的，”他们会说，“我的口号是……”然后把现金，还有用各种介质——从血到眼线笔——书写的莎士比亚名句、《疤面煞星》台词、《圣经》段落、校园警句和黑道格言放到抽屉里。不管这些话是写在一张揉成团的酒吧餐巾纸上，写在沾着烧烤酱汁和土豆沙拉的一次性纸盘上，还是写在一本从少管所的某次骚乱开始记的秘密日记（如果我告诉别人，我就玩完了）里小心撕下的一页纸上，我都会认真对待这工作，Ya estuvo[12]（甭管这是什么意思）。因为对这些人来说，“嗯，如果你拿枪顶着我的脑袋……”可不是一种凭空假设，当有人用冰冷的金属枪口指着你文在太阳穴上的阴阳八卦符号，而你还能活下来发一番感叹，那你无须读《易经》就能感受宇宙平衡和腰间文身的力量。因为，除了“种瓜得瓜，种豆得豆”，你的口号还能是什么呢？

生意没那么忙的时候，他们会带着我的作品过来给我看。在路灯下闪闪发光的古英语字母，它们正确的拼法和语序展现在他们的无袖背心和抹胸里汗津津的肌肉上。“废话少说，钱说了算。”间接宾语从句和直接宾语从句在他们的颈静脉上熠熠生辉。科学的文字，浪漫的语言，随着邻家女孩凹凸有致的曲线上下起伏，确有几分别致。“根茎要硬。”像胶带一样贴在他们前额上的不牢固的名词变格，可能是他们当中大多数人最接近成为白人、像白人那样被理解的地方。“要么装残废，要么进局子。”这是非本质的本质论。“入帮先递投名状，退帮唯有一死。”你在镜中看到你的口号,并加以思考,你心满意足。“任何不偏执的黑人都是疯子。”如果尤里乌斯·恺撒是黑人的话，他应该会这么说。“按你的年龄做事，而不是按你的鞋码。”如果日益信奉多元主义的美国决定请人拟一个新口号，我乐意效劳，因为我有比“合众为一”[13]更棒的主意。

“打盹就要落后。”

有人从我手里拿过了烟斗。“嗨，老兄。这玩意儿是不错。现在要开工啦，哥们儿。”汉普顿·菲斯克，我的律师兼老友，平静地把剩下的大麻烟吸完，然后把空气清新剂喷瓶里装的抗真菌喷雾喷了我一身。我太嗨了，说不出话来，所以我们用扬下巴、点头的方式打招呼，彼此会心一笑，因为我们都闻出了这熟悉的气味。热带微风——当年我们为了瞒住爸妈经常用的玩意儿，因为它闻起来像天使粉[14]。要是老妈回到家里，甩掉帆布鞋，闻到苹果肉桂或草莓奶油的清新香气，她会知道我们吸过，但是如果闻着像天使粉，那她就会把臭味儿怪到“瑞克叔叔之流”头上，她也有可能干脆啥也不说，她根本没精力去管她唯一的孩子有可能毒品上瘾的问题，她希望这事能不了了之。

在最高法院出庭辩论不属于汉普[15]的业务范围。他是一个老派的刑事辩护律师。如果你打他办公室的电话，你毫无疑问会听到“请不要挂机”的提示音。倒不是因为他特别忙，或者没有秘书接听，又或在你打电话的同时，碰巧有个笨蛋也在给他打电话，因为看见了他在公交车站座椅上登的广告，或他花钱找临时工在拘留室的金属镜子和警车后座的树脂玻璃上写的800号码[16]（1-800-自由）。这是因为他喜欢听自己的电话留言提示音，那是关于他在法庭上所赢得的胜利和无效审判的长达十分钟的朗诵表演。

> 您已经接通了菲斯克集团的电话——每家律师事务所都可以列举他们的案件，但我们可以赢得案件。谋杀——无罪。醉驾——无罪。袭警——无罪。性侵——无罪。虐待儿童——无罪。虐待老人——无罪。盗窃——驳回。伪造——驳回。家庭暴力——驳回（超过一千宗）。与未成年人发生性行为——驳回。教唆未成年人参与毒品犯罪——驳回。绑架——驳回……

汉普明白，只有最绝望的被告人才有耐心一直坐在那儿听他啰里啰唆把洛杉矶县刑法典的几乎每条罪名，先用英语，再用西班牙语，继而用他加禄语罗列一遍，这些人正是他想要代理的人。全世界受苦的人，他这样称呼我们。这些穷到没钱付有线电视费、笨到不知这一长段中没一句要紧话的人。他喜欢这样说："如果冉阿让找我做他的代理律师，那么《悲惨世界》就只有六页纸可写了。偷窃一块面包——驳回。"

我的罪名没有列在答录机里。地区法院传讯我时，法官在让我提出抗辩之前，念了一长串指控我的重罪。总之，如果进展顺利的话，从亵渎国土到合谋破坏，我的罪名无所不包。我站在法庭上，吓得目瞪口呆，试图弄清楚在“有罪”和“无罪”之间是否存在第三种状态。为什么我的选择只能必居其一？我想。为什么我不能“两者皆非”或“两者皆是”？

在犹豫了很长时间之后，我终于面向法官席说道："大法官阁下，我以我是人抗辩。”为此，我得到法官一抹理解的窃笑以及一个藐视法庭的罪名，这立刻在汉普的争取下减为“服刑完毕”。然后他代表我作无罪抗辩，还半开玩笑地要求更换审判地，鉴于这些指控的严重性，他建议考虑在纽伦堡或者马萨诸塞州塞勒姆审判。汉普并没跟我说什么，但我猜，这个他先前以为无非是常见的内城黑人作怪的简单案子突然触动了他，而他第二天就申请将案件提交至联邦最高法院。

不过这都是旧事了。眼下，我在华盛顿哥伦比亚特区，我在法律之绳的末端摇摇欲坠，被回忆和大麻搞得晕晕乎乎。我的嘴里干得冒烟，感觉就像我昨晚在圣莫尼卡码头狂饮又狂追墨西哥妞儿无果，之后醉醺醺地刚从7路公交车上醒来，往窗外一望，因大麻的副作用迟钝地意识到自己坐过了站，却也不知道自己在哪儿，为什么所有人都盯着自己看。就像法庭前排的那个女人，倚在木质护栏上，她的脸因愤怒而皱成一团，朝我这边竖起她细长、精心修过还做了美甲的两根中指。黑人女子的手都很美，随着每声“去你的”而向空中一戳，她那如可可油一般细腻的手变得越来越优雅。它们是诗人的手，是那种毛发自然生长、戴铜手镯、在哀歌里把万事万物比作爵士乐的教师诗人的手。生孩子像爵士乐。穆罕默德·阿里像爵士乐。费城像爵士乐。爵士乐像爵士乐。一切都像爵士乐，除了我。在她看来，我就像黑人音乐的盎格鲁–撒克逊混音版。我是黑皮肤的帕特·布恩，唱胖子多米诺《那不是很伤人吗?》的注水版。我是披头士弹出《一夜狂欢》开头那令人魂牵梦萦的一声和弦之后，每一个非朋克英式摇滚弹拨出的音符。但是，何不谈谈鲍比·考德威尔《你不会为爱做的事》、杰瑞·穆勒根、第三贝斯和詹尼斯·乔普林?我想冲她喊回去。埃里克·克莱普顿怎么样?不，我得把这句收回。去他的埃里克·克莱普顿。她的大胸冲在前，接着才是整个身子翻过护栏，她怒气冲冲地越过警察，向我扑过来。“你没看见这东西真是又长又软、又闪又贵吗?混蛋，**你会**待我如女王!”她的拙劣指控紧跟着话语而来。托尼·莫里森标志性的披肩飘动在她身后，就像条羊绒做的风筝尾巴。

现在她就在我面前，平静却语无伦次地唠叨着黑人的尊严、奴隶船、“五分之三妥协”、罗纳德·里根、人头税、华盛顿示威游行、后撤的四分卫之谜，甚至三K党披着白色战袍的马怎样也成了种族主义者，最重要的是，日益过剩的“**年轻**黑人**青年**”颇具可塑性的头脑必须受到怎样的保护。然后，瞧啊，那个双臂抱着老师臀部，脸埋在她大腿里的脑子进水的小男孩，他的头脑绝对需要一个保镖，或者至少需要做心理预防。这个男孩抬起头来呼吸，热切地看着我，希望我能解释他的老师为何那么恨我。他没有得到答案，于是又回到那温暖湿润的幸福之地，并不知道按照刻板印象,黑人男性不会到那下面去。我能跟他说什么呢？“你知道为什么在你玩《梯子和滑梯》游戏的时候，就快到终点了却掷了个六点，然后落在那个又长又确实很弯曲的红滑梯上，一举让你从第六十七格退回到第二十四格？”

“不知道，先生。”他会礼貌地回答。

“因为，”我会一边抚摸他圆头锤一样的脑袋一边说，“我就是那个长长的红滑梯。”

诗人老师狠狠扇了我一个耳光。我明白这是为什么。她就和这里的大多数人一样，想让我有负罪感。希望我表现出一些悔过之意，泪流满面，给国家省点钱，也能让她减少一些跟我同为黑人的难堪。我也同样等着那熟悉的、势不可挡的身为黑人的罪恶感让我跪倒在地。用毫无意义的陈词滥调将我打倒，直到我俯下身来向美国苦苦哀求，痛哭流涕地忏悔我对肤色和国家犯下的原罪，乞求我引以为傲的黑人历史能够原谅我。但是，什么也没有发生。只有空调的嗡嗡响声，还有我吸了大麻后的快感，保安把她带回座位时，小男孩紧跟在后面，死死抓住她的披肩，我面颊上的那种刺痛，她希望永远留在我脸上的那种刺痛，已经消失了，我发现自己根本不能唤起一丁点罪恶的痛感。

这就是这事儿的恶心之处，我这辈子将第一次受审，却没有丝毫的罪恶感。那种无处不在的罪恶感，和快餐店的苹果派、监狱里的篮球赛一样黑的罪恶感，终于消失了。我感到自己几乎白到放下了种族羞耻的重担，那重担足以让一个戴眼镜的大学新生惧怕食堂里的“炸鸡星期五”。我就是学校在富丽堂皇的文献中高声宣扬的所谓“多样性”,但说到底又没提供足够多的经济资助，让我能在所有新生面前大嚼鸡腿里的脆骨。我不再属于那种集体罪恶感，那种不让第三提琴手、行政秘书、股票经纪、“并不那么惊艳但她是个黑美人”的选美冠军星期一早上出现在上班的地方，以防他们向每一个在场的白人混蛋开枪的罪恶感。这种罪恶感曾迫使我为每一次反弹传球失误，每一次政客接受联邦层面的调查，每一个瞪大眼睛、操拉斯特斯[17]腔的喜剧演员，还有1968年之后出品的每一部黑人电影小声说“我错了”。但我不再感到应对此负责了。我现在明白，黑人唯一不觉得有罪的时刻，就是我们的确犯了错的时刻，因为这让我们从“生为黑人”与“我本无辜”的认知不协调中解脱出来，反而将锒铛入狱的前景视为一种解脱。被称为黑鬼是一种解脱，给共和党投票是一种解脱，和白人通婚是一种解脱，尽管只是暂时的。

这种太舒服的感觉反而让我感到不舒服，我又做了最后一次与我的同类保持一致的尝试。我闭上眼睛，头倒在桌子上，将我的宽鼻子藏进臂弯。我聚精会神地呼吸，摒除一切私心杂念，在我偌大的黑人性白日梦知识库里挑选，直到翻出划痕累累的民权斗争影片档案。我小心翼翼地捏着它脆弱的边缘，把它从神圣的胶片盒里取出来，带它穿越精神链轮和心理大门，经过我脑子里那个偶尔灵光一闪、迸发些体面主意的灯泡。我打开投影仪。没有必要对焦。人类的大屠杀总是被以最高的清晰度拍摄和回忆。形象如水晶般清晰，永久地烙印在我们的记忆中和等离子电视的屏幕上。在那个没完没了的黑人历史月[18]的循环里，狗在狂吠，消防水龙头在喷射，血从痈中渗出，暗淡的血流过两美元理的发型，从闪着汗水和晚间新闻反光的脸上淌下来，正是这些十六毫米胶片记录下的画面形塑了我们的集体超我。但今天我只有延髓在工作，无法集中精神。我脑海里的影片开始跳跃，噼啪作响。声音被切掉了，在亚拉巴马州塞尔玛，示威者像多米诺骨牌一样接连倒下，仿佛基斯通的黑人同时踩到一块平权运动的香蕉皮，他们滑倒在街上，腿脚和梦想都四仰八叉，一片混乱。华盛顿的示威者成了民权的僵尸，十万强壮的僵尸梦游一般步伐一致地走进购物中心，把他们僵硬而充满渴求的手指伸向属于他们的那磅肉。领头的僵尸看上去精疲力竭，因为每次有人想要对黑人应不应该做什么、可不可以拥有什么发表高见时，他就要被人从死者中拉起来。他不知道麦克风已打开，用别人几乎听不见的声音承认，如果他以前在南方的种族隔离午餐柜台上尝过这冒充冰茶的无糖液体的话，他也许会叫停这一整套叫作民权的东西。在抵制、殴打和杀戮发生之前。他把一听健怡可口可乐放在讲台上。“可乐让人生更美好，”他说，“这是真材实料的好东西！”

我还是那样，毫无负罪感。如果我真的倒退了，拖了所有美国黑人的后腿，我才不在乎呢。黑人不再像以前那么怕狗，这成了民权运动带来的唯一看得见摸得着的福利，这难道是我的错吗？不，当然不是。

法警站起身，敲了一下她的法槌，念出最高法院的符咒："**尊敬的美利坚合众国最高法院首席大法官和各位大法官阁下。**"

汉普顿扶我颤巍巍地站起来。在大法官们努力做出不偏不倚的姿态,顶着艾森豪威尔时代的发型,带着“当一天和尚撞一天钟”的工作日态度面无表情地步入法庭时，我们跟其他在场的人一样，像出席内阁会议一般庄重地起立。身披黑色丝质法袍的黑人大法官不小心忘记摘掉他那价值五万美元的铂金劳力士，这时却不能表现出浮夸的做派，真是遗憾。我想，要是我有比时间老人更好的工作保障，[19]我也会扬扬得意。

肃静！肃静！肃静！

在这一刻，经过五年没完没了的判决、推翻原判、上诉、延期和审前听证，我甚至都搞不清自己到底是原告还是被告了。我只知道那个佩戴着后种族计时器的、哭丧着脸的大法官一直死死盯住我。他亮晶晶的眼珠子透着严惩不贷的眼神，一眨不眨，他很生气我搞砸了他政治上的权宜之计。我让他很窘迫，他像一个初次去城市动物园的小孩子，失望地经过一个又一个看上去空空如也的爬行动物的笼子，终于在某个馆停下来，大声叫道："他在那儿！"

他在那儿，藏在灌木丛后面的**非洲变色龙**。他黏糊糊的四肢平静而呆滞地紧扒住司法的树枝，默不作声地啃咬着不公平的叶子。"眼不见，心不念"是黑人劳动者的口号，但现在整个国家都看见他了，我们集体把鼻子贴在玻璃上，惊叹于他竟然能在美国国旗的红色、白色和蓝色下，把自己纯黑的亚拉巴马屁股成功伪装了那么久。

所有来到大法官阁下和美利坚合众国最高法院面前的人，都被告诫应身体前倾，全神贯注，因为本院正在进行庭审。上帝保佑美利坚和这庄严的法院！

汉普捏捏我的肩膀，这是为了提醒我不要为难自来卷的黑人大法官或者他所代表的共和国。我什么都不必做。我不需要干洗店发票的复印件、警方的报告或者保险杠被撞瘪的照片。在这里，律师论辩，法官发问，我只需放松自己，尽情嗨。

首席大法官宣布庭审开始。他那毫无激情的中西部做派对于减轻法庭里的紧张感大有帮助。“今天上午我们首先要听取编号为09–2606的案件的辩论……”他停顿了一下，揉了揉眼睛，镇定片刻，继续念道，“09–2606案，米（Me）诉美利坚合众国。”没有哄堂大笑。只是有人偷笑，有人翻白眼，有人倒抽一口凉气说：“这个混蛋以为自己是谁啊？”我承认，“米诉美利坚合众国”听起来的确略显傲慢，但我能怎么说呢？我就姓“Me”。就是这么拼写的。一个不那么显赫的肯塔基州米依氏（Mee）后裔，首批在洛杉矶西南安居的黑人家族之一，我的根可以一直追溯到第一条为逃离政府批准的南方镇压而建立的通路——灰狗公交车。但我出生时，犹太艺人纷纷改名，焦虑不安又毫无建树的黑人出于羡慕而纷纷效仿，置身于这一古怪传统中，我父亲遂决定截短自己的姓，把最后那个没用的字母甩掉，像杰克·本尼甩掉了“本杰明·库贝尔斯基”，基尔克·道格拉斯甩掉了“丹尼尔洛维奇”，像杰里·刘易斯甩掉了“迪安·马丁”，马克斯·巴尔甩掉了“施梅林”，第三贝斯甩掉了下城科学，小塞米·戴维斯连犹太教也一起甩掉了。他不打算让多余的元音拖我后腿，重蹈他的覆辙。老爸喜欢说，他既没有英语化也没有非洲化我的姓，而是把它实用化了，我一出生就达到了我的潜力极限，可以跳过马斯洛、三年级和耶稣。

最丑的电影明星、最白的说唱歌手，还有最笨的知识分子，在他们所选择的职业领域中往往是最受尊重的一员。汉普，这位看起来像个罪犯的辩护律师深谙此道，他信心十足地将牙签放在桌子上，他的舌头在一颗镶金门牙之后开动了，他整了整跟乳牙一样洁白的西装，那套双排扣西装又长又宽松，像个空空的热气球套在他瘦削的躯体上。这跟他那埃及艳后般的化学电烫黑卷发，跟他那迈克·泰森淘汰赛第一回合上的黑皮肤浑然一体，或者说格格不入，这取决于你的音乐品位。我有点期待他在法庭上这样说："男皮条客和女皮条客们，你们可能听别人说我这位客户不够诚实，这样说不足为奇，因为我的客户就是个骗子！"在社会活动家能上电视节目、拥有百万美元的年代里，汉普顿·菲斯克这样的人堪称凤毛麟角，他们这些热衷公益的混蛋相信这个体制和宪法，但是谁能看到现实和说辞之间的鸿沟呢？我确实不知道他是否真的相信我，但我知道，当他开始为辩无可辩的人进行辩护的时候，信与不信就已经没有差别了，因为他是那个名片上印着"对穷人而言，每天都是星期五便装日"的人。

菲斯克还没有说完"恳请庭上"，黑人大法官就从座位上几乎不为人觉察地往前倾了倾。本来没有人会注意到，但转椅下面一只吱吱作响的轮子出卖了他。每当有人提及《民权法案》某个晦涩难懂的条款或创造先例的案件，大法官就会小幅度地扭动身躯，焦躁地将身体重心在他那糖尿病患者的松垮屁股蛋之间左右移动，他的椅子随之发出越来越大的吱扭声。你可以同化这个人，但不能同化他的血压，他前额正中愤怒搏动的血管出卖了他。他向我投以那种疯狂的红了眼的尖锐目光，我们老家管这种眼神叫“威洛布鲁克大街之眼”，威洛布鲁克大街是20世纪60年代狄更斯市将白人区和黑人区分隔开来的冥河，横贯四条巷子。但是，如今，在这个后白人时代，后“任何穷得叮当响的人都嗨”的时代，街道的两边都是地狱。冥河两岸是危险之地，当你站在人行横道上等交通信号灯改变的时候，你的人生可能会发生改变。有些代表某种肤色、某个派系或者处于哀伤五阶段中某一阶段的家伙开车经过，可能会把手枪从双色跑车副驾一侧的车窗伸出来，抛给你一个最高法院黑人大法官的眼神，然后问："你从哪儿来，笨蛋?"

当然，正确答案就是“没从哪儿来”，但有时，在没安消音器的发动机发出的震天响的噼里啪啦声中，在争论不休的确认提名听证会上，在自由派媒体质疑你的资质时，在黑人贱货先是默许转头就告你性骚扰时，他们根本听不到你说的话。有时，“没从哪儿来”还真不是一个足够好的答案。倒不是说他们不相信你，毕竟“每个人都来自什么地方”,而是因为他们不愿相信你。而现在，大法官失去了贵族礼仪的那层虚饰，皱着脸坐在自己的高背转椅上，浑似一个在威洛布鲁克大街上漫游，因为自己有一把霰弹枪所以人称“霰弹枪”也坐在“霰弹枪”专属副驾座位上的黑帮兄弟。

在漫长的最高法院的任期里，头一回，黑人大法官想要发问。他以前从未在中途插过话，因此不太清楚怎么开口。他慢慢抬起胖胖的手，雪茄一样的手指伸向空中，以便获得那位意大利裔大法官的允许。但他太恼火了，还没等得到批准就脱口而出："黑鬼，你疯了吗?" 声音尖细，跟他这般体型的黑人极不相称。他既不客观，也不冷静，他伸出火腿大小的拳头，狠狠砸在法官席上，悬在首席大法官头顶天花板上的那座巨大而华丽的镀金挂钟都震得晃了几晃。黑人大法官紧贴着话筒，大声嚷起来，我虽然坐在离法官席只有几英尺远的地方，但我们的差距以光年计。他想知道，今时今日，怎么会有一个黑人能拥有一个奴隶，能如此践踏宪法第十三修正案规定的神圣原则？我怎么能故意无视第十四修正案，辩驳说有时隔离反而能将人们团结在一起？像所有相信这个体制的人一样，他想要知道答案。他想要相信，是莎士比亚本人写了所有那些作品；林肯打内战是为了解放奴隶；美国加入第二次世界大战是为了解救犹太人，是为了维护世界的安定，推行民主；耶稣和双片连映将重返人间。但我可不是过分乐观的潘格洛斯[20]式美国人。在我做那些事情的时候，我可没有去想什么不可剥夺的权利和我们这个民族引以为豪的历史。我就是做了件管用的事，打什么时候起，这一丁点儿奴隶制和种族隔离真的伤害到了什么人？如果真是伤害到了，那就他妈的这么着吧。

有时，当你跟我一样嗨翻了，想和说之间的界限就变得模糊起来，从黑人大法官口吐白沫的情况来看，我最后的那些话说得有点太大声了，“……那就他妈的这么着吧”。他像是要打架一样站起身来。他在耶鲁法学院受教育期间于最深处囤着的一团唾沫，涌上了舌尖。首席大法官大声叫了下他的名字，黑人大法官硬是控制住了自己，扑通坐回到椅子上。把他的唾沫，甚至可以说是他的自尊，生生咽了回去。“种族隔离？奴隶制？你这狗娘养的混蛋到底是怎么回事，我他妈的知道你父母明明给了你更好的教养！那就让我们开始这个绞刑派对吧！”

你铲起的屎

一

我认为这正是问题所在——在成长过程中，我并没有被教养得更谙世事。我父亲（愿卡尔·荣格使他的灵魂安息）是一个小有名气的社会科学家。作为自由心理学的开创者，据我所知也是唯一的实践者，他喜欢穿着实验室外套围绕房子，也就是“斯金纳箱”[1]走来走去。在那儿，我，他精瘦的、一脸茫然的实验小黑鼠，严格依照皮亚杰的认知发展理论在家里接受教育。他没给我喂过饭，只是把不冷不热的食欲刺激放到我面前。我没有受到过体罚，只因为无条件反射而弄得满身伤痛。我没有得到过爱，而是在一种经过精确计算的亲密环境中被养大，担负着强烈的使命感。

我们住在狄更斯，洛杉矶南郊的一个贫民区。我是在城里的一个农场上长大的，这听起来可能怪怪的。狄更斯于1868年建成，和除尔湾之外的加州其他大多数城镇一样，起初是个农业社区。这里是愚蠢、脑满肠肥的共和党白人以及支持他们的墨西哥佬和东亚难民们的繁殖地。这个城市最初的特许状里规定："狄更斯应保持以下传统：没有中国人，没有各种肤色、口音和帽子的西班牙人，没有法国人、红发人、城市老滑头和身无所长的犹太人。”然而，创建者们囿于他们多少有限的智慧，还规定运河边的五百英亩地将被永久辟作可称为“居民农业区”的专区，因而我所居住的地方——狄更斯一片十方街区的区域便非正式地作为农场诞生了。当你进入农场地界时，你会意识到，因为城市的人行道、滚滚车轮、车载音响、紧张情绪、进步主义者的投票记录，都将消失在弥漫着牛粪味儿的空气里。如果风向适宜的话，还能闻到大麻的清香。成年男人缓慢驾驶轻型越野摩托车，准备通过满是农场鸟禽叫声和身影的街道，从鸡到孔雀，应有尽有。他们双手脱把，数着一小沓钞票，匆匆抬眼，好奇地挑一下眉，撇一下嘴：“怎么样？还好吗？”钉在前院树上和篱笆上的马车车轮给农场风格的房屋平添一层地道的拓荒者风格，但每个窗户、入口通道和狗门都配备了比监狱食堂还多的栏杆和挂锁，这显得有些违和。门廊前面，早已世事洞明的老年人和垂髫之年的孩子坐在摇摇晃晃的草坪躺椅上，用弹簧折刀削东西，等待着有什么事情发生，就像一直发生的那样。

在我认识老爸的二十年里，他曾在西河岸社区大学做过临时的心理学系主任。对他这个在肯塔基莱克星顿一家小养马场长大的马厩经理的儿子来说，做农活是一种怀旧。当他因获得教职来到西海岸，既能住在黑人社区又能喂马的机会真是太棒了，绝对不容错过，即使他不曾真正付得起按揭和维修的费用。

如果他是一名比较心理学家的话，一些牛马兴许可以活过三岁，西红柿也可能会少生点虫，但在内心深处，他对黑人自由问题的兴趣远远大于害虫防治和动物王国的兴旺。为了打开通往精神自由的大门，我成了他的安娜·弗洛伊德[2]，他的小小案例研究。他不教我骑马的时候，就在我身上重复著名的社会科学实验，我既是控制组，又是实验组。和任何一个幸运到足以到达形式运思期的“原始”黑人小孩一样，我开始意识到，自己经历了多么糟糕的成长过程，永远也无法从记忆中抹去。

我想，如果考虑到当时缺少伦理委员会来监督我老爸的这套育儿方法论的话，那么实验的初衷还是很单纯的。20世纪初，行为主义者华生和雷纳为了证明恐惧是一种习得行为，把九个月大的“小艾伯特”放在白鼠、猴子和一捆捆烧坏的新闻纸等中性刺激物中间。起初，作为实验对象的小婴儿可以面对类人猿、啮齿类动物和火焰这一刺激序列而不受干扰，但是在华生反复用老鼠搭配极高的噪声之后，久而久之，“小艾伯特”不仅开始害怕白鼠，而且对所有毛茸茸的东西都惊恐万分。我七个月大的时候，老爸把玩具警车、冷藏的罐装蓝带啤酒、理查德·尼克松的竞选徽章和《经济学家》杂志等物品放在我的摇篮里，但这非但没能让我适应震耳欲聋的噪声，反而使我害怕呈现在我面前的刺激，因为它们总是与以下情形同时出现——爸爸拿出家用点三八口径特种枪，冲着天花板来几轮扫射，把玻璃震得噼啪响，同时大吼“黑鬼，滚回非洲去！”，声音大到足以盖过起居室四声道立体声音响播放的《亚拉巴马，甜蜜的家》。直到现在，我都没法耐着性子看完一部哪怕最常见的罪案电视剧，倒是对尼尔·杨[3]有种奇怪的亲切感。睡不着的时候，我不去听暴雨或海浪声的录音，而是去听水门事件的录音。

家里人说，从一岁到四岁，他都把我的右手绑在背后，这样我就能长成一个右脑发达、注意力集中的左撇子。我八岁时，他想测试“旁观者效应”适用于“黑人社区”的情况。他复制了臭名昭著的基蒂·吉诺维斯的案例，让尚未到青春期的我扮成不幸的吉诺维斯女士。1964年，她在纽约的冷漠街头遭到抢劫、强奸，并被刺死。她发出了《心理学入门》教科书般的凄惨呼救声，几十名旁观者和邻近的住户却置若罔闻。因此，就有了“旁观者效应”的概念：周围有可能提供帮助的人越多，获得救助的概率就越低。老爸假设这一点并不适用于黑人，黑人可是一个靠守望相助才生存下来的友爱的种族。于是他让我站在社区最繁忙的路口，口袋里塞的钱多得冒了出来，耳朵里塞着最新最闪的电子小配件，脖子上挂着一串颇有分量的嘻哈风金链子。令人费解的是，我的胳膊上还搭着一套定制的本田思域脚垫，如同服务生的毛巾。在我泪流满面时，我的亲爹抢劫了我。他在一群旁观者面前把我打翻在地，不过那群人并没有旁观太久。他刚在我脸上打了两拳，人们就冲了上来，不是为了救我，而是帮他。他们帮他一起暴打我，兴奋地把飞肘和电视里摔跤的那套加了进来。一个女人给了我一记非常精准的后背位裸绞锁喉，事后回想起来她下手还算仁慈。等我恢复意识的时候，看到我父亲正在对她和其他袭击者做问卷调查，他们脸上还汗津津的，胸口因洋溢着乐于助人的热情而起伏，我能想象，跟我一样，他们的耳边仍回响着我的尖叫和他们的狂笑。

“您对自己的无私行为满意程度如何？”

非常不满意		比较满意		非常满意
1	2	3	4	5

回家的路上，老爸把一只手臂搭在我疼痛的肩膀上以表安慰，就他未能将“从众效应”考虑在内的失误发表了一番表示道歉的说辞。

后来，他又想检验“嘻哈一代的奴性与顺从”。我十岁左右时，父亲让我坐在一面镜子前，他拿出一个罗纳德·里根的万圣节面具戴在自己头上，实验室外套上别着一对已淘汰的环球航空的机长翼徽，宣称自己是一名“白人权威”。“镜子里的黑鬼是一个愚蠢的黑鬼。”他用那种尖锐的、讨厌的“白人嗓音”向我解释。有色人种喜剧演员才会用这种嗓音。同时，他在我的太阳穴上安了一套电极片。电线连着一个骇人的操作台，上面布满了按钮、表盘和老式电压表。

“你要按照桌子上的那张纸，向镜子里的男孩问一些他应该知道的黑人历史方面的问题。如果他答错了，或者没能在十秒钟内作答，你就按下红键，他会被电一下，每错一次，电压就增强一些。”

我知道最好别去装可怜求同情。这会让老爸对我咆哮，我看了唯一拥有过的一本漫画书，活该落得这样的下场。《蝙蝠侠203：蝙蝠洞暴露惊天秘密》，一本发霉的、封面翘角的过期杂志，有人丢在了农场院子里，我把它收起来，呵护一番，让它恢复到能看的状态，它就像一本受了伤的文学作品。那是我从外面的世界读到的第一本书，我在家庭学校的课间把它抽出来的时候，老爸把它没收了。从那天起，每当我回答不出问题，或者在社区遇到什么糟糕的事，他就会在我面前晃着那本封面摇摇欲坠的杂志。“看，如果你没有在这种垃圾上浪费生命，肯定早就知道蝙蝠侠可不会赶来救你和你的朋友！”

我念了第一个问题。

“在1957年宣布独立之前，西非国家加纳是由哪两个殖民地组成的？”

我不知道答案。我竖起耳朵想听到拥有火箭推进系统的蝙蝠侠正呼啸而来，却只听见我父亲的秒表在倒计时。我咬紧牙关，把手指放在红色按钮上，等待计时结束。

“答案是多哥兰和黄金海岸。”

我乖乖地照父亲事先说的那样，按下了按钮。表盘上的指针和我的脊柱同时绷直，我看到镜子里的自己猛烈地跳起了吉特巴[4]，持续了一两秒。

天哪。

“这有多少伏？”我问他，手不由自主地发抖。

“受试者只能问纸条上列出来的问题，”老爸冷冷地说，伸手越过我把一个黑色表盘向右调了几下，指针现在又停在了XXX上，“现在请念下一个问题。”

我的视线变得模糊不清，我怀疑是身心失调所致，眼前的一切都失焦了，像旧货市场里快没电的屏幕上播放的五美元一张的盗版碟。为了能看清下一个问题，我得颤抖着把纸凑到鼻子前面。

“在两万三千名报考纽约最精英的公立高中史岱文森高中的八年级学生中，有多少名非裔美国人的分数达到了录取线？”

我刚念完，鼻子就开始流血，鲜红的血滴从左侧鼻孔淌出来，以每秒一滴的完美节奏落在桌子上。父亲抄起他的秒表，开始倒计时。我疑惑地望着他。这个问题太紧跟时事了。显然他在吃早饭的时候看了《纽约时报》。为准备当天的实验，一边吃一碗米酥糖一边寻找种族问题的素材。他一页又一页地翻，速度和怒气使得纸页在清晨的空气中噼啪作响。

如果蝙蝠侠那时正好冲进厨房，看到一个父亲打着科学的旗号电击自己的儿子，他会怎么做？怎么能这样？蝙蝠侠会打开他的万能腰带，发射一些催泪小子弹，当老爸被烟雾呛到的时候，蝙蝠侠会收手，以免他窒息而死。还有足够长的蝙蝠绳，可以绑住他热狗一样的胖脖子；接下来会用激光手电筒射他的眼睛，用微型相机拍几张照片留给子孙欣赏，再用万能钥匙偷走老爸那辆只在去白人街区时才开的天蓝色卡门吉亚经典敞篷跑车，然后我们扬长而去。那是蝙蝠侠会做的事。可我，只是个胆小的蝙蝠侠迷，以前是，现在还是，我只能在心里质问这问题本身出得有多拙劣。比如，到底有多少黑人学生参加了入学考试？史岱文森高中班级的平均人数是多少？

但是，这一次，在第十滴血落在桌子上之前，在我父亲还没来得及喊出答案（七名）之前，我按下了红色按钮，自我执行了一场让人神经破碎、生长停滞的电压冲击，它会让雷神托尔胆战心惊，足以给一个已经服用了镇静剂的受教育人士实施脑白质切断术。因为那时我自己也很好奇。我想知道，如果你把一个十岁黑人男孩遗赠给科学，会发生什么。

我的发现是，“清肠”这个说法是错的，因为真实情况恰恰相反，是我的肠胃清洗了我。这是一场排泄物大撤退，完全可以和历史上的几次大撤退相媲美。敦刻尔克。西贡。新奥尔良。但是，与英国人、越南资本家，还有被洪水赶出家园的九区居民不同的是，我的肠道住户们无处可逃。那些没法在我屁股和鸡巴里驻留的屎尿，像散发恶臭的黏糊糊的浪潮顺着我的腿冲刷下来，在我的运动鞋内外堆积。我父亲不想破坏实验的完整性，他只是捏住了鼻子，示意我继续答题。谢天谢地，第三个问题是："武当帮有几个成员？"我知道答案，因为如果我不知道，我的脑子就会变成烟灰色，和烧到国庆节第二天的烧烤炭块儿差不多了。

我的儿童发展速成班在两年后宣告结束，那次老爸试图复制肯尼斯·克拉克和玛米·克拉克博士夫妇对黑人孩子做的关于肤色意识的实验，他们用的是黑人和白人玩具娃娃。当然啦，我父亲的版本多了一点革命性，更现代化一点。在克拉克夫妇的实验里，两个可爱的娃娃，真人大小，穿着马鞍鞋，一个白色，一个有色，放在小学生面前，让他们挑一个自己喜欢的；我父亲放了两组精心制作的娃娃在我的面前，问我："你想跟谁一起玩，在什么样的社会文化潜文本下一起混，儿子？"

我称为肯和马里布芭比的娃娃组合身穿泳衣，配了浮潜通气管，戴了泳镜，正在梦幻甜甜屋的泳池边乘凉。另一个娃娃组合里，马丁·路德·金、马尔科姆·X、哈莉特·塔布曼，还有一个棕色皮肤的蛋形威宝娃娃奔跑或摇摆着经过一片沼泽灌木丛，后面跟着由塑料德国牧羊犬领头的一支全副武装的私刑党队伍，他们头上裹着三K党床单，是我的特种部队成员。"那是什么？"我问道，指着在沼泽上慢慢旋转的一个白色圣诞树小装饰，它像迪斯科球一样在午后阳光下闪闪发亮。

“那是北极星。他们向着北极星的方向奔跑，奔向自由。”

我拿起马丁、马尔科姆和哈莉特，故意用问题逗我父亲：“这些是什么，**不会动**[5]的人偶？”马丁·路德·金看着还行。他很时髦，身穿亮闪闪的黑色紧身西装，一只手上用胶水粘着甘地的自传，另一只手里拿着话筒。马尔科姆的衣着与之相似，但被戴上了眼镜，一枚点着的燃烧弹正在慢慢融化他的手。笑容满面、种族不明的威宝娃娃，看着有点像我父亲的童年版，如广告宣传语所说的那样不停晃动，无论是在我手掌上艰难地保持平衡还是在被信奉白人至上主义的骑士追赶时都不会倒下。不过，塔布曼女士就不太对劲了。她裹着一只合身的粗麻布袋，我不记得哪本历史入门书把这个被称为摩西的女人写成这样：三围分别为36、24、36英寸的沙漏型身材，丝绸般的长发，修过的眉毛，蓝色的眼睛，性感厚嘴唇，尖尖的乳头。

“爸爸，你把芭比画成了黑色。”

“我想维护美的门槛。设置一条关于可爱的基线，这样你就不会说哪一个娃娃比别的更好看。”

庄园芭比背后有根弦。我拉了一下。“数学太难了，我们去购物吧。”她用唱歌一般的尖尖的嗓音说话。我把黑人英雄们放回到厨房桌子上的“沼泽”里，把他们的肢体摆成奔跑的样子。

“我会跟肯和芭比在一起玩。”

我父亲丧失了他的科学客观性，一把扯住我的衬衫。“你说什么？为什么？”他大叫。

“因为白人有更好的装备。我是说，你看看，哈莉特·塔布曼有一盏汽油灯、一根破拐棍，还有个指南针。可肯和芭比有沙漠越野车和快艇！完全不能比。”

第二天，我父亲就把他的“研究成果”扔到壁炉里付之一炬。即便是专科学校，也奉行“不发表就出局”原则。他不曾得到过标有他名字的专属停车位，不曾有机会减少课时量，雪上加霜的是，我是一个失败的社会实验。一个在统计学意义上无关紧要的儿子，这击碎了他对于我和黑人种族所抱有的双重希望。他让我上交我的梦幻之书。他不再管我的零用钱叫“正面刺激”，开始称它为“赔偿”。虽然他从未停止过推进“书本学习”，但不久后就给我买了第一把铁锹、干草叉和剪羊毛用的剃刀。他在我屁股上拍了一下，让我到地里去，还在我的牛仔工装裤上别了一个标志，上面写着布克·T. 华盛顿的名言——“就地打水，无须他求”，这是用来鼓励我的。

如果真存在人们拼命想抵达的天堂，我希望（看在老爸的分上）那里有天国心理学杂志。这份杂志能够发表失败的实验结果，因为承认某些缺乏事实依据的理论或否定性结论，跟发表肯定性结论证明红葡萄酒就像我们过去总是假装相信的那样包治百病，具有同等的重要性。

关于父亲的记忆并不都是糟糕的。虽然严格来讲我是他唯一的孩子，但就和许多黑人男性一样，老爹有很多孩子。狄更斯的公民是他的孩子。他也许并不是养马高手，但他以黑人劝语者的身份在城里远近闻名。每当有黑人做了“他妈的发了疯的事儿”，需要有人跟他们谈话，把他们从大树上或者跨崖高速公路上劝说下来时，电话就会打来。我父亲会抓起他那部社会心理学圣经——《规划变革》，作者是贝尼斯、贝恩和罗伯特·秦，秦是一位不幸被严重低估的华裔美国心理学家，我父亲从未见过他，却称他为导师。大多数孩子听到的是睡前故事和童话，我却是在诸如题为“系统环境模型对实践者的效用”的章节中进入梦乡的。我父亲就是一个不折不扣的实践者。他每次去做黑人劝语时都带着我。在路上他会吹嘘说，黑人社会与他本人的境遇相似，都是ABD。

“除了论文什么都有？”

“除了胜利什么都有。”[6]

我们到现场之后，他会让我坐在附近一辆小货车的车顶上，或者站在巷口的垃圾桶上，给我一个标准便笺本，让我来做笔记。四周是闪烁的警灯、哭喊声和他麂皮鞋踩上碎玻璃发出的轻柔嘎吱声，我真心为他担惊受怕。但是，老爸有一种旁人所不及的本事，他能接近无法接近之人。他的脸上既饱含同情又略显阴沉。他掌心朝上，就像放在汽车仪表盘上的耶稣雕像，他会朝着某个拿刀乱挥的神经病走去，那家伙的瞳孔已经扩散，在一夸脱轩尼诗XO加上一打淡啤的作用下眼神迷离。老爸无视还沾着脑浆和粪便的血迹斑斑的工作服，会像迎接老友那样拥抱那个人。人们以为他是靠着自己无私的品格才能跟人如此亲近，但在我看来，是他的声音起了作用。我父亲用升F调说话，如嘟喔普贝斯一般低沉。那是一种既引人共鸣又亲切温柔的语调，会让你心安，你仿佛成了穿波比短袜的少年，在听“绸缎美声五人组”歌唱《夜色静谧》。能让野兽得到抚慰的不是音乐，而是系统脱敏法。父亲的嗓音里有一种能让愤怒的人们放松下来的力量，他们因此忘却焦虑，直面恐惧。

读小学时，我知道加利福尼亚是一个特别的地方。石榴的味道让人流泪，夏天的大太阳让我们的爆炸头变成血橙的红色，父亲谈到道奇体育场、白仙粉黛葡萄酒，还有他最近一次在威尔逊山顶看到绿光日落的时候，会变得特别兴奋。而且，你想想看，差不多所有让20世纪变得可以忍受的东西都是在加州的车库里发明的：苹果电脑、布吉冲浪板和匪帮说唱。多亏了我老爸做黑人劝语者的工作，我见证了最后那项发明的诞生。早上六点，在寒冷黑暗的贫民区，离我住处两个街区的地方，卡尔·“基洛·G.”加菲尔德[7]，沉浸于毒品和丁尼生忧郁的诗句所带来的幻觉，突然从车库冲出来，斜睨他的莫尔斯金笔记本，指尖夹着一根燃着的烟管。那是可卡因摇滚时代的巅峰时刻。我那时大约十岁。他爬进一辆改装过的花里胡哨的黄色丰田皮卡的车斗里，品牌名称里的“TO”和“TA”都已经磨没了，所以后挡板上就只剩下“YO”了。他开始拼尽全力大声背他的诗，连在一起的抑扬格五音步，点缀着点三八口径镀镍枪的枪声，还有他妈妈让他别赤身裸体出门的哀求。

浅色黑鬼的进击[8]

半公升，半公升，

　　前进半公升的路

老英吉利八百[9]骑兵

　　全部进入死亡之谷

前进，浅色皮肤的黑鬼！

　　“用你们的血上膛！”他命令；

老英吉利八百骑兵

　　进入死亡之谷……

特警队赶到现场，用巡逻车的车门和梧桐树作掩护，把冲锋枪端在胸前，但他们总是忍不住笑，一直无法射出致命的一枪。

他们不去想到底为什么，

他们只知道射击和闪躲：

老黑在他们右边

老黑在他们左边，

老黑在他们前边

尽情狂欢，醉步蹒跚

白粉和中空弹壳横飞

当老破车和小流氓横躺

他们炸得太过疯狂

脱离了死亡的大嘴

从地狱之屋撤退，

只剩下他们

剩下老英吉利八百骑兵

当我的父亲，黑人劝语者，脸上闪过一丝幸福的微笑，身形灵活地越过警察设的路障，用裹着花呢外套的胳膊搂了搂基洛·G这位崩溃的毒贩，冲他的耳朵说了些深奥的劝语，他茫然地眨着眼睛，像个舞台表演志愿者被印第安赌场催眠师搞得呆若木鸡那样，平静地交出了他的枪和心房的钥匙。警察逐渐靠近，准备实施逮捕，而我父亲请他们退后，让基洛完成诗朗诵，甚至在每一句的末尾他都出声应和，装作知道词句的样子。

他们的光芒和声音何时会消失？

啊，他们发起过最狂野的进击！

整个操蛋的世界为之惊奇。

致敬他们的进击

致敬浅色黑鬼的进击

高贵的轻骑兵此刻把老英吉利八百一饮而尽。

警车和巡逻车消失在晨雾中，留下我如上帝一般的父亲独自站在街道中央，陶醉于自己的人道主义大爱中。他不无得意地朝我转过身来。“你知道我说了什么才让那个变态的混蛋放下枪的？”

“你说了什么呀，爸？”

“我说，‘老兄，你要问自己两个问题：我是谁？我怎样才能成为我自己？’这是最基本的人本疗法。你要让客户感觉到自己很重要，感觉到他或她在掌控治疗的全过程。要记住这玩意儿。”

我想问他，他为什么从来不用跟“客户”说话时的那种鼓励加安慰的语调跟我说话，但我明白，我得到的将是一顿皮带而不是答案，而我的治疗过程将要用到红汞，另外，代替禁足的会是一次三至五周的荣格积极想象刑期。远处，红蓝警灯无声却闪亮地旋转，像某种遥远的螺旋星系飞驰而过，又如同内城的北极光照亮清晨的海雾。我把手指塞进树皮上的一个弹孔，心里想的是，我要像藏在树干里十圈年轮深处的鼻涕虫那样，永远都不离开这个地方。我会上本地的高中，以中等成绩毕业，携一份威利·朗普朗普式的有拼写错误的六行字长的简历，辗转于职介中心、脱衣舞酒吧停车场和公务员考试辅导班之间。我会跟玛耳珀萨·德利萨·道森——那个住在隔壁的妞儿，我的意中人，我唯一的真爱——结婚，做爱，然后杀了她。我会有孩子，会用“送你们去军校”加“如果你们被捕我不会保释”来威胁他们。我会成为在色情酒吧打桌球，背着老婆跟在国家大道和韦斯特伍德大道上的乔氏超市里打工的金发小妞鬼混的那种黑鬼。我不会再用我失踪的母亲的事情烦我老爸，最终我自己要承认，母亲的角色就像艺术三部曲，被高估了。因为我从来没有喝过母乳，或者看完《指环王》《天堂》《银河系漫游指南》，所以我用一辈子的时间自虐。我会和加利福尼亚所有中下阶层人士一样，死在我出生的房间里，眼睛盯着天花板吊顶上从1968年地震遗留下来的裂缝。“我是谁？我怎样才能成为那个人？”这类内省式问题，到那时并不适合我，因为我已经知晓答案。和整个狄更斯城的人一样，我是我父亲的孩子，一个我生长环境的产物，除此之外什么也不是。狄更斯城就是我。我就是我父亲。问题在于，他们都从我的生命中消失了，先是我老爸，然后是我的家乡。忽然之间，我不知道我是谁了，对如何成为我自己更是一无所知。

二

西区，黑鬼！什么？

三

贫民区物理学三大基本定律是：咄咄逼人的黑鬼会一直咄咄逼人；不管太阳在天空的哪个位置，时间永远是“自己看表，别来烦我”；第三条是，一旦你爱的人遭枪击，此事肯定发生在你大学三年级上到一半，准备回家过寒假的时候，你牵着马来一次午后小骑，和你的父亲约好在老地方——东东甜甜圈知识人，一个本地智库——见面，在那儿他会和这一带的其他学者不停地用苹果酒、肉桂卷和转化疗法来骚扰你。(不是因为老爸认为你是同性恋，而是他担心你从来不会在外面玩到十一点以后，担心你的字典里看起来没有“屁股”这个词。) 那是一个寒夜。你正想着自己的心事，享受最后那点儿香草奶昔，这时你撞见一群警探围着一具尸体。你跳下马来。你慢慢凑近，认出一只鞋，或者一截衣袖，或者一件首饰。我父亲脸朝下趴在十字路口。我认出那是他的拳头，竖着，关节紧扣，手背上仍然青筋暴起。我破坏了犯罪现场——拣出他蓬乱爆炸头上的线头，整了整他发皱的牛津衬衫领子，拨掉他脖子上的小石子儿，然后，（根据警方报告）我不可思议地将手伸进他身体周遭的血泊里，而让我自己吃惊的是，那血竟是冷的。不是热的。不是一个正派却又有些疯狂、从未实现自我的人因黑色的愤怒和毕生的挫败而汩汩沸腾的热血。

“你是他儿子？”

警探上下打量我。他皱起眉头，眼珠转来转去，确认着我的各个身体特征。在他轻蔑的假笑背后，我几乎可以看到他的大脑正拿我的疤痕和身高信息与他脑中存储的通缉重犯数据库进行交叉比对。

“对，我是。”

“你有什么特别之处？”

“啊？”

“涉事警官说，他攻击他们的时候，大喊大叫，说什么‘我警告你，你们这些肛门滞留人格的家伙、典型的专制主义者，你们可不知道我儿子是什么人！’那么，你很特别吗？”

我是谁？我怎样才能成为那个人？

“没有，我没什么特别之处。”

你老爸死的时候，你应该大哭。你应该诅咒这个体制，因为你父亲死于警察之手。你应该悲叹自己生在一个只保护有钱白人和不同种族的电影明星的警察国家，却身为中下阶层和有色人种的命运，尽管我一时也真想不起哪个亚裔美国明星。但我没有哭。我认为他的死是个圈套，是他苦心经营的另一个用来教育我应对黑人困境、激励我有所作为的实验，我以为他多半能够站起来，拍掉身上的尘土，说道："看见了吧，黑鬼，如果这样的事儿都能发生在世上最聪明的黑人身上，想想你这笨蛋会遭遇什么。不要以为种族主义已经消亡了，他们就不会随便朝眼前的黑人开枪了。"

此时此刻，如果我能选择的话，我才懒得管身为黑人这件事呢。时至今日，当我从信箱里收到人口普查的表格时，我会在"种族"一栏里勾选"其他种族"，然后骄傲地写下"加利福尼亚人"。当然，两个月后，一个做人口普查的工作人员会出现在我的门前，看我一眼，开口说："你这讨厌的黑鬼。身为黑人，你有什么要为自己说的吗？"身为黑人，我从来没有什么要为自己说的。这个时候，口号就派上用场了，如果我们有的话，我会高举我的拳头，把它大声喊出来，并当着政府人员的面重重地摔上门。但我们没有口号。所以我只好低声下气地说"对不起"，然后在标明"黑人、非裔美国人、黑鬼、懦夫"那一栏的旁边潦草写下自己的姓名缩写。

不，我有生以来仅有的那点灵感也并不来自任何种族自豪感。它源自那种与曾催生伟大的总统、伟大的篡权者，诞生工业巨头和足球队长的热念同样久远的渴望，那种让人去做所有本来不想做的事情的俄狄浦斯式的渴望，比如尝试打篮球，跟邻居家的孩子干一架，因为，在这个家里，我们不挑事儿但绝对能解决事儿。我说的仅仅是最基本的需求，孩子想要取悦父亲的需求。

许多父亲在孩子身上培养这种需求，早在婴儿时期就开始毫无节制地操控他们。他们用头顶旋摔、大冷天儿的圆筒冰淇淋、周末陪孩子去索尔顿湖和科学博物馆玩来溺爱孩子。那些可以凭空随手抓出一张张美元的源源不断的小魔术和家庭招待日的智力游戏，让你以为从山上都铎风格的建筑奇迹二楼所看到的风光，甚至是整个世界，很快就要归你所有。这些都是被设计出来哄骗我们的，让我们相信没有老爸以及他们所提供的父辈的指导，我们的余生将成为没有米老鼠的“我早就跟你说过是这样啦”的无意义存在。但是后来到了青春期，经过太多次私家车道篮球场上的意外肘击，醉酒的午夜打在头顶上的巴掌，喷在我们脸上的那几口冰毒，只是尝试学着老爸那样说一句“操”，就有人把墨西哥辣椒对半掰开塞进你的嘴，你才意识到凉冰冰的好东西和去免下车洗车房是偷梁换柱的养育。这是为他们减退的性欲，为拿回家的一成不变的工资，为他们自己没能力过上他们的父亲期待的生活所做的障眼法和遮掩术。试图取悦父亲的俄狄浦斯情结实在太强大了，它甚至在我所住的社区都起了主导作用，在这里，父亲的角色在大多数情况下是缺失的，尽管如此，孩子们晚上还是乖乖地坐在窗前等爸爸回家。当然，我的问题在于，老爸永远都在家里。

所有证据都已拍照留存，证人提供了证言，可怕的杀人笑话讲完了之后，我连奶昔都没放下，用腋下夹住父亲千疮百孔的尸体，把他的脚后跟拖过粉笔描的尸体轮廓，拖过黄色数字标的弹壳记号，拖过路口、停车场、玻璃双开门。我让父亲坐在他最喜欢的座位上，点了他的“老三样”——两个巧克力糖霜甜甜圈和一大杯牛奶，放在他的面前。因为他晚到了三十五分钟而且还一命呜呼，会议已经开始了，由福伊·切希尔主持，他是一个快要过气的电视名人，以前是我父亲的朋友，他迫不及待想填补领导之位的空缺。一阵短暂的尴尬之后，东东成员们用怀疑的眼光打量大块头福伊，就像当年林肯遇刺之后这个国家的人看着安德鲁·约翰逊一样。

我大声啜吸剩下的奶昔。这是继续进行的信号，因为我的父亲应该会希望如此。

东东甜甜圈的革命必须进行下去。

我父亲早在注意到东东甜甜圈店是本地所有非拉美裔或黑人的生意中唯一没在骚乱中被烧遭抢的一家时，就一手创立了“东东甜甜圈知识人”。事实上，强盗、警官和消防队员都会利用二十四小时开放的免下车点餐窗口来补充炸面圈、肉桂卷和出奇好喝的柠檬水，以对抗火灾和疲劳，还有那些拿着话筒把一臂所及的人问个遍的讨厌记者，“你认为骚乱能带来什么改变吗？”

“哦，我上电视了，是不是，贱人？”

东东甜甜圈开业以来的这些年，从来没有碰到过抢劫、盗窃、寻衅滋事或者打砸破坏。直到今天，装饰艺术风格的外墙都依然没有遭到涂鸦和尿渍的污染。顾客不会把车乱停在身心障碍人士专用车位。骑自行车的人不用锁车，也不用老盯着自己的车看，而是把车整齐地靠在架子上，就像阿姆斯特丹火车站停着的荷兰自行车那样。内城的这家甜甜圈店拥有一种与世无争的宁静，甚至有点像庙宇。它干净，一尘不染，店员总是神志清醒，恭敬有礼。也许这是因为店里柔和的灯光或明亮的内饰，它们的配色方案是按撒着彩虹糖霜的枫叶来设计的。不管怎么样，我父亲认定这家甜甜圈店是狄更斯城的黑人了解如何为人处世的不二之选。人们乐意给别人递奶精。陌生人礼貌地指指你的鼻尖，做一个世界通用的“抹掉你脸上的糖霜”的手势。在面积号称七点八一平方英里的黑人社区，八百五十平方英尺大的东东甜甜圈店是“社区”（community）里的人可以体验该词拉丁词根“communis”（共同）的唯一地方，是公民可以沉浸在共同归属感之中的唯一地方。因此，在一个落雨的星期天下午，就在智库成员和媒体走后没多久，我父亲点了老三样。他坐在离自动取款机最近的桌子前，没有特别针对什么人地大声说道，“你们知道，白人的平均家庭资产净值是每年十一万三千一百四十九美元，拉美裔是六千三百二十五美元，黑人是五千六百七十七美元吗？”

“真的吗？”

“你的信息来源是什么，老黑？”

“皮尤研究中心。”

从哈佛到哈莱姆的家伙们都尊重皮尤研究中心，闻听此言，好事的老主顾们从吱吱作响的塑料椅子上拼命地转过身来，毕竟甜甜圈店的转椅左右都只能扭六度。老爸彬彬有礼地请经理调暗灯光。我把高射投影仪打开，在玻璃板上放一张幻灯片，我们都伸长脖子望着天花板，那儿现出一张题为“种族导致的收入差异”的柱状图，像一片恐怖的深色统计学积雨云在头顶上方盘旋，威胁着要冲参加集体游行的我们下场大雨。

“我倒想知道这个小黑鬼在甜甜圈店拿个见鬼的投影仪能搞出些什么。”

人们接下来看到的是，我父亲一会儿来一张微观经济学循环流程图，一会儿放一幅米尔顿·弗里德曼的素描，极力要完成一场关于放松规制和系统性种族主义罪恶的即兴讲座。为什么预测了最近一次金融大崩溃的不是银行，也不是媒体所钟爱的凯恩斯主义走狗，而是那些行为经济学家，他们知道左右市场的不是利率和国内生产总值的波动，而是贪婪、恐惧和财政幻觉。讨论变得活跃起来。东东甜甜圈的老主顾们嘴里塞着小面包，嘴唇上粘着椰蓉，他们谴责低息的支票账户和该死的有线电视公司，竟然有脸向那些在7月里没有提前为8月才提供的服务及时交费的用户收取滞纳金。有个女人嘴里塞满马卡龙，都快要喷出来了，她问我父亲，“中国人赚多少?”

“嗯，亚裔男性挣的比统计范围内的其他任何人都多。”

“难道比基佬还多?”副经理喊道，“你确定亚裔挣的比基佬还多?因为我听说基佬不费吹灰之力就能赚到钞票。”

“对，亚裔男性挣的是比同性恋多，但是别忘了，他们没有什么权力。”

“那亚裔男同性恋呢?你有没有通过控制种族和性取向来做回归分析?”这一深具洞察力的评论来自福伊·切希尔，他比我爸爸年长约十岁，此刻站在饮水机旁，手插在口袋里，身穿一件羊毛衫，尽管室外气温已达华氏七十五度。那时他还远不算有钱有名。他当时是加州大学布伦特伍德分校城市研究专业的助理教授，和洛杉矶知识分子阶层的其他人一样住在拉奇蒙，在狄更斯城待着是为了给他的第一本书《黑人地志学：非裔美国人拒绝改变城市贫穷与宽大着装》做田野调查。他说：“我认为，检验自变量对收入的影响可能会得出一些有趣的*r*值。坦率地说，*p*值在0.75的区间内波动是不会让我吃惊的。”[1]

这种自以为是的态度有点招人讨厌，不过老爸对福伊顿生好感。虽然福伊是在密歇根出生和长大的，但老爸在狄更斯城不经常能遇到了解t检验和变量分析之间区别的人。大家边听报告边吃掉一盒甜甜圈之后，无论本地人还是福伊都同意要定期聚会，东东甜甜圈知识人就此诞生。在我父亲眼里，这是一个可以交流信息、公开辩论和集体磋商的机会，在福伊看来，却是人到中年碰到的一个通往名利的跳板。两人的交往一开始就足够亲近。他们共商大计，也一起追过女人。但是，几年过后，福伊·切希尔有了名气，我父亲仍然默默无闻。福伊不是什么深刻的思想家，但那时他比我爸爸有条理得多，我爸爸最主要的强项兼最大的弱点是，太超前于所处的时代。在我爸爸写那些难以理解也无法发表的将黑人所受到的压迫、博弈和社会学习理论熔于一炉的理论文章时，福伊在主持一档电视脱口秀节目，平时采访采访二线明星和政治人物，给杂志写写文章，在好莱坞开开会。

有一次，我看着父亲在桌前拼命打字，问他那些想法是从哪里来的。他转过身，满嘴苏格兰威士忌味儿，对我说："真正的问题不是这些想法从哪里来，而是它们到哪里去。"

"那它们到哪里去呢？"

"福伊·切希尔这样的废物混蛋把它们偷走了，发了笔不小的财，然后请你参加发布会，假装什么事也没有发生过。"

福伊从我父亲那儿偷去的想法，就是获奖的星期六早间卡通片《黑猫和乐队小孩》，一档在全世界以七种语言同时播出的节目，在20世纪90年代中后期，福伊靠做这个节目赚的钱在好莱坞山买了一栋梦幻别墅。我父亲在公开场合未置一词，也不曾在知识人会议上与福伊对质，因为如他所说，"我们这个民族什么都需要，除了尖酸刻薄”。后来，洛杉矶抛弃了福伊，就像他在内心里抛弃了小城一样，他把大把的钞票花在毒瘾和一打长着雀斑的洛杉矶法裔女人那儿了，又被制作公司把剩下的家底骗得一分不剩，最后因为逃税，除了房子和车子之外，他的一切财产都被国税局没收。我父亲始终保持沉默。福伊，一文不名又羞愧难当，用枪指着自己的头，打电话请我老爸去做黑人劝语，将他从自杀的疯狂境地挽救回来，而我父亲恪守医患保密协议，对他盗汗、幻听和自恋型病态人格的诊断，还有为期三周的精神病院住院治疗都守口如瓶。在我虔诚的无神论老爸离世的那晚，福伊为他祈祷并致辞，把他的尸体抱在胸前，搞得好像溅在雨果博斯闪亮白衬衫上的血迹就是自己的似的。你可以从他的脸上看出，尽管他口口声声谴责说，我父亲的死标志着黑人所遭遇的不公，但在内心深处，他很高兴我父亲死了。因为随着我父亲的离去，他的秘密从此安全了，也许他的罗伯斯庇尔式宏大白日梦——将东东甜甜圈知识人变成黑人版雅各宾派，有可能要实现了。

在东东的成员们讨论怎么制订复仇计划时，我提前离会，把父亲的尸体拖过放饮料的冰柜，放在我的马背后边，他脸朝下冲着马屁股，像牛仔电影里那样，四肢在空中晃荡。成员们一开始想阻止我，因为我竟然敢在他们有机会拍一张绝版照片前就把殉难者移走。这时警察赶来了，用他们的车封锁了街道，我没法穿过去。我大喊，我咒骂。我在十字路口围着马打转，威胁说，谁敢靠近我，谁的脑袋就要被马踢。最后，有人打电话呼叫黑人劝语者，但黑人劝语者已经死了。

危机谈判人穆雷·弗洛雷斯警监曾和我爸爸在多次黑人劝语中有过合作。他太了解自己的工作了，不会去美化当时的状况。警监捧起我父亲的头，看看他的脸，愤怒地朝地上啐了一口，“我能说什么呢？”

“你可以告诉我到底发生了什么事。”

“这是个‘意外’。”

“‘意外’是什么意思？”

“这话咱们私下里说啊，意思就是你爸爸的车停在便衣警察奥罗斯科和麦迪纳后面，他们俩当时把车停在了红绿灯前，跟一个无家可归的女人说话。红灯变成绿灯好几次，你爸爸围着他们转了几圈，嘴里还嚷嚷着什么，所以奥罗斯科警官给了他一张罚单和一个严重警告。你父亲说……”

“‘要么是罚单，要么是警告，但你不能把两个一块儿给我。’这是他从比尔·拉塞尔那儿学来的话。”

“没错。你挺了解你父亲的。警官才不管呢，他们拔出了枪，你爸爸像任何一个理智的人一样拔腿就跑，他们朝他背上开了四枪，让他死在路口。那现在你知道实情了。你得让我做我的工作。你得让这个体制去判定这些人是否该为此负责。所以，你就把尸体交给我吧。”

我问了弗洛雷斯警监一个我父亲问过我很多次的问题："在洛杉矶警察局的历史上，你知道有多少警官在执行公务时实施了谋杀吗？"

"不知道。"

"答案是一个也没有，所以，不会有人负责的。我要把他带走。"

"带到哪儿？"

"我要把他葬在后院。你去做你该做的事吧。"

我想我以前从来没有亲眼见过警察吹哨。在现实生活中没有。但弗洛雷斯警监吹响了他那只镀黄铜的警哨，把其他警官、福伊还有东东甜甜圈的抗议者们都赶走了。封锁解除，我引领一支行动极为缓慢的出殡队伍回到了伯纳德路205号。

我父亲一直有个梦想，就是能够彻底拥有伯纳德路205号。"庞德罗莎"，他这么称呼它。"分成制、跨人种领养，还有'先租后买'，都是给笨蛋安排的。"他会一边说，一边研究房地产和零首付投资书，把想象出来的按揭贷款方案敲进计算器里。"我的回忆录……怎么也能轻轻松松凑两万首付。我们可以把你妈妈的首饰当个五六千块，虽然提前支取你的大学教育基金会产生罚金，但如果我们现在把这笔基金全用上的话，拥有一个家指日可待。"

从来就没有什么回忆录，只有他在淋浴时和某位吹着泡泡糖的年方十九的"大学同事"风流快活时喊出的一个个书名。他湿漉漉的头从门里伸出来，透过水汽征求我对于《黑鬼的阐释》和我最喜欢的《我好，你好》的意见。而且，也并没有什么首饰。我的妈妈，曾是《黑玉》周刊的“一周丽人”，照片就在我床头贴的那张褪色的杂志页上，她并未佩戴任何贵重或廉价的珠宝。她简单地做了头发，弯着大腿，涂着唇彩，穿一件金属丝面料的金色比基尼，躺卧在后院的跳水板上。我对她的全部了解，就是列在照片右下角的泛泛的生平介绍。“劳蕾尔·莱斯库克是一名来自佛罗里达比斯坎湾的大学生，喜欢骑单车、摄影和诗歌。”后来，在生活中，我试着寻找莱斯库克女士的踪迹。她曾在亚特兰大做法律助理，在她的回忆中，我父亲是一个素未谋面的男人，却在见过她一张摄于1977年9月的杂志照片之后，用求婚书、怪异的诗句和柯达傻瓜相机拍下的自己勃起生殖器的照片对她进行轮番轰炸。鉴于我上大学的储蓄基金总计有两百三十六美元七十二美分（全部来自我甚少参加的黑人成人礼），而且我父亲的书稿和我母亲的珠宝收藏统统不存在，你会以为我们永远不可能拥有那幢房子了，但走运的是，因为警方的过失导致父亲意外死亡，我后来得到了两百万美元的和解金，在这个意义上，可以说，他和我在同一天买下了这个农场。

乍一看，在两笔交易中，他买下这座人人皆知的农场似乎更具隐喻性。但即便是加州食品与农业局所做的最草率的早期年检也能证实，伯纳德路205号农场的面积为两英亩，位于洛杉矶县最臭名昭著的贫民区里，堪称月球不毛之地的那一面，拿掏空的1973年温尼巴格房车当谷仓，有一座根据《住房援助计划》第八款而建造的拥挤的废弃鸡舍，顶上插着一个完全锈住的风向标，连圣安娜风、厄尔尼诺和1983年龙卷风都没能撼动它。一个地中海果蝇滋生、仅有两棵柠檬树的果园，三匹马，四头猪，一只用超市购物车的轮子充当后足的两腿山羊，十二只流浪猫，仅有一头奶牛的家畜群，一团时时刻刻围绕着充气式“鱼”塘和发酵的老鼠屎的苍蝇积雨云，在我父亲决定要正告便衣警察爱德华·奥罗斯科“把他的狗屎福特维多利亚皇冠车移开，不要再挡着该死的路口！”的那一天，我凭借法院后来作出的执法严重不当而给予两百万美元和解金的认定，借了一笔钱，恢复了这座农场的抵押品赎回权。管这个内城非裔农民蠢货名下的未获补贴的小破地方叫“农场”，简直是在挑战字面意思的底线。如果是我和老爸而非清教徒建起了詹姆斯敦，印第安人会看着我们干枯的、七拐八绕如同迷宫的一排排玉米和金橘树说：“今天的玉米种植研讨会取消，因为你们黑鬼是种不好地的。”

如果你是在贫民区里的农场上长大成人的，你就终究会明白，父亲在早晨做家务时常说的话是千真万确的：人们会吃下你为他们铲起的屎。就跟猪一样，我们都把头埋在饲料槽里。因为猪猡可不相信上帝、美国梦，或者什么笔比剑更有力量。它们对饲料有着义无反顾的信任，就跟我们信任星期天的报纸、《圣经》、黑人城市电台和辣椒酱一样。休息日的时候，他经常请邻居们过来，只是为了让大家围观我干活儿。虽然农场被规划在农业区，但多数家庭早就放弃了弥足珍贵的农场生活方式，把后院的场地让给了标准篮球场、网球场，也许角落还有一间小客房。尽管有一些家庭依然保留着鸡笼，有可能会养一头羊，或者经营一家面向爱冒险的年轻人开设的马术学校，但我们仍然是唯一一个全心全意尝试过农场生活的家庭，试图兑现某个已被人遗忘的内战后的承诺。四十英亩地和一个傻瓜。“这个小黑鬼不像你们这些黑鬼，”我父亲会夸口，一手放在裤裆上，一手指向我，“我儿子会成为一个文艺复兴式的黑鬼。这家伙会成为当代伽利略！”然后，他会打开一瓶施格兰金酒，向邻居分发纸杯和冰块，倒柠檬汽水，他们在后门廊观察我摘草莓、荷兰豆或者别的什么该死的时令蔬菜。最折磨人的是棉花。暂且不说弯腰干活、尖刺儿，还有他播放的保罗·罗伯逊低沉的圣歌，声音大得足以压过隔壁洛佩兹家的墨西哥风格的大牧场音乐，也不说棉花的栽种、浇水和收割完全是在浪费时间（因为我们喝的唯一的酒就是他手里的泡沫塑料杯装的施格兰），摘棉花之所以讨厌，是因为这会让老爸怀旧。带着伤感的醉意，满怀金酒和果汁的骄傲，他对我们的黑人邻居夸夸其谈，说我没在托儿所待过一天，没有一个一起在沙坑玩的小伙伴。相反，他甚至还发誓说，我是被母猪苏西·Q一手带大的，而且还在“猪崽对黑崽”的兄弟姐妹竞争中输给了一头叫作“机灵鬼”的天才猪。

爸爸的朋友们会注视着我非常专业地把棉球从茎上采摘下来，等着看我发出呼哧呼哧的鼻息声，并颠覆奥威尔式的社会秩序，以此确认我那和母猪相关的成长经历。

1. 凡是用两条腿走路的，都是敌人。

2. 凡是用四条腿或者六只翅膀、一块饼干走路的，都是朋友。

3. 凡猪鬼都不可在秋天穿短裤，更别说在冬天。

4. 凡猪鬼都不可让人逮到他在睡觉。

5. 凡猪鬼都不可喝加糖的“酷爱”饮料。

6. 所有猪鬼生而平等，但有一些并不是垃圾。[2]

我不记得父亲把我的右手绑到背后，或者把我放到猪舍里看管，但我的确记得推“机灵鬼”的事，我用两手各扒一条难搞定的用牛奶催肥的后腿，推上木质坡道，推进拖车。作为地球上最后一个使用手势信号的司机，我父亲缓慢转弯，给我讲解秋天之所以是杀猪的最好时节，是因为苍蝇比较少，而且猪肉可以在室外放一段时间，一旦冷冻，肉质就会下降。我没系安全带，像任何一个在汽车座位和安全气囊前长大的孩子一样，我面朝后跪在座位上，透过小小的后窗望着“机灵鬼”，这个大限已到的偶蹄天才，在去屠宰场的路上如体重四百磅的荡妇一般尖叫不止。“上次那局四子棋你是赢了，你他妈的肯定在棋子上抹了东西。‘我击沉了你的战舰’，‘尊我为王！’，狗娘养的。”等红灯时，老爸会把胳膊伸出窗外垂下来，手指朝地，掌心向后。“人们会吃下你为他们铲起的屎！”他的喊声盖过了收音机里的音乐，他换挡，打方向盘，闪转向灯，做手势信号，来一个左转，跟着埃拉·菲兹杰拉德一起唱，与此同时，还要浏览《洛杉矶时报》上的畅销书榜单。

人们会吃下你为他们铲起的屎。

我想说："我把父亲葬在后院，就在那一天，我长大成人。"或者其他可笑的美式废话，但实情是，就在那一天，我如释重负。再也不用佯装路人，看我的亲爹为农贸市场的停车位跟人争吵，看他冲那些把巨大的爱车停进标有“仅限小型轿车”的地方以彰显豪车先行权的比弗利山庄贵妇们大喊。**你这蠢婊子，吃错药了吧。如果你不把那辆见鬼的破车从我的地盘移出去，我对天发誓，我会一拳打在你抹了抗衰老面霜的脸上，把五百年来的白人特权和花五十万美元做的整形手术一下打回原形。**

人们会吃下你为他们铲起的屎。有时，当我骑马来到免下车点餐口，或者回瞪敞篷车里的那些外地小子（他们一边对我这位黑牛仔指指点点，只因我在西格林利夫大道如埃菲尔铁塔一般高耸密布的电线下，在遍布垃圾的田野上放牧，一边露出万般惊讶的眼神）[3]，我会想起父亲铲起来，沿着我的喉咙灌下的那无限多[4]的狗屎东西的每一个细节，直到他的梦成为我的梦。有时，当我打磨锄头，修剪羊毛，我感觉我生命的每一个时刻都不属于我，而是他的“似曾相识的经历”。不，我不是想念我的父亲。我只是遗憾我从来没有胆量去问他，是不是真的曾把我的一只手绑在身后，让我度过了感知运动阶段和前运思期。我是说，我是以一种残障状态开始人生之路的。做黑人真操蛋。请你试试，仅用一只手，学着爬，学着骑三轮车，蒙着双眼玩躲猫猫，建构一套意味深长的精神理论。

四

你在地图上再也找不到加利福尼亚州的狄更斯城了，因为在我父亲去世五年后，也就是我大学毕业一年之后，它，也消失了。没有什么高调的欢送会。狄更斯并不是伴随一声巨响而消失不见的，像长崎、索多玛、蛾摩拉，还有我老爸那样。它是悄然不见的，像那些在冷战期间由于一次又一次核事故而从苏联地图上消失的城镇一样。但是，狄更斯城的消失绝非事故。这是周边日渐富庶的、拥有两车位车库的社区明目张胆的共谋使然，这会让他们的财产增值，血压下降。21世纪之初房地产热那阵子，洛杉矶县许多中等收入的社区经历了不动产大换手。曾经的工人阶级舒适飞地如今充斥着假胸、假毕业证和真犯罪率，植发和树木移植，抽脂和对混血人群的压榨。凌晨时分，社区委员会、业主协会和地产巨头们联合起来，为平淡无奇的社区打造描述性名称，有人会将一块巨大的闪亮的地中海蓝色牌子高高地挂在电线杆上。待晨雾散去，即将被高档化的社区的居民醒来，发现自己住在“山景”、

"高地都市"或"西部山谷"，尽管山峦、景观、高地或山谷这样的地貌特征在方圆十英里之内压根没影儿。如今，那些曾经视自己为西区、东区和南区居民的洛杉矶人，为了他们漂亮的两居室乡间小屋位于贝弗利伍德还是贝弗利伍德周边的问题，发起了旷日持久的法律战。

狄更斯经历了一种不一样的转型。中南部一个晴朗的早晨，我们醒来后发现，这个城市没有改名，但那个写着"欢迎来到狄更斯"的路牌却不见了。任何正式公告、报纸文章，哪怕是晚间新闻的一则消息都付之阙如。没有人在乎。在某种程度上，多数狄更斯人对于不再来自什么地方而感到如释重负。当别人在聊天时问起"你来自哪里?"，他们无须再回答"狄更斯"，无须再承受眼看对方带着歉意往后退的尴尬。"对不起。别杀我!"有谣言说，洛杉矶县因为路人皆知的地方政治腐败问题已经撤销了给狄更斯的特许状。警察局和消防局都已关闭。你要是拨了市政厅以前的电话号码，一个叫丽贝卡的姑娘会骂骂咧咧地回答：**没有叫狄更斯的黑鬼住在这里，不要再打过来了!** 学校自治董事会解散了。搜索互联网，只能查到"查尔斯·约翰·赫芬姆·狄更斯"，还有得克萨斯州一个为纪念某位有可能死在也有可能没死在阿拉莫的倒霉蛋而命名的尘暴县。

我父亲去世后的那几年，街坊们把我看作继任的黑人劝语者。

我真希望我能说，自己出于家族自豪感和对社区的关爱而响应了责任的召唤，然而，真相是，我这样做只是因为我没有什么社交生活。做黑人劝语可以让我走出屋子，离开庄稼和牲畜。我会遇到有趣的人，努力让他们相信，不管他们服用了多少海洛因，听了多少R. 凯利，他们也绝不可能飞起来。[1]我父亲做黑人劝语的时候，看起来并不难。不幸的是，我没有继承父亲那豪车广告画外音般洪亮的庄严男低音。我有一副不讨喜的尖细嗓音，总是像你喜欢的男孩乐队里“最害羞”的那个成员一样欲言又止。就是MV里坐在敞篷车后排座的那类人——瘦骨嶙峋，轻声细语，从来追不到姑娘，更别提有独唱机会。所以人家给了我一个扩音器。谁试过拿喇叭跟人做劝语?

在狄更斯消失之前，我的工作量一直没多少。我只是一个隔月上工的危机谈判员，一个兼职做点黑人劝语的农民。但是自从狄更斯被抹去之后，我发现自己至少每周一次，身穿睡衣，赤脚站在某个公寓大楼的大院里，手持喇叭，仰头望着某个发狂的、用电烫梳打理了一半头发的母亲把小婴儿悬在二楼阳台边上。我父亲做劝语时，星期五晚上是最忙的。在每一个发工资的日子，一群群患有躁狂抑郁症的穷人让他应接不暇，这些人把钱一下子花光，他们早已厌倦了夜间黄金时段臭名远扬的电视节目，从成天躺在沙发上的肥胖家庭成员和一堆没卖出去的雅芳美容产品盒子之间抽出身来，关掉厨房里的收音机（它总是没完没了地推送歌曲，赞美先暴饮大酒，再暴打黑鬼，最后暴操处女的星期五晚间夜店乐逍遥），然后取消第二天与心理健康诊疗师、喋喋不休的理发师（他们多年来永远只会做一种发型——黑人烫来染去折腾个不停的发型）的预约，他们会选择那个星期五，那个“维纳斯之日”（维纳斯——爱与美与未付账单之女神），实施自杀、谋杀，或两者同时进行。但是，轮到我当班的时候，人们更容易崩溃的日子似乎是星期三。驼峰日。我不会说约鲁巴语“恋物癖”，也不会说非洲咒语“格里斯-格里斯”，对该说什么一无所知，我会按下开关，随着反馈杂音嘹亮刺耳的一声尖叫，扩音器吱吱啦啦地投入工作。一半围观群众等待我说出什么具有魔力的话，力挽狂澜；另一半则翘首企盼谁的睡衣敞开，露出哺乳期的大胸。

有时，我会以一点小幽默开场，从一大张马尼拉纸信封上撕下一片，竭力模仿午后脱口秀主持人的夸张调调宣布：“说到八个月大的科比·乔丹·卡里姆·勒布朗·梅威瑟三世，我可**不是**他爸爸……不过我真希望我是。”因为我看着不太像婴儿的生父，所以这位母亲会笑起来，把那团小鲜肉连同装满屎尿的纸尿裤都扔给敞怀以待的我。

通常来说，事情并没有那么简单。很多时候，在妮娜·西蒙的歌《天杀的密西西比》那般消沉的夜色中，很难集中精力。脸上和手臂上带着深紫色的青肿，浴袍终于极具诱惑地滑到了肩膀以下，这才发现那个女人原来是个男人；一个男人，有着激素刺激出来的胸部，刮得干干净净的私处，令人惊艳的臀型，而他那挥舞着撬胎棒的另一半，那个穿宽大汗衫、歪戴棒球帽的家伙，可能是个男人，也可能是个男性化的女人，但不管是男是女，这个人都暴躁地在车库前走来走去，威胁说要是我说错话就敲破我的脑壳。小婴儿被包在瘸帮[2]男孩专属的蓝色襁褓里，不是太胖就是瘦得皮包骨，拼命哭喊，嗓门大得让你只想叫这孩子闭嘴，或者更糟糕，安静得令人毛骨悚然，让你觉得这孩子肯定已经死了。一成不变的是，温柔地飘在背景中，从打开的玻璃滑门中拂起窗帘的，永远是妮娜·西蒙的音乐。这就是我父亲提醒我要当心的那种女人。被毒品和混蛋蹂躏的女人，坐在黑暗中，一无所有又陷入苦恋，一根接一根地抽烟，把电话贴在耳朵上，快速拨号到K-Earth 101调频老歌电台，这样她们可以点妮娜·西蒙或雪莉儿合唱团的歌，“这首歌献给我的挚爱”，等同于“这首歌献给那些把我打得半死然后逃之夭夭的黑鬼”。“离那些喜欢妮娜·西蒙和把基佬当闺密的婊子远点，”我父亲会说，“她们仇恨男人。”

小婴儿晃一晃小小的脚后跟，滑出一个大抛物线快速垒球，在空中来了几个风车旋转。我不知所措地站在那儿，茫然失神，我是一个没有蜜语和甜言可以说的黑鬼劝语者。围观的人群开始小声抱怨，说我压根不知道自己在做什么。我的确不知道。

“你不要在那儿浪费时间了，小子，你会弄‘屎’这孩子的。”

“是弄死。”

“随便啦，黑鬼。随便说点什么吧。”

他们都以为，我父亲死了之后，我去上大学，主修心理学，回来可以子承父业。可我对精神分析理论、墨迹人格测验、人的境况和回馈社区什么的一点也不感兴趣。我去了加州大学河滨分校，是因为那儿有不错的农学系。我选了动物科学专业，幻想把我父亲那块地变成一座孵化场，这样我就可以把鸵鸟卖给所有那些曾在90年代初期红极一时的说唱歌手、首轮选秀入选者、急于投资“大钱”的大成本电影的助理，还有那样一些家伙，他们生平第一次坐头等舱，把折角的机上杂志的金融版摊在膝盖上，心里盘算着“妈的，鸵鸟肉还真是有‘钱’途！”。这听起来就像不用动脑筋的投资妙方。获美国食品药品监督管理局批准的营养丰富的鸵鸟肉排卖二十美元一磅，羽毛五美元一片，疙疙瘩瘩的鸵鸟皮可以卖到两百美元一张。不过真正赚钱的是我，我出售种鸟给那些黑人新贵，因为一只鸟平均仅能提供四十磅可食用的肉，因为奥斯卡·王尔德已经死了，除了年过四十的变装皇后、巴伐利亚的大号手、马库斯·加维的模仿者，还有抿着薄荷冰酒在肯塔基德比押中前三的南方美人之外，再也没有人戴羽毛帽了，这些人可不会从黑人那儿买东西，除非你卖的是拥有时光无痕皱纹无踪的肌肤和九英寸鸡巴的秘笈。我完全清楚这鸟很难养殖，而我也没有启动资金，但这么说吧，我大二的时候，加州大学河滨分校的小农场项目少了几份研究两条腿动物的论文，原因正如毒品贩子所说："如果我不做，也会有其他人做。"相信我，多少只火过一首歌的破产歌手，他们当初扔掉的裂了缝的留窝蛋至今仍在圣盖博山上野蛮生长。

"我不知道该说些什么。"

"你不是跟你父亲一样是心理学专业的吗？"

"我只了解一点动物养殖。"[3]

"操，和这些禽兽结婚是这些婊子惹上麻烦的原因，你最好还是跟这个小母牛一样的娘们儿说几句。"

我辅修了农作物科学与管理，因为法雷教授，我农艺学导论的老师，曾说过我是个天生的园艺家。她说，如果我有志于此的话，有望成为下一个乔治·华盛顿·卡佛[4]。我只需要努把力，找到我自己的"花生"。我自己的豆科植物，她开玩笑说，并把一粒菜豆放在我的掌心。不过只要你去过蒂托塔可餐厅，品尝过那儿的豆泥——暖暖一杯，裹着半英寸厚的融化的切达奶酪，油润，细腻——你就知道，豆子已经将它们的基因发挥到极致。我记得我还纳闷，为什么非得是乔治·华盛顿·卡佛。为什么我不能成为下一个格里戈尔·孟德尔，下一个奇亚草小盆景的发明人，或下一个绿色牛仔裤先生（虽然没人记得《袋鼠船长》）？[5]为此，我选择深入钻研那些跟我最有文化相关性的植物——西瓜和大麻草。我最多也就算是自给自足的农民，但一年有那么三四次，我会把马拴在车上，嗒嗒地穿越狄更斯城，沿街叫卖，手提音箱里大声播放蒙戈·桑塔马利亚[6]的《西瓜人》。在远方，据说这歌声曾经让篮球夏季联赛的中快攻停下来，让多场花式跳绳马拉松提前结束，让在康普顿和费尔斯通交叉路口等着乘周末最后一班公交车到洛杉矶县监狱探视的女人和孩子做出艰难的决定。

虽然它们种起来不难，我也卖了不少年，但人们一见到方形西瓜还是忍不住抓狂。就像那个黑人总统，你以为看过那位老兄连续两年身着西装发表国情咨文，你也就会对方形西瓜见怪不怪了，但不知为何，你就是做不到。金字塔形状的也是大热门，到了复活节前后，我还会卖兔子形状的，那是经过转基因处理的，如果你眯起眼睛仔细看，瓜皮上的黑色线条能拼出**耶稣拯救世人**的字样。那些瓜在我的小推车上一上架就被抢光了。味道还是吸引了不少回头客。想想你吃过的最棒的西瓜吧。现在又有一点茴香和红糖的口味来锦上添花。你都不愿意吐出西瓜籽，因为它们让你满嘴清凉，就像可乐里的冰块，最后一点甜劲儿在你的舌尖融化。我没有亲眼见过，但他们说有人一口啃下我的西瓜，当下就昏了过去。刚给我这些栽在后院六英寸深的蓝色塑料浅水池里差点淹死的顾客做完心肺复苏的医护人员，都顾不上问病人是中暑还是有心脏病家族史，他们的脸上糊着一层人工呼吸留下的黏黏的红色汁液，脸颊上还粘着黑色的瓜子，他们专心地舔着嘴唇，过了许久才问道，“你是在哪儿买到这种西瓜的？”有时，当我在哈里斯大道的拉美区这类我不太熟悉的地方找一头走失的山羊时，会受到一群小个子的欢迎，他们刚离开墨西哥帮，新剃好的头皮在阳光下闪闪发亮，他们走到我跟前，抓住我的肩膀，怀着庄重的崇敬说：“为了西瓜……谢谢你。”[7]

然而，即便是在阳光明媚的加州，你也不可能全年种植西瓜。冬夜比人们所认为的要冷。二十磅的瓜永远也长不熟，它们还吸走了土里的硝酸盐，就好像那是它们的可卡因药丸。所以我的主业其实是种大麻。我很少去卖。大麻不是一种经济作物，它更像是一种零用钱作物，而且我可不希望那些混账家伙大半夜跑到我这儿来。偶尔，我也会拿出八分之一盎司，那个已经戒过瘾的哥们儿此刻正躺在我前院覆盖着土和杂草的草坪上，笑得不能抑制，他的腿卡在他早就忘了怎么骑的自行车车架上，他得意地举起他永远都不会放下的大麻卷儿问我：“这玩意儿叫什么？”

“运动失调。”我会这样说。

在家庭聚会的舞池里，我从二年级起就认识的爱笑小姐终于不再一刻不停地照她的化妆镜，盯着里边那张她喜欢却又不太认识的脸，她转向我，问了三个问题。我是谁？那个把舌头贴我耳边还老是蹭我屁股的黑鬼是谁？我到底在抽该死的什么？这些问题的答案是：布里奇特·“爱笑小姐”·桑切斯，你丈夫，脸盲症。

有时人们纳闷为什么我**总是**能搞到超级棒的大麻。但是，所有疑惑的好奇心都会被耸耸肩后的一句冷幽默搞定，“哦，我认识些白人小子……”

点着一支大麻烟。吹口气。不好闻的大麻才是好货色。那潮湿而纤薄的烟云闻起来像亨廷顿海滩的红潮，像死鱼，以及在大太阳下烤着的海鸥，这味道可以让女人停止逗弄她的小婴儿。请她来一口,先来湿的那一头。她会点点头。这个叫“英国恐惧症”，我最近开发的品种，不过她不需要知道这些。任何能让我靠得更近的都是好东西。静静地靠近，爬上布满青藤的矮墙，或者站在某个高个黑人的肩膀上，让我伸手可触，让我可以碰到她。我对她爱抚一番，用的技巧基本上跟我以前在学校里结束骑马奔走于田野的勤工俭学日后用在纯种马身上的那一套差不多，蹭蹭她的耳朵，冲她的鼻孔温柔地吹气。弄好她的烟卷。抚摸她的头发。把大麻烟喷射进她噘起的充满欲念的嘴唇。当她把婴儿递给我，我就在等待的人群的喝彩与掌声中走下阶梯，心想格里戈尔·孟德尔、乔治·华盛顿·卡佛，乃至我的父亲一定为我感到骄傲；而另一些时候，当他们被捆上救护车的担架床，或者得到一位忧心忡忡的老祖母的安抚之后，我会问他们:“为什么选在星期三?”

五

狄更斯城的消失，对一些人的打击格外大，不过最需要我的服务的公民是老头子霍米尼·詹金斯。霍米尼一直就不太稳定，但是我父亲从来没有认真处理过他的情况。我想，他并不认为失去这个汤姆叔叔年代的遗迹，这个花白头发的小老头，对我们的街区是个巨大损失，所以，现在就靠我“去搞定那个黑鬼傻瓜了”。我觉得，在某种意义上，霍米尼算是我的第一个黑鬼劝语对象。数不清有多少次，我不得不给他身上包条毯子，因为他试图进行“帮派式自杀”，在蓝区穿红色，红区穿蓝色，或者在棕区大叫：“我是他妈的玛雅人，朱利奥·塞萨尔·查韦斯是混蛋！”[1]他曾经爬上棕榈树，冲着当地人朗诵《人猿泰山》的台词，“我是泰山，你是莎尼可！”于是，我不得不请求在场的所有女人放下手中的枪，然后用一个早已不复存在的电影工作室的假合同，外加啤酒和烤杏仁作为预付的签约奖金，把霍米尼哄下来。有一年的万圣节，他把客厅墙上门铃的电线拽了出来，接到自己的睾丸上，因此，每当“不给糖，就捣乱”的小孩来按门铃，他们得到的不是糖果和签名照，而是令人毛骨悚然的惨叫，那叫声停不下来，直到我费尽力气穿过拿性虐待当热闹看的扮成仙女教母和超级英雄的人群，把八岁大的女绿巨人的绿手指从门铃上移开足够长的时间，以便冲进屋说服霍米尼提上他的裤子，放下他的窗帘。

作为所谓的世界谋杀之都，狄更斯城从来没有什么像样的旅游生意。偶尔会有一群首次来洛杉矶度假的稚气未脱的大学生在交通繁忙的路口停留片刻，拍摄二十秒抖动的视频，他们跳上跳下，像中邪的野人一样大喊大叫：“快看我们！我们在加州的狄更斯。你对这地方有什么了解，笨蛋？”随后把他们的城市冒险视频上传到网络。但是当所有写着“狄更斯城欢迎你！”的标志被拆除，没有巧言石可以献上一吻之后，就连都市偷窥狂也不再光顾了。有时，真正的观光者的确会来此一游。多数上了年纪退了休，他们开着外州车牌的房车在街上闲逛，寻找与自己青春的最后联系。那个政客们竞选时总许诺要带我们重返的太平盛世啊——那时美国尚且强大而受人尊敬，还是充满道义、美德和廉价汽油之地。他们会问本地人，“请问，我在哪儿能找到霍米尼？”就像是问某个名不见经传的酒廊歌手知不知道去圣荷西的路。

霍米尼·詹金斯是《小捣蛋》[2]中唯一还健在的成员，从咆哮的20年代到里根经济学主导的80年代，那群天不怕地不怕的街头顽童出现在全世界的下午场电影和放学后的电视节目上，一周七天、星期天两次，上演逃学戏码，把挺着啤酒肚的警察整得团团转。20世纪30年代中期，霍米尼被哈尔·罗奇电影工作室以三百五十美元的周薪签下来，做巴克韦·托马斯的替角。他把支票兑了现金，把时间耗在饰演一些小配角上：妈妈去监狱看爸爸时要托人照看的沉默寡言的小弟弟，坐在逃跑的骡子的屁股上的有色人种孩子。他还干过从只有一间教室的校舍后面时不时冒出一两句俏皮话的活儿。他演过会说话的婴儿、婆罗洲来的野人，参演过阿发发的肥皂泡独奏，配以夸张旋转的眼珠和他的标志性感叹"吆咋！"。他乌黑的帅劲儿未能充分发挥，这在当时似乎可以忍受，因为他知道很快会有那么一天，自己将踏进之前那些了不起的黑人小孩的脚尖翘翘的超大魔法鞋子。他将于法丽娜、斯泰米、巴克韦所在的俏皮话万神殿中找到自己的一席之地，再将由圆顶礼帽、褴褛衣衫构成的种族主义遗产完好地带到50年代。但是，属于黑脸丑娃娃和电影短片的时代在他走红之前便结束了。好莱坞已经在哈利·贝拉方特和西德尼·波蒂埃的半白、詹姆斯·迪恩对黑人文化的沉思，还有玛丽莲·梦露反地心引力的美臀、维纳斯一般的圆润性感中找到了它所需要的全部的黑。

如果粉丝们找到霍米尼的家，他会用一个大大的保丽净[3]式笑容和一个晃着关节炎手指的暗号动作欢迎他们。他会邀请他们进来喝一杯维C水果饮料，如果他们足够走运的话，还能尝几片我种的西瓜。我怀疑他给那些上了年纪的粉丝讲了给我们讲过的故事。很难说是什么开启了我和玛耳珀萨·德利萨·道森的恋情。她比我大三岁，我一生下来就认识她了。她妈妈一辈子都住在农场，在她们家后院经营一家“太阳到太阳马术马球学校”。每当她们需要一名场地障碍赛骑手或是一个4号选手去参加少年马球赛,就会叫我。我两者都不擅长,因为阿帕卢萨马的跳跃水平很差，而在马球中是不允许用左手的。我们年少的时候，我和玛耳珀萨还有街区的其他孩子会在放学后飞奔到霍米尼的家里，因为有什么能比和小捣蛋一起看一小时《小捣蛋》更酷的呢？那时，你父亲的喊叫充当了电视遥控器，“肖恩！唐！马克！你们哪个混蛋下楼换一下该死的频道”，而要精确地在一台少了一根兔耳朵天线和全部按键的黑白便携式老旧电视机上调到一个信号不稳定的超高频电视台，比如洛杉矶科罗娜KBSC-TV的52台，你得拥有一双心血管外科医生的手才行。要用很长时间才能在短粗的金属旋钮周围装上一套管钳，来找任何一个可能导致最微小的频道转换的扭矩，或者保持垂直和水平的角度。但是，当屏幕上弹出开场镜头，伴随着主题曲《小帮派》里带几分醉意的小号低沉颤音，我们围坐在头发灰白的霍米尼和炽热的加热盘管旁边，就像小奴隶们围坐在老雷摩和他燃起的篝火旁边一样。

“给我们讲个别的故事，雷摩大叔，不对，我们想说的是霍米尼大叔。”

“我是不是告诉过你们，在我们二十周年再聚首的时候，我在‘他·男人·女人仇恨者俱乐部’的布景里，把达拉操得一塌糊涂？”

我那时没意识到，但是霍米尼和其他过早中断职业生涯却仍站在强弧光灯余光下的童星一样，已经不可救药地疯掉了。我们只觉得他在故意搞笑，冲着达拉露出蕾丝内裤的每一个仰拍走光镜头，向电视机做出性爱的动作。“现实生活里，这个婊子可不像在电影里那么忸怩，”他一边用屁股撞屏幕，一边叫，“这是为了阿发发、米奇、鲍基、查比、阿蛙、布奇、那个傲慢的朋克沃利，还有帮派的其他人！”用越来越剧烈的动作来给他的《充血蓝蛋蛋花名册》断句。不用说，霍米尼的心里憋着怒火。一种你没有你想象中那么有名时就会生出的怒火。

霍米尼在不追忆自己的性爱征战史时喜欢吹牛，说他如何精通四门语言，因为那个短片每次都要拍四遍，分别用英语、法语、西班牙语和德语。他第一次跟我们说起这事的时候，我们当着他的面哈哈大笑，因为他的导师巴克韦唯一要他做的，就是亮出露着大牙缝的油腻笑容，用他口齿不灵的嘴巴所能发出的最完美的黑人小孩口音，说一句“好嗒，斯潘基”，而“好的，斯潘基”在哪门该死的语言里也都照样是“好的，斯潘基”。

有一次，正赶上放我最喜欢的《米糊和牛奶》那集，霍米尼为了证明自己不是夸口，在小捣蛋们围坐于布莱克·希尔寄宿学校的早餐桌旁时关掉了音量。好心的老帽先生正等着领他的养老金。女舍监皱着脸，像条沙皮狗一样喜怒无常，她向孩子们啐口水，还嘘他们。有个孩子上午干活时搞砸了，他凑到旁边小孩的耳朵旁说了一句台词，我们不听也知道，因为我们已经听过一百万次了。

“别喝牛奶。”我们大声说。

“为什么？”一个黄头发白人小孩喃喃道。

“馊了。”我们异口同声地低语。

别喝牛奶。大家把这话传下去。霍米尼做的就是这项工作，把每个流浪儿传给下一个的警告用西班牙语、法语、德语、英语重说一遍。

别喝牛奶。为什么？馊了。

牛奶馊了，因为那其实是拿石膏冲的液体，后来变硬的时候就成了笑点。童星身份毁了霍米尼。有时，为了政治正确，片子做了特别生硬的剪辑，这时他便跺脚噘嘴。“我本来在里边的！他们把我剪掉了！斯潘基找到了阿拉丁的灯，他一边擦一边说：‘我希望霍米尼是只猴子。我希望霍米尼是只猴子！’该死，看看，我就是只该死的猴子。”

“猴子？”

“准确地说是僧帽猴，我用方法派演的一只坏猴子跑到街上去了，宝贝！我碰到一个卖饮料的老黑正和他的女人黏黏糊糊。他闭着眼睛，凑上去要亲热；她看到我，撇开了他，那傻瓜就在我的粉红大猴嘴上来了一个湿吻。这让他们一下子滚在了过道上。

《神灯里的精灵》这一集是我在荧屏上最过瘾的一次。我还和整个见鬼的警队打架，到了片子最后，我和斯潘基吃蛋糕，然后跑遍了该死的全城。让我告诉你，斯潘基毫无疑问是他妈的最酷的白人男孩。吆咋！”

很难确定他是不是曾变成过一只真正的猴子，或者，从不以奢侈特效闻名的哈尔·罗奇工作室是否恰好打开了永不过时的经典美国刻板印象大食谱，翻到了一步到位的黑人变猴烹饪法：1. 加条尾巴即可。不管是什么情况，当经历过审查闹剧洗礼的种族主义胶片堆在剪辑室的地板上，很显然，霍米尼成了某种小捣蛋特技黑人。他的电影生涯就是没放映过的被剪镜头大荟萃，各种各样白色的东西倒在他身上：太阳蛋、白油漆、煎薄饼面粉雪崩。因惊吓和甲亢而暴突的眼球，有时是在一所废弃的房子里看到鬼，或者看到一群新受洗的圣灵黑人操着方言举行集会，在当地浓密的森林深处梦游，或者看到一件白色的长睡衣在晾衣绳上怪异地飘舞，如恶鬼重返人间。这些都会把霍米尼吓得屁滚尿流，吓得像白化病人一样白，吓得他的爆炸头出奇地爆炸，骇人地支棱着，吓得他一头撞向沼泽里的树，冲过木栅栏，或者一扇厚玻璃窗。他还总是被电击，有时是因为他自己愚蠢，有时是遭遇不可抗力，貌似随机的闪电袭击显然从不会错过打烂他背带裤里的小屁股的机会。在《说实话，本·富兰克林》那集里，原来的风筝被皮特小狗吞掉了，除了霍米尼，还有谁愿意做戴眼镜的斯潘基的风筝呢？他以雄鹰展翅的姿势被缝在一面巨大的贝特西·罗西旗[4]上，除了一条破烂的奴隶裤之外什么都没穿，戴一顶三角锥帽，帽顶上竖着一根金属棒，脖子上挂着一块用往下流淌的墨水写成的标语牌，上面写着“这是煎烤人们灵魂的时代。——内森·海尔”[5]，他在高空翱翔，像一只飞翔的黑松鼠，穿过针刺一般的雨、狂暴嘶吼的风和密集来袭的闪电。突然一声霹雳，接着一阵火花四溅，斯潘基看到一个发光通电的万能钥匙粘在风筝线上。“有啦。”他正准备开口说话，就被上面传来的声音粗暴地打断，在那儿，霍米尼卡在树枝和一堆灰烬里面，七孔冒烟，眼睛和牙齿磷光闪闪，说出了他演艺生涯里最长的一句台词：“吆咋！我罚现了癫（我发现了电）。”

渐渐地，有线电视、家用游戏机和八年级的梅兰妮·普莱斯波涛汹涌的大胸都来了，她喜欢在卧室玻璃窗前大跳脱衣舞，和《小捣蛋》的播出时间差不多正好同时，于是，一个接一个地，小伙伴们放学后都不再去找霍米尼了。最后只剩下我和玛耳珀萨。我不太清楚她为什么留下来。她自己也有锋芒毕露的十五岁的乳房可以炫耀。有时，年纪稍大一点的家伙会来到门口，要她出去聊天。但她总是等到《小捣蛋》演完。就让那些家伙在霍米尼的家门外干等。我倒是宁愿相信，玛耳珀萨早在那个时候就喜欢上我了。不过我知道，更可能是因为可怜我或者是因为一种安全感，她才会从三点半待到四点。她一边大嚼葡萄，一边观看小捣蛋们在后院搞一些不合情理的综艺节目，内容主要是声音沙哑的七岁男孩们唱歌，有色人种的孩子们狂跳踢踏舞，说到底，一个从小就在家上学的十三岁的农场男孩加一个老朽的黑鬼，能造成什么伤害呢？

“玛耳珀萨？”

“啊？”

“擦擦你的下巴，湿了。”

“我告诉你，这才不是什么湿了。是该死的葡萄太好吃了。这真的是你自己种的？”

“当然。”

“为什么？”

“这是家庭作业！”

“你老爸真是疯狂。”

我想这大概就是我爱上玛耳珀萨的原因，她有一种坦坦荡荡的不正经。我猜我也喜欢她的乳房。不过，就像每次她逮到我盯着她胸部看时说的那样，哪怕我真有那么一丁点机会，我也不知该如何是好。最终，揣着毒资和精子数的大男孩们还是胜过了戴牛仔帽的阿发发唱《牧场是我家》[6]的响当当魅力，后来很长一段时间里，就只有我、霍米尼和葡萄了。我从来不曾后悔错过和朋友们一起去看色情小电影，我始终觉得，如果玛耳珀萨一直吃我的葡萄，任由葡萄汁流到胸前的话，总有一天，那对钻头一样硬的乳头会钻透她衬衫上的湿点儿。

可悲的是，直到我十六岁生日的那个晚上，我才真正见识到一对三维的乳房，那天夜里我醒来看到塔莎，我父亲的一个“助教”，坐在我的床边，全身赤裸，散发出性交后的动物兼麝香葡萄酒的气味，她大声朗读南希·霍多罗夫[7]的作品：“母亲是女人，当然，因为母亲是女性家长……我们可以说一个男人‘如母亲般养育’孩子，如果他是孩子的主要抚养人，或者扮演抚养的角色。但我们从来不会说一个女人‘如父亲般养育’孩子。”时至今日，每当我感到孤独难耐，我就一边自慰，一边想着塔莎的乳房，还有弗洛伊德的那套阐释为何不适用于狄更斯城的问题。在这里，倒常常是孩子抚养父母，在这里，恋母和恋父情结都很稀松平常，因为儿子、女儿、继父母或发小，称呼无所谓，既然每个人都操来操去，那么阴茎崇拜根本就不存在，因为有时黑鬼就是鸡巴**太多**。

我不清楚确切的原因是什么，但我觉得因为玛耳珀萨和我在霍米尼家里度过的那些个下午，我似乎对他有所亏欠。似乎正是他经历的那些疯狂，让我保持了相对的正常。大约三年前，某个狂风大作的星期三早上，在一次相当心满意足的午后打盹中，我在梦里听到玛耳珀萨的声音。她一直在说“霍米尼”。我冲出家门，看见霍米尼家的纱门上用透明胶带贴着一张草草写下的字条，在微风中飘动。上面写着“**我在后面**”，他的笔迹是典型的《小捣蛋》风格，歪歪扭扭，却又格外清晰可辨。“后面”是指霍米尼的纪念品陈列室。一个十五英尺见方的加盖出来的小小房间，那里一度塞满了《小帮派》的珍贵藏品，道具、大头照，还有服装。没有多少回忆留下来。多数东西早就被当掉或拍卖了，比如《颤抖的莎士比亚》那集里斯潘基在射豆枪的疯狂扫射中朗诵马克·安东尼的独白时穿的盔甲，阿发发独具特色的那一绺冲天长发，《小帮派1938年疯狂逸事》里巴克韦在斯潘基俱乐部大乐队做指挥一举赚了“成百上千美元”时穿戴的高顶大礼帽和燕尾服，用真正的救火车把简从富家子那儿抢回来那次用到的长长的废金属云梯，还有组成了国际银弦潜水艇乐队管弦乐器组的卡祖笛、长笛和勺子们。[8]

正如字条上写的那样，霍米尼真的“在后面”，一丝不挂，脖子吊在木制横梁上。他身边两英尺开外，摆着一张标有“已预订”的折叠椅，座位上是那部绝望的独幕剧《谢幕》的节目单复印件。绞索是一根已经拉至极限的自行车后架弹力绳，要是霍米尼穿一双比八号大一点点的鞋，他的脚趾就得着地了。他的脸都青了，我看着他在冷风中扭动。我有那么一点想任由他去死。

“把我的鸡巴割下来，塞到我嘴里。”他用肺里仅剩下的那口气粗声说道。

显而易见，窒息会让你的鸡巴硬起来，他棕色的命根儿如细枝一般从毛茸茸的白阴毛雪球中挺拔而出。他像古董陀螺似的拼命乱踢，让越来越少的氧气抵达他已经阿尔茨海默化的大脑，同时试着去焚烧他自己的照片。去他的《白人的负担》[9]，霍米尼·詹金斯就是我的负担，我打掉煤油罐和他手里的打火机，走着，而非跑着回家去拿园艺剪刀和润肤露。我慢悠悠地溜达，因为我知道种族主义的黑人原型，就像《小鬼总动员》里的宝贝，是不会死的。他们会开枝散叶。因为溅在我衬衫上的煤油闻起来像齐马预调酒，但主要是因为我父亲说过，当社区里有人想上吊自杀的时候，他从来就没慌张过，因为，“不管怎么努力，黑人就不会像样地打个结”。

我帮这个给自己施私刑的戏精弄断绳子，慢慢把他放在铺着人造纤维毯的地板上，抚摸他乱糟糟的头。我一边给他被绳子勒过的脖子抹可的松，一边翻看节目单，他则把鼻涕和眼泪淌满我的腋窝。第二页上是一张我们这小子闲适地和马克斯兄弟待在一起的宣传照，是《赛马场的一天》未播出的结局里的场景，名为《比赛里的一天》。马克斯兄弟面朝椅背骑坐在挂着“格劳乔”、“奇科”、“哈勃”和“泽伯”牌子的导演椅上。这排座椅最那头标着“颓伯”的椅子上，六岁的霍米尼跷着二郎腿坐着，嘴唇上面画着粗粗的格劳乔式白胡子。照片的签名是**致霍米尼·詹金斯，大家庭的黑羊**[10]。**诚挚的祝福，来自马克斯兄弟——格劳乔、卡尔、斯基德等**。下面是霍米尼的简历。一张悲伤的不完全演出列表，读来像一份自杀遗书：

霍米尼·詹金斯（霍米尼·詹金斯）——霍米尼很荣幸在后屋保留剧目剧院同时完成了他的喜剧首秀和告别演出。1933年，霍米尼在原版《金刚》里演一个恸哭的、被抛弃的土著男婴，第一次将他狂野不羁的爆炸头派上了好用场。他挺过《骷髅岛》一劫之后，致力于刻画八岁到八十岁之间的黑人男孩形象，包括在最负盛名的《黑美人》中饰演马厩男孩（未署名），在《世界之战》中饰演卖报男孩（未署名），在《铁血船长》中饰演杂役男孩（未署名），在《陈查理入帮会》中饰演侍者男孩（未署名）。在1937年至1964年间拍摄于洛杉矶的所有电影中饰演擦鞋男孩（未署名）。出演的其他各类角色还包括送信男孩、摇铃男孩、侍者男孩、排球瓶男孩、清理泳池男孩、童仆、搬运工男孩、送稿男孩、送货男孩、玩具男孩（针对男性的色情电影）、跑腿男孩以及奥斯卡获奖影片《阿波罗13号》中的象征性角色太空工程师男孩。他想感谢这些年来一直支持他的众多粉丝。这是一趟多么漫长而又奇异的旅程。

如果这个伏在我腿上痛哭的裸体老头儿生于别处，比如说爱丁堡，也许现在都被封爵了。“平身，狄更斯的霍米尼爵士。布的吉格爵士。佐的伯爵士。”[11]如果他是日本人，熬过了战争、经济泡沫和少年小刀[12]，那么他很有可能会成为那种八旬歌舞伎演员，当他在《京人形》第二幕登场时，剧组会用一次暂停来表达敬意，主持人会介绍他所获得的粉丝拥戴和政府津贴。“他在《京人形》里饰演了大车交际花，是日本活着的国宝霍米尼·‘可可金’·詹金斯八世。”[13]但是他不幸生在加利福尼亚州的狄更斯，在美国，霍米尼可不是值得引以为荣的人物：他是活着的国民之耻。他是非裔美国人遗产中的一个耻辱标记，是需要从种族记录里消除和划去的东西，就像黑戏子，《阿莫斯和安迪》[14]，戴夫·查普尔[15]在舞台上的崩溃，还有把“情人节”说成“青人节”的人。

我把嘴凑到霍米尼柔软的耳郭上。

“为什么，霍米尼？”

我不能确定他是不是听懂了我的问题。他脸上只有艺人的微笑，珍珠般洁白的牙齿，笑容那么灿烂那么恭顺，茫然地堆了一脸，作为对我的回应。在某个方面，童星似乎永远都不会老，这简直太不可思议了。他们身上总有那么一个地方拒绝变老，让他们显得永远年轻，如果他们没有被人遗忘的话。想想加利·科尔曼的脸蛋儿，秀兰·邓波儿的小塌鼻梁，艾迪·蒙斯特的美人尖，波姬·小丝的平胸，还有霍米尼·詹金斯兴奋的笑容。

“为什么，主人？因为狄更斯一消失，我也就消失了。我就再也收不到粉丝来信了。足足有十年没人来找我了，因为没人知道在哪儿能找到我。我只是想有点存在感。难道一个老黑的这点要求很过分吗，主人？就是想有点存在感？”

我摇头表示否认，但我又提出了一个问题。

“那为什么是星期三？”

“你不知道？你不记得了吗？那是你父亲最后一次参加东东甜甜圈知识人聚会的时候讲的。他说大多数奴隶起义都发生在星期三，因为传统上星期四是鞭笞日。纽约奴隶起义、洛杉矶暴动、阿姆斯达案，统统都是，”霍米尼说，僵硬地摆出咧到耳根的笑，像个腹语者的傻瓜傀儡，“从我们刚踏上这片国土起就是这样。有人被鞭打，被拦下搜身，不管这人犯没犯错。那为什么不能让这事儿值当一点，既然你星期四要被暴打，那么不如搞一个疯狂星期三，对不对，主人？”

“霍米尼，你可不是奴隶，我也绝对不是你的主人。”

“主人，”他说，微笑从他的脸上蒸发，他摇摇头，做出那种你觉得你比人家强的人恰好被人家发现你觉得你比人家强的时候做出的可怜样子，“有时我们就是得接受我们是谁，而且做与此相称的事。我是个奴隶。这就是我。这就是我生而要演的角色。一个碰巧做了演员的奴隶。但是，身为黑人可不是体验派的表演。李·斯特拉斯伯格[16]可以教你怎么演一棵树，但是他可不能教你怎么演一个黑鬼。这是技艺和目的之间的终极联系，我们别再讨论这个了。我一生一世是你的黑鬼，就这样了。”

霍米尼无法区分他自己与“我欠你一条命，我要做你的奴隶”这一煽情桥段，最终失去了理智，我必须马上把他送到医院。我报了警，把他5150了。[17]但是，有天下午在参观为老人、健忘的人和被遗忘的人建立的好莱坞之家电影资料馆时，他要我承诺再也不会把他送到什么收容机构，因为他不想像他的老朋友斯利克·史密斯、查塔努加·布朗、波拉·“妈咪”·麦克奎尼那样被人利用。他们在追逐完最后一个电影角色，即将奔向天上的演员休息室之前，还要从临终的床上爬起来，去参加加州大学洛杉矶分校继续教育学院电影专业新生搞的试镜，这些新生希望给自己这个有证书颁发的结业项目傍上一个明星，哪怕是已经过气的老明星。

第二天是星期四，我一早醒来，看到霍米尼裸着上身、赤着双脚站在我的前院，他被捆在路边的邮箱上，要我鞭打他。我不知道是谁把他的双手绑起来的，但我的确知道，霍米尼让我手足无措。

“主人。”

“霍米尼，够了。”

“我要感谢你救了我的命。”

“你知道我会为你做任何事。是你在《小捣蛋》里的表演让我的童年变得可以忍受。”

“你想让我开心吗？”

“是的，你知道的。”

"那就打我吧。把我这个无用的黑鬼打到头破血流。痛打我，但不要打死我，主人。痛打我，把我打到刚好让我能感觉到自己在怀念什么。"

"就没有别的办法吗？就没有别的什么事能让你开心了吗？"

"把狄更斯找回来。"

"你知道这是不可能的。城市一旦消失，就再也回不来了。"

"那你知道该怎么做。"

他们说，三个警察一齐上阵，才把我从他的黑身体上拽下来，因为我把他抽得皮开肉绽。老爸一定会说，我在饱受"解离反应"的困扰。他总把暴打我归结于这个原因。他会打开《精神疾病诊断与统计手册（第一版）》——一本特别古老的精神疾病圣书，它对同性恋的定义还是"性欲读写障碍"[18]。他会指着"解离反应"那条，擦擦他的眼镜，开始亲自慢慢解释，"解离反应就像一个心理断路器。当精神经历压力和糟心事的电涌时，它会关闭，就是关掉你的意识，让你失控。你做出动作，但并不知道自己在做什么。那么你明白了吧，虽然我不记得把你打得下巴脱臼……"

我想说的是，当我从自己的神游状态中清醒过来时，只记得霍米尼正轻柔地用浸泡过双氧水的棉球擦拭我身上被警察弄出的擦伤，只记得伤口上的刺痛感。但只要我还活着，我就永远不会忘记，我从裤腰上抽下皮带时，它刮过李维·斯特劳斯牛仔裤的声音。不会忘记黑棕双面的皮带在空中划出的哨音，雨点般重重落在霍米尼背上的雷鸣般的脆响。他没有躲闪，而是迎着鞭打爬过来，热泪盈眶，饱含喜悦和感激；他似乎在为几个世纪以来被压抑的愤怒、几十年以来未得到回报的谄媚寻求了断，他紧紧抱住我的双膝，求我打得再狠些，伴随着狂喜的呻吟，他黝黑的身体迎接着我皮鞭的力道和嘶吼。我永远不会忘记，霍米尼流着血躺在街上，却像历史上的所有奴隶一样，拒绝提出控告。我永远不会忘记，他温柔地陪我进屋，请求聚在一旁围观的人不要指责我，因为，说到底，谁又会对着一个黑鬼劝语者的耳朵劝语呢?

“霍米尼。”

“是，主人。”

“你会在我耳边说什么劝语?”

“我会说，你想得太狭隘了。用大喇叭对着一个又一个黑鬼说话，拯救不了狄更斯。你要比你父亲格局更大。你知道‘一叶障目，不见森林’这句话吧?”

“当然。”

“好，你要停止把我们当作个人来看，因为从现在开始，主人，你不能再‘黑奴障目，不见庄园’了。”

六

他们常说“拉皮条也不容易”。嗯，蓄奴同样也不轻松。跟孩子、狗、骰子、信誓旦旦的政客，当然还有妓女一样，奴隶也不会乖乖听话，做你让他做的事。如果你八十来岁的老黑奴一整天才好好工作十五分钟，还特别享受被体罚，你可不会有你在电影里看到的庄园主大派头。没有自怜自艾，没有《去吧，摩西》的田野歌声。没有像枕头一样柔软的黑人胸脯可以蹭鼻子。没有大羽毛掸子。没有人说“马上”。没有那奢华的晚餐：到处摆着枝形大烛台、无限量供应的蜜汁火腿、一勺勺堆得满满的土豆泥，还有人世间能找到的看着最健康的绿色蔬菜。我从没有体验过主人和奴隶之间不容置疑的信任。我只是拥有了一个干瘪的黑老头，他只知道一件事——他的地位。霍米尼甚至连个小推车的轮子都搞不定，不会锄个该死的地，更别说拖驳船或举大包了。他却能极尽屈膝跪拜之能事，差不多下午一点到一点一刻这段时间，他会手中托帽出现，准备开工，随意做一些他想做的事。有时，他的工作包括披上一身亮闪闪的粉红翠绿的丝绸，伸直胳膊提一盏煤气灯，在我的前院凹造型，就像真人大小的草坪骑师雕像。还有一些时候，他喜欢扮成人肉脚凳，如果奴性劲儿上来的话，他还会四肢着地伏在我的马或皮卡底座前面，一直待在那儿，直到我踩着他的背登上座驾，去酒铺或安大略牲畜拍卖会来一趟毫无必要的旅行。不过，大多数时间里，霍米尼的职责就是看我工作。他咬着我花了整整六年才把酸度、甜度乃至果皮厚度等各项指标弄得恰到好处的伯班克[1]李子，大呼小叫："该死，主人，这些李子太他妈的棒了。你说这是日本品种？哦，你肯定把手伸到哥斯拉的屁眼里了，因为你的大拇指简直绿得发疯！"[2]

所以，如果我说奴役人类是一件特别让人崩溃的事，请相信我。这倒不是说我扛下了什么艰巨任务，而是说，我对这个临床诊断为抑郁症的奴隶的占有，完完全全是被迫的。再说得明白一点：我曾无数次试图"解放"霍米尼。直接跟他说句他自由了，这没有任何效果。有一次，我发誓，我差点要把他像丧家之犬一样丢在圣伯纳迪诺山，但我看见了一头离群的鸵鸟，尾羽上还粘着法赛德乐队的保险杠贴纸促销广告，我就失去了勇气。我甚至还让汉普顿用工业时代的术语草拟了几份奴隶解放文书，塞给公证人两百块让他在古董羊皮纸上誊写一份契约，那种纸是我在比弗利山的文具店里找到的，因为有钱人显然还在用它。但用它来干什么？没人知道。也许，随着银行系统的发展，他们已经回归了藏宝图的模式。

“敬启者台鉴，”契约里写道，“据此宣告解放、解除、放生、永久解雇和驱逐我的奴隶霍米尼·詹金斯，他在近三周里效劳于我。该霍氏奴隶身材、肤色与智力均属中等。阅此函者敬希周知，霍米尼·詹金斯现已成为有色人种自由人。1838年10月17日当面亲笔签名。”这一招并未奏效。霍米尼干脆脱下裤子，在我的天竺葵上拉了一坨，用他的自由证书擦擦屁股，然后还给我。

“中等智力？”他问道，抬起一边的灰色眉毛，“第一，我知道现在是何年何月。第二，真正的自由是有权为奴。”他提上裤子，钻进了他的米高梅庄园。“我知道没有人强迫我，但这个奴隶是你永远也别想赶走的。自由证书可以亲亲我内战后的黑屁股。”

对于那些专门应付各种精神苦痛的人来说，奴隶制当年一定让他们大赚了一笔。不过，有时，我大热天里给山羊去了角，又架起了倒刺铁丝篱笆，回到门廊前休息，望着夜色在城市上空飘散成凝重的深红色雾霭，霍米尼会拿着一大罐冰柠檬水出来。他慢慢把水倒进我的玻璃杯，小心地让冰块扑通扑通地落进去，把我脸上的那些马蝇和热气扇走，这时我看着冰雾在特百惠杯子边上凝结又往下滴，是多么心满意足。在凉爽的空气和周围汽车音响播放的图派克[3]的歌声里，我有一种全新的主宰感，拥有广袤土地的南方邦联当年一定就是这种感觉。糟糕，如果霍米尼一直这么配合的话，我也早就向萨姆特堡[4]开炮了。

每到星期四，霍米尼会在倒水时有意无意地把水洒在我腿上，给我传递一个比较明显的信息，就像狗挠抓纱门那样，意思是，是时候搞点什么事情了。

“霍米尼。”

“是，主人?”他满怀希望地说。他摩挲着他的大腿后侧，做着准备。

“你选好心理咨询师没?”

“我在网上查过，心理咨询师都是白人。他们站在森林里或者书架前，承诺能帮你实现职业或者性方面的目标，还有健康的人际关系。你怎么从没看到他们与自己青出于蓝而胜于蓝的孩子的合照，或者看到他们让性伴侣得到满足？你想知道布丁的味道，就得亲口尝一尝啊。”

我裤子上的那摊水顺着腿淌了下去。“好吧，上车。”我说。

奇怪的是，霍米尼似乎并不介意我雇来代我实施惩罚的西区棍棒石头虐恋俱乐部的那些女性虐待狂是白人。巴士底狱房是他最爱的受虐屋。在那儿，除了一顶内战时的联邦军帽之外，他身上一丝不挂，“女主人多萝西”，一个肤色苍白的棕发女子，嘟起的美宝莲红唇甚至令郝思嘉的冷笑相形见绌，她把他捆到刑车上抽个半死。她还会在他的命根子周围夹上奇妙的小玩意，要他说出关于联邦军移防和军备实力的情报。完事之后，多萝西小姐会把脑袋伸进皮卡驾驶室，在霍米尼脸颊上亲一大口，再把收据塞给我。在一小时两百块、外加“种族杂项”的基础上计算各种费用。前五遍“黑熊”、“老黑”、“柏油小子”和“黑杂种”免费赠送。这之后，就得三美元一个绰号了。“黑鬼”的各种变体、派生词和发音，十块钱打包。不准杀价。但在做完这些疗程后，霍米尼看上去开心死了，钱花得值。可惜霍米尼的开心并不属于我，也不属于这个城市，而我想不出重建狄更斯的方法，直到在某一个温暖得不寻常的春夜，我们从棍棒石头俱乐部开车回家。

霍米尼和我堵在了110号高速公路上，不耐烦地从这个车道换到那个车道。本来情况还不错，但后来我们开上了405号和105号公路交叉的那段路，车流开始变慢了。我父亲有一种理论，穷人是最好的司机，因为他们交不起车险，所以开起车来也得像过日子那样，小心翼翼，以防出事。我们堵在一堆没上保险、锈迹斑斑的破旧老爷车中间，每一辆的时速都正好是五十五英里，垃圾袋一样的挡风玻璃在风中不停抖动。霍米尼逐渐从他那个疗程的性受虐狂喜中回到现实，过了一个又一个出口，记忆，如果不全是疼痛的话，逐渐恍惚。他戳着胳膊上的一处瘀青，问自己这是怎么来的。我从杂物箱里抽出根大麻烟，让他吸几口缓缓。

“你知道谁是瘾君子吗？”他说，没接受我的好意，“小斯科蒂·贝克特。”

斯科蒂是一个大眼睛的小捣蛋，总是跟在斯潘基屁股后头。

这个白人男孩穿一件松垮垮的针织套头衫，歪戴着棒球帽，他漂亮却没有同情心，而且命不久长。“哦，是吗？那斯潘基呢？他吸毒吗？”

“斯潘基不碰那玩意儿，但他搞女人。他就是好那口儿。”

我把车窗摇下来。我们还是开不快，大麻烟的臭气罪恶地飘在空气中。在传言中，小捣蛋们和《麦克白》的演绎者一样受到了诅咒，他们都可怕地早逝了。

小帮派成员	年龄	死因
阿发发	42	在因钱而起的冲突中脸部中枪三十处（每个雀斑上有一枪）
巴克韦	49	心脏病突发
韦泽	19	军训飞机失事
达拉·胡德	47	据霍米尼说，是他搞死的，实际上死于肝炎
查布斯-乌布斯	21	心事重重 单恋克拉布特里小姐 三十磅的脂肪藏在五英尺高的身体里
阿蛙	16	被卡车撞死
小狗皮特	7	吞了一个闹钟

霍米尼在座位上扭个不停，摸摸背上依然红肿的鞭痕，想知道自己为什么还在流血。妈的，也许我真应该由着他去死。也许我应该把他推出车外，扔在港口高速路油腻的沥青裂缝上。但这又有什么用呢？车流完全停了下来。一辆捷豹，就是那种难看的美国产的车型，在快车道撞车了。穿高领衫的乘客没有受伤，他正靠在中间护栏上读一本仅机场书店可见的那种精装本小说。被追尾的本田轿车，车尾和司机本人都撞瘪了，还冒着烟，倒在中间的车道上，等待分别被运到垃圾站和墓地。捷豹的型号听起来就像火箭：XJ-S、XJ8、E-Type。本田车的品牌名称看起来像是由那些奉行反战主义和人道主义的外交官们设计的——雅阁、思域、洞察者。[5]霍米尼下车去解围。他的举止很符合自己疯子的身份，他挥舞手臂，按照颜色把车分开来，不是按照车身喷漆的颜色，而是司机的肤色。“如果你是黑人，后退！白人，到右边。棕色，到边上开。黄色，跟着白的，就那么着！红色，全速前进！黄褐色，油门踩到底！”如果他看不出来怎么归类，他就问人家司机是什么肤色。“奇卡诺[6]？这是什么肤色？你可不能随便乱编一个人种出来，混蛋。基佬？我可逮着你这死基佬了，混蛋！你选一个车道，黑鬼，就待在那儿！哪儿舒服待哪儿！”

等警察和救护人员赶来，道路终于恢复了畅通，霍米尼爬回卡车上，像刚干完什么活儿似的拍了拍手。“你就得这么做事。这是阳光塞米教我的。他经常说：‘时不我待，可黑鬼们会为了二十五美分的小费等任何人。’”

“这个阳光塞米是该死的什么人？”

“你才不用操心阳光塞米是谁呢。你们新黑鬼有黑人总统和黑人高尔夫球手。我有我的阳光塞米。最早的小捣蛋，最早的意思就是第一个。我跟你说，那会儿是阳光塞米把小捣蛋们从可怕的困境中拯救了出来，放到现在就是无党派的党魁。”

霍米尼深陷在座位里，双手紧扣在脑后，望向窗外，凝望他的过去。我打开收音机，用道奇队的比赛填充沉默。霍米尼怀念美好旧时光和阳光塞米。我怀念维恩·斯库利，他客观而美妙的声音，详述每一个细节。对像我这样的棒球清教徒来说，美好旧时光就是以下事物出现之前的日子：指定击球员、跨联盟比赛、类固醇药物，以及棒球帽胡乱顶在头上，与每一个失手的拦截者和在这项国民运动中失败的内野高飞球一同消失的混蛋。美好旧时光就是我和老爸嘴里塞满了道奇热狗和汽水，我们这两个露天看台上的老黑和达摩流浪者[7]与蚊子共享6月夜晚的热气，诅咒一个排在第五位的球队，怀念着加维、凯、库法克斯、达思提、德莱斯戴尔和拉索达在场上的美好旧时光。对霍米尼来说，每一个能将美国原始主义人格化的日子都是美好旧时光。这意味着他还活着，就连狂欢节上投篮水箱里的黑浣熊有时也会怀念被人关注的感觉。这样一个国家，这样一个还未出柜的同性恋高中生，这样一个冒充白人的黑白混血儿，这样一个不停拔自己一字眉的原始粗鲁的尼安德特人，需要像他这样的人。需要一个目标去传棒球，去狠狠搞基，去践踏黑人，去侵犯，去禁运。只要能像棒球那样，让一个常在镜子前搔首弄姿的国家不必真的看见镜中的自己，不必想起那些尸体埋葬的地方。那天晚上，道奇队丢了他们的第三个直球。霍米尼从座位上坐直身体，从忽然蒙了一层雾气的挡风玻璃上擦出一片观察区来。

“我们还没到家吗？”他问。

我们当时待在埃尔塞贡多和罗斯克兰街之间的匝道上，我猛然想起：以前这里有一个路标，上面写着“狄更斯——下一出口”。霍米尼怀念美好旧时光。我怀念我父亲载着我们参加了在波莫纳举办的州博览会之后回家的路上，用胳膊肘把我弄醒，收音机里转播道奇赛后的实况，我揉着惺忪的睡眼，正好能看到“狄更斯——下一出口”那个路标，我就知道我快到家了。该死的，我真想念那个路标。除了路标和随意划定的边界，城市到底是什么？

绿白两色的路标成本并不高：一块大号双人床大小的铝片，两根六英尺高的金属杆，一些交通圆锥筒和照明设施，两件反光的橘色背心，两罐喷漆，几顶安全帽，还有那一晚的睡眠。多亏下载了一份《统一交通控制设施手册》，我掌握了所有东西的设计要求，从绿色的准确色号（潘通色卡342号）、确切的尺寸（60英寸×36英寸）到字母的字号（8英寸）和字体（联邦高速公路标准字体）。经过漫长一夜的涂抹，将标杆切割成需要的尺寸，用可擦除油漆在卡车门上喷好“阳光塞米建筑公司”的字样，霍米尼和我上了车，向高速路进发。除了注入水泥杆基等它变干之外，安装交通控制设施和种树没太大区别，在远光灯的照射下，我开始工作。清理常春藤,打洞,放好路标。而霍米尼倒在前座上，收听KLON爵士音乐电台。

当太阳从埃尔塞贡多大道的立交桥上升起的时候，早上的通勤已经真正开始了。在汽车喇叭、头顶上嗒嗒作响的交通直升机的马达、刺耳的卡车齿轮声的环绕中，霍米尼和我坐在应急车道上欣赏我们的杰作。那个路标就跟人们在日常交通中见到的其他任何一个“交通控制设施”一模一样。尽管只用了几个小时，但我感觉自己像是在历经四年的辛苦工作之后仰望西斯廷教堂穹顶的米开朗基罗，像是花六天时间在互联网上搜索可窃取的创意然后以耗时三分钟的蓄意破坏便道行为付诸实施的班克斯[8]。

“主人，路标是很有能量的东西。简直可以感觉到狄更斯就存在于那边烟雾里的什么地方。”

“霍米尼，哪种感觉更棒，是被鞭子抽，还是看见这个路标？”

霍米尼考虑了一下。“鞭子是在背上感觉好，但路标是在心里感觉好。”

我们那天早上回到家中，我打开餐桌上的一罐啤酒，把霍米尼送到屋里，从书架上拿起最新版的《托马斯地图》。洛杉矶县共辖四千零八十四平方英里，大部分土地仍未开发，比如海底。尽管你需要拥有一个测绘学高级学位才能读懂它洋洋洒洒的八百多页，但《洛杉矶县托马斯地图》可以说是为任何一个试图在这个没有绿洲的城市蔓延区中行驶的大胆探险者提供的螺旋装订版萨卡加维亚[9]。即便在卫星导航和搜索引擎的时代，它也被安放于每辆出租车、拖车和公司用车的副驾座位之上，那些精通不停车通过停车牌方法的南方帮成员死时无不手持一册。我打开书。每年我父亲都会带一本新版的《托马斯地图》回家，我要做的第一件事就是，翻到第704—705页，那约莫是家的位置所在，地图上的伯纳德路205号。在那样的大部头里找到我的房子堪称是某种程度上的安家立足，让我感觉这个世界爱我。但伯纳德路205号位于四周皆是高速公路的网格状街道上的一片无名桃色区域中。我想哭。得知狄更斯被流放到洛杉矶社会看不见的下层空间里，令人伤心。那些绝密的少数族裔堡垒像黑手党大佬们的街道一样，不曾拥有也不曾需要《托马斯地图》、官方的边界线，或者宣布“您即将进入……”或者“您即将离开……”的庸俗公告牌，因为当你脑子里的声音（那个你对天发誓不是偏见也不是种族歧视的声音）叫你摇上车窗锁住车门的时候，你就知道你已经进入了丛林或水果城的地盘，[10]而当你又能大口呼吸的时候，意味着你已经出来了。我翻出一支蓝色的记号笔，尽我记忆所能地画出家乡弯弯曲曲的轮廓，用大大的道奇蓝字母在第704—705页之间潦草地写上了“狄更斯”的字样，还画了一个小小的出口图标，和我刚立起来的那个路标一样。如果我有足够的胆量，有一天我还会再去立两个路标。所以，如果哪天你发现自己在110号高速公路上向南疾驰，飞快地经过两个黄黑色的模糊不清的路牌，分别写着“警惕房价下跌”和“注意：前方有黑人对黑人的犯罪”，那么你知道应该感谢谁做了这些路边警示。

东东甜甜圈知识人

七

安装好路标后的那个星期天，我想正式发布我的狄更斯复兴计划。再没有比东东甜甜圈知识人的下一次会议更适宜的场合了，它最接近我们对于代议制政府的想象。

关于非裔美国人生活的众多可悲反讽之一，就是每一个老套的功能失调的社交集会都叫作“聚会”[1]。而黑人聚会从来都不会准时开始，因此人们无从效仿那种时髦的做法——掐着点迟到一小会儿，但又不错失活动的精华所在。我不想干坐在那儿听他们念会议记录，便等奥克兰突袭者队的比赛进行到中场休息环节时才过去。自从我父亲死后，东东甜甜圈知识人逐渐变成了一群城外的中产阶级黑人追星族和两月聚一次的学者们吹捧半红不紫的福伊·切希尔的组织。美国黑人很珍视自家的堕落英雄，打动他们的，很难说是他的坚韧，还是虽然历尽艰难，他还是开着那辆1956年产梅赛德斯300SL老爷车。无论如何，他们还是围聚在他身边，希望他能关注他们对一个贫穷的黑人社区的见解——他们发现这儿的黑人已经不多了，拉美人成了多数（他们只是把自己的种族眼罩拉开了短短一秒，就有了这个发现）。

一次次会议的主要内容是，那些隔周出现的成员们和那些隔月来一次的成员们争辩“bimonthly”这个词到底是指一月两次还是两月一次。我进甜甜圈店的时候，正赶上分发最后一摞《小报》，这上面刊登着有关狄更斯城的最新统计数据。我站在会场后面的蓝莓馅饼旁边，把这份印刷品拿到鼻子跟前，在浏览前使劲闻了闻新鲜香甜的油墨味。《小报》是我父亲设计的一份社会口径的道琼斯股票报告。只是商品和蓝筹股都被替换成了社会弊病和隐忧。有些数据只升不降：失业率、贫困、违法、婴儿夭折率；有些只降不升：毕业率、识字率、预期寿命，甚至每况愈下。

福伊·切希尔站在钟下面。十年的时间里，除了体重增加七十五磅，他变化不大。他比霍米尼年轻不了多少，却几乎没有白发，脸上也只有几道法令纹。在他身后的墙上，有两张海报大小的镶框照片，一张拍的是一个盒子，装有超级蓬松、看上去特别美味的多种口味的甜甜圈，跟我身后展示柜里眼看就要瘪掉、疙疙瘩瘩、已经发硬的所谓新鲜点心一点都不像。另一张则是我老爸的彩色肖像画，他骄傲地佩戴着美国心理学会的领带夹，头发也搞成完美的大波浪。我在后排落座。从房间里严肃的氛围可以判断，今天的日程很满，想要等东东的会议进行到“其他事宜”阶段，得一阵子了。

福伊举着两本书，像魔术师表演扑克把戏一样在众人面前展开。**选一种文化，任选一种。**他将一本书举向空中，用一种南方卫理公会的做作的拖长音调冲观众讲话，虽然他实际上是从大急流城[2]来到好莱坞山的。“不久前的一个晚上，”福伊说，“我想把这本《哈克贝利·费恩》念给我的孙子孙女听，但读到第六页就读不下去了，因为这书里充斥着‘黑词儿’。尽管他们是我见过的思考最为深入、训练有素的八岁和十岁的孩子，但我知道我的宝贝儿们还不能真正理解《哈克贝利·费恩》中的是非曲直。这就是我自作主张要重写马克·吐温这部经典的原因。那个讨厌的‘黑词儿’一出现，我就用‘战士’来代替，一出现‘奴隶’就用‘黑皮肤的志愿者’来代替。”

“做得对！”人们大声喊道。

“我还改进了吉姆的措辞，对情节主线进行了一点点修改，我给这书重新起了个书名，叫作《非裔美国人吉姆和他的学徒、白人小兄弟哈克贝利·费恩为寻找失去的黑人家庭而展开的无歧视历险及智识与精神之旅》。”这时，福伊把经他修订的版本举起来让大家看。我的视力不是最好，但我也敢肯定，封面上的哈克贝利·费恩正乘木筏顺汹涌的密西西比河而下，船长非裔美国人吉姆站在舵手的位置，双手放在窄窄的髋部，蓄着漂亮的山羊胡，披一件格子纹的巴宝莉运动外套，跟福伊当时穿的那件恰好一模一样。

我从来都不愿意参加会议，但自从我父亲死了之后，除非农场有急事，我都会出席。在福伊被任命为主导思想者之前，曾有一些人怂恿我当头儿。做贫民窟概念论的领袖。毕竟，我继承了黑人劝语者的衣钵。但我拒绝了，我找了个理由推辞，说我对黑人文化了解不足。我对非裔美国人处境唯一确定的事情就是，我们对“太甜”“太咸”这样的词毫无概念。在这十年里，对于加利福尼亚州针对黑人、穷人和有色人种的不计其数的残酷或轻蔑行径，比如8号和187号加州提案、社会福利的消失、大卫·柯南伯格的《撞车》，还有戴夫·艾格斯的那种社会改良者的傲慢，我只字未提。点名的时候，福伊从来不叫我真正的名字，而是喊一声“叛徒！”，面露狡诈和敷衍的笑，看着我的脸，“到了”，然后在我的名字旁边打个钩。

福伊在胸前并拢指尖，这是通用的手势，表示这个房间里最聪明的人将要发言了。他嗓门又大语速又快，每说一个词，速度和强度就提高一个级别。“我建议我们提出要求，将我这个在政治上应受推崇的《哈克贝利·费恩》的版本纳入每一所中学的阅读课程，因为这就是犯罪啊，达到法定年龄的几代黑人完全没有品味过这部——”福伊瞄了一眼原书的封底，“这部令人捧腹的、栩栩如生的美国经典。”

“到底是‘黑人’还是‘黑人们’？”我这么多年都不说话，突然蹦出来一句，让我们俩都猝不及防。但我来这儿本来就是想说些什么的，何不预热一下我的声带呢。我咬了一口自己勇敢地私带进来的奥利奥。“哪一个在语法上是正确的？我一直搞不清。”福伊故作镇静地呷了一口卡布奇诺，没有理会我。他和其他那些非狄更斯本地人属于黑色狼人思想者的可怕小团体，我更愿意称之为“狼人黑鬼”。白天，“狼人黑鬼”们博学多识，温文尔雅，但是伴随着月亮的每次圆缺周期、会议季度，还有他们的终身教职评估，他们颈上的毛就会竖起来，他们披上及地长的皮草大衣和貂皮披肩，长出尖牙，从他们的象牙塔和公司董事会会议室中缓步走出，到内城逡巡，这样他们就可以对着满月，伴着酒水和平庸的布鲁斯音乐嚎叫。现在，他的名气（如果不说是财富）已消减，狼人黑鬼福伊·切希尔选择狄更斯作为多雾的贫民窟旷野。一般来说，我会不计一切代价地躲开狼人黑鬼。最让我害怕的倒不是精神世界被撕成碎片，而是他们总是没完没了地坚持跟所有人，尤其是他们不能忍受的人，兄弟长兄弟短，姐妹这姐妹那。为了不那么无聊，我以前经常带霍米尼来参会。而且，他总能说出我的心里话。“为什么你们这些黑鬼说话都这么黑，在这儿你们把动名词里的‘g’都扔掉，可一旦在小小的电视节目上公开露面，你们这些王八蛋说起话来就像讨厌的凯尔希·格兰莫那么中规中矩。”但是，自从霍米尼听说了广为流传的谣言——福伊·切希尔从这些年他赚的版税里拿出几百万美元，买下了《小帮派》所有最具种族主义色彩的短片的所有权，我就不让霍米尼再来了。他又是捶胸顿足又是尖叫。每个动作都那么戏剧化。“黑鬼，我的《小捣蛋》片子在哪儿！”霍米尼发誓说他最好的作品就在那些胶片上。如果这说法是真的，就绝不能原谅那个自以为是的黑人性守护者，因为他打算永远剥夺全世界欣赏有蓝光和杜比环绕音响加持的美国种族偏见极致之作的权利。然而，几乎所有人都知道，就像下水道里的鳄鱼、流行摇滚和碳酸饮料的杀伤力一样，福伊·切希尔拥有最具种族主义色彩的《小捣蛋》胶片的所有权不过是另一个都市传说而已。

福伊总是反应敏捷，他用一袋美味的奶油煎饼卷来对付我的傲慢和奥利奥。我们俩都不至于沦落到去吃东东供应的垃圾食物的地步。

“这可是件严肃的事。马克·吐温老兄用了两百一十九次‘黑词儿’。就是说每一页平均就有零点六八个。”

“你要是问我的话，我倒是觉得马克·吐温用‘黑鬼’用得还远远不够多呢。”我嘟囔道。嘴里被至少四种美国人最爱的曲奇饼干塞得满满当当，我想没人能听懂我在说什么。我还是想继续说。比如，为什么要怪马克·吐温，明明是你自己没有耐心和勇气向你的孩子解释“黑词儿”存在的原因，向他们解释，在他们备受呵护的小小人生里，也许有一天也会被人叫作“黑鬼”，更糟糕的是，还会屈尊叫别人“黑鬼”。没有人会管他们叫“小黑的委婉语”，所以欢迎打开美国大词典——黑鬼！但我忘记要点牛奶来泡我的曲奇了。而且我再也没有机会向福伊和他那些头脑封闭的同类解释，马克·吐温实际要说的是，你们这些平凡的黑黑鬼在道德上和智识上都超越了平凡的白黑鬼，但此言不适用于那些自命不凡的东东黑鬼，那些一大清早吸上两口，在洗脸池里清洗鸡巴和因为长着从颜色到纹理都和未研磨的胡椒一模一样的阴毛而产生挥之不去的耻辱的人，他们想要禁掉这个词，撤回对西瓜的发明。这就是全世界最受压迫的民族和美国黑人之间的区别。他们发誓永远不忘记，而我们想把一切从我们的记录里删除，封印，永远存档。我们希望像福伊·切希尔这样的人代表我们向全世界提起诉讼，发出一系列指示，请陪审团摒弃几个世纪以来的嘲笑和刻板印象，假装你面前这些愁眉苦脸的黑鬼将从零开始。

福伊继续他的推销："'黑词儿'是英语里最邪恶、最卑鄙的词语。我相信没有人会质疑这一点。"

"我能想出比'黑鬼'更卑鄙的词儿。"我挑衅道。我终于吞下那口黏糊糊的巧克力奶油，闭上一只眼睛，举起一块咬了一半的曲奇，这样，深褐色的半圆形罩在福伊巨大的脑袋上，就像一个中心写着"奥利奥"[3]字样的、完美的纳贝斯克爆炸头发型。

"比如？"

"比如任何一个以'ess'结尾的词：Negress（女黑人）。Jewess（女犹太人）。Poetess（女诗人）。Actress（女演员）。Adultress（女小三）。Factchecktress（女事实核查员）。无论如何，我宁愿被叫作'黑鬼'，也不愿被叫作'女巨人'。"

"有问题。"有人嘟囔道，他动用了黑人思想者们的暗号，如果有什么人或事让他们觉得不爽，他们无助而且痛苦地发现不知该如何回答问题或者回应像我这样的家伙，他们就用这个暗号来概括。"你来这儿到底是想干什么，如果你根本没什么有用的东西要说？”

福伊抬起他的手，示意大家保持冷静。“东东甜甜圈知识人尊重每个人的意见。也许有人还不知道，这个叛徒正是本会创建人的公子。”这时，他面带同情地转向我：“继续说吧，叛徒。说出你来这儿想要说的话。”

当有人要在东东讲点什么的时候，总是会被要求使用EPPT（EmpowerPoint），由福伊·切希尔开发的“非裔美国人软件包”中的幻灯片展示软件。它跟微软的产品没有太大区别，只是字体选择里有类似廷巴克图、哈莱姆文艺复兴和匹兹堡信使这样的名称。[4]我打开店里的杂物间。在拖把和水桶旁边，老式的透镜式投影仪还在那儿。它的玻璃台和单张投影片脏得就像监狱里的窗户，但还能用。

我请副经理帮忙把灯光调暗，然后画了下面这张图，并把它

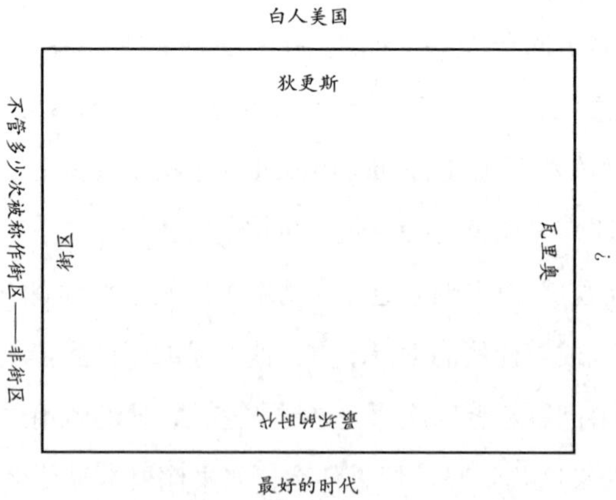

投影到软木天花板上：

我解释道，边界标签是要用喷漆喷到便道上的，分界线通过安装镜子和大功率绿色精准激光器来显示，如果这样做费用过高的话，我可以干脆围绕十二英里的城市边界线绕行一周刷上三英寸宽的白漆。听到自己嘴里说出“绕行”和“边界线”这样的词，我意识到，虽然这一切都是我当场拍脑瓜编出来的，但我比我原以为的要认真得多。是的，“我要把狄更斯城找回来”。

哄堂大笑。深黑色的笑，轰鸣不止，经久不息，这是心慈面善的庄园主在《乱世佳人》这样的电影里希望听到的那种笑。它像是你在篮球场更衣室和说唱乐表演的后台听到的笑声，像是在某个糊里糊涂的客座讲师大胆提出弗朗兹·法农、存在主义思想、弦理论和比博普爵士乐之间存在某种联系的时候，从耶鲁大学全白人的黑人研究系的密室里听到的笑声。嘲笑大合唱终于结束，福伊擦了擦他笑出来的眼泪，吞下最后一口奶油煎饼卷，溜到我身后，把挂在墙上的我老爸的照片翻过去，以免父亲因亲眼见证自己的儿子亵渎家族智商而颜面尽失。

“你说你要把狄更斯找回来？”福伊问道，打破了问答环节的尴尬冷场。

“对。”

“我们，而且我自认可以代表在座的大多数，只有一个问题，那就是：为什么？”

我那么期待大家关注这件事，然而没有一个人真正在意，这真让人伤心。我回到自己的座位上，之后就一直神不守舍。一边心不在焉地听那些常见的指责——关于黑人家庭的瓦解、黑人创业的需求，一边等福伊开口说“凡此种种”，这在黑人知识分子的交流中意味着“收到。通话完毕”。

“……凡此种种。”

终于，会议结束了。大家作鸟兽散，我正扭开我最后一块奥利奥，不知从哪儿冒出来一只长满老茧的黑手，将它一把夺走，扔进一张紧紧抿起的嘴里。

“你给整个种族带来的麻烦还不够吗，黑鬼？”

由卷变直的头发夹满粉色塑料发卷，塞在透明的浴帽里，巨大的耳环在两只耳朵下面乱晃，这位曲奇狙击手看上去更像某个叫布兰琪或玛姬的女人，而不是臭名昭著的帮会头目金（发“刚”的音）哥儿。我无声地，特别无声地诅咒金哥儿，在他用舌头舔着金属牙，清理他假牙托上塞着的巧克力碎屑的时候。

“我以前大嚼口香糖什么的时候，老师就是这么跟我说的。‘你给全班带来的麻烦还不够吗？’”

“毫无疑问，黑鬼。”

认识金哥儿那么长时间了，除了“毫无疑问，黑鬼”之外，我不曾跟他进行过真正的对话。其他人也没有，因为他虽然人过中年，但实在太敏感了，如果你说错了一个字，他会用在你葬礼上哭泣的方式向全世界展示他是多么敏感。因此，没有人愿意跟他对话，无论他何时主动跟你说话，无论他说什么，无论你是男人、女人还是孩子，你都要尽力压低音量回应，“毫无疑问，黑鬼”。

我父亲曾成功劝说他妈妈从地铁轨道离开，打那之后，金哥儿就一直是东东甜甜圈知识人的忠实观众。他妈妈当时手脚都用跳绳绑着，把自己扔在通勤铁路上，大喊，“一个白女人有问题，她就是遭遇困境的良家妇女！要是一个黑女人有问题，她就是福利诈骗犯，就是社会的负担。你们怎么就从来看不到黑皮肤的良家妇女？长发姑娘，长发姑娘，放下你的长发来！”[5]她喊叫的声音特别大，你能透过往前猛冲的蓝线地铁闸门关闭时的叮当声、刺耳的喇叭声听到她的自杀式抗议。金哥儿那时还叫柯蒂斯·巴克斯特，我还记得，当我父亲把他妈妈一把抱在怀里时，地铁驶过，产生的气流将小柯蒂斯脸上的眼泪吹拂到一边。我还记得那铁轨，锈迹斑斑，余音不绝，摸上去仍那么烫。

你给整个种族带来的麻烦还不够吗？

柯蒂斯长大后成了金哥儿，一个凭借头脑和英勇而备受尊崇的黑帮人物。他的帮会——卷纸追逐者，是第一个在打群架时配有受过培训的医护人员的黑帮。旧货市场如果突然爆发枪战，会有担架把伤者抬到火力前线后方的野战医院进行处理。你不知道应该悲伤还是叹服。做出这个创新之后没多久，他就申请加入北约。**别人都加入了北约。为什么瘸帮不可以？你告诉我，我们难**

道治不了爱沙尼亚？

毫无疑问，黑鬼。

“我要跟你谈点事。”

“毫无疑问，黑鬼。”

“不过不在这儿谈。”

金哥儿揪起我的袖子，把我拉到外边，走进仿若《巴斯克维尔的猎犬》[6]中那样雾蒙蒙的夜晚。在你没亲眼看见的情况下，白天就变成黑夜，这总是有点令人吃惊，我们两人都愣了一下，暖湿的雾气和沉默落在我们脸上。有时很难说清楚哪个更没完没了，是偏见、歧视，还是该死的会议。金哥儿把手握到一半，检查他剪过的长指甲，然后挑起一只修得过火的眉毛，笑起来。

“第一件事是‘把狄更斯找回来’。甭管街区以外的其他那些黑鬼说啥，我完全支持这事儿。那儿可不只有咱俩，凡是来自狄更斯的东东会员都没笑。那么，快动手干吧，哥们儿，因为你想想看，凭什么黑人就不能拥有他们自己的中餐馆？”

“毫无疑问，黑鬼。”

然后我做了一件出乎我意料的事。我竟然要和金哥儿对话了，因为我必须知道这件事，即使会搭上我的性命，或者，最起码会搭上我在社区所拥有的“安静的混蛋”的美名。

“我得问你点事情，金哥儿。”

“哥们儿，叫我哥儿。”

“好吧，哥儿。你为什么参加这种会议？你难道不应该在外边说说黑话，做做黑帮的那些事儿吗？”

“我以前常去听你爸讲话。愿他安息，那个家伙真是有深度，没的说。不过现在我去，只是防止这些东东黑鬼万一产生要真正介入街区的想法，那就会引起完全不必要的注意。这样我至少可以给街坊们一个保罗·里维尔[7]式的提前通知。如果是开丰田的陆地巡洋舰，就是1。开梅赛德斯C级，就是2。高等人来啦！高等人来啦！”

“谁要从哪儿来？”福伊冒了出来。会一散，他和其他的狼人黑鬼就往车里钻，准备到城里去兜风。柯蒂斯·“金哥儿”·巴克斯特没回答福伊。他只是转了下穿着匡威鞋的脚跟，走进了朦胧夜色。他使劲向右斜着身子，像一只耳朵患了内耳炎的醉醺醺的水手，回头冲我喊道：“想想那些黑人中餐馆。找些妞儿搞点乐子吧。你绷得太他妈紧啦。”

“别听那家伙的，找妞儿可没那么管用。”

我解开缰绳，跳上马背，福伊用拇指挑开两个处方药瓶，倒了三粒白色药片在手上。

“零点零零一。”他说道，手掌轻晃药片，好让我看到它们。左洛复和来士普。[8]

“什么，是说剂量？”

“不是，是我那该死的尼尔森收视率。你老爹曾经以为我患有躁狂抑郁症，但实际上这就是我自己真正的状态。听起来你也一样。”

在把药片轻轻放在舌头上，然后在从一个看上去很贵的银色随身酒壶里喝口水咽下去之前，他还装作要递给我药片的样子。福伊的动画片停播之后，他做了一连串清晨脱口秀节目。每次一失败，他就在更早一些的时间段开一个新节目，一次比一次早。正如血帮不用大写的字母C是因为它是死对头瘸帮的首字母一样［他们把Cap'n Crunch Cereal（船长牌麦片）都写成Kap'n Krunch Kereal］，福伊把所有的“fact”（事实）都用“black”（黑人）来代替，以显示他跟黑帮的友好关系。在《黑人》和《虚构和黑人多面手》[9]等节目里，他访问了很多人，从世界领袖到行将就木的音乐家。他最近一档节目，在公共频道播送的《就是黑人，女士！》，是一个荒谬的种族论坛。节目在星期天早上五点播出。早上五点，这个世界上只有两个黑鬼醒着，那就是福伊·切希尔和他的化妆师。

很难描述一个身着价值近五千块钱的行头，西装、鞋子和配饰却都凌乱不堪的人，但是借路灯凑近了看，这就是他的样子。一塌糊涂，他的衬衫皱巴巴的，没有上浆。几乎毫无褶皱的丝质裤子的裤脚被尘土弄成了褐色，快要破了。他的鞋也破旧不堪，整个人散发出一种薄荷酒的刺鼻味道。我曾听迈克·泰森说过：“只有在美国，你才能在破产后依然住豪宅。”

福伊重新盖上他的随身酒壶，放进口袋里。现在没有人旁观，我等待他完成狼人黑鬼的变形，长出尖牙和利爪。我想知道狼人黑鬼的头发是不是小卷发。应该是那样，对吧？

“我知道你要干什么。”

“我要干什么？”

“你现在和你父亲死的时候差不多年纪。十年了，你在会上一个屁都没有放过。为什么选择今天胡扯那些把狄更斯城找回来的鬼话？因为你想赢回东东，把你父亲创立的东西夺回来。”

“我可不这么想。任何一个在甜甜圈店搞糖尿病危害讲座的组织，你都可以保留。”

也许我当时就应该看出来。我父亲有一份用来判断一个人是否正在失去理智的检查单。他说精神崩溃是有预兆的，但人们常误以为那是什么人格力量。高冷。情绪起伏。自大妄想。霍米尼除外，他像是你在科学博物馆里看到的巨大的红杉树切片，他是一本打开的书，我只知道如何判断一棵树是否将从里边枯死，但我不懂如何判断人。树会有点萎缩。树叶长出斑点。有时树皮上还有溃烂和裂缝。枝条可能会变得特别干，或者摸起来软软的，像海绵一样。但最好的方法是观察树根。树根是把树固定在大地上的锚，让它在这个疯狂旋转的星球上岿然不动，如果它们断裂，长满了孢子和霉菌，那么好吧……我记得我观察过福伊的“树根”，一双价格不菲的棕色翼纹鞋。它们已经磨损，落满灰尘。如此情形，再加上流言不止——关于他老婆正在起诉要求离婚，破产，还有他那没什么收视率的脱口秀，也许我应该明白了。

“我一直在盯着你，”他钻进车里，“东东甜甜圈是我唯一剩下的东西。我不会让你抢走的。”两声喇叭算作告别，他开车绝尘而去。大奔沿着天空大道俯冲而下，扫过金哥儿的时候达到了马赫速度。金哥儿那高视阔步、缓缓而行的样子，哪怕隔很远，也能一眼认出他来。这事儿可不是经常发生，但这一次，在和瘸帮标志色一样蓝的月亮下，一个东东甜甜圈知识人的成员说出了像“黑人中餐馆”和“妞儿”这样富有建设性的话。

“毫无疑问，黑鬼。”我大声说。

第一次，我口言我心。

八

我选择给边界线喷漆。倒不是因为激光的更贵，虽然具备我所需强度的那种激光棒一根就要几百块，但我的理由在于，我发现涂涂画画时适合冥想。我一直都喜欢机械式的劳动。装信封这样单调的重复性动作，对我来说也具有某种根本性的催人奋进的意味。我可以做一个出色的工厂工人、库房文员，或者好莱坞编剧。上学时，每次我要记住什么，比如周期表之类的，我父亲就会说，完成这种无聊任务的关键，就是不要总去想你在做什么，而是去想你为什么要这样做。我问他，是不是如果奴隶们能去想想他们只是在做“园艺”，被奴役对心理造成的伤害也许就不会那么大？我遭到一顿让昆塔·肯特[1]都会为之皱眉的暴打。

我买了一大瓶白色喷漆和一部画线机，那种可以拿来标码数和在球场画罚球线的东西，在我开始做清晨的杂务之前，街上还没有那么多人，我赶到了指定地点，在马路中间开工画起了线。我根本没注意线直不直，或者我穿着什么服装，就设定了边界。

这是一个和东东甜甜圈智库一样不起眼的标志，没有人明白我在做什么。那些不认识我的人多半会以为我是个行为艺术家或疯子。我对后一种说法安之若素。

但是在画了几千码弯弯曲曲的白线之后，任何一个十岁以上的狄更斯人都了然我到底在搞什么名堂了。成群的逃学少年和流浪者不请自来，自愿守卫这条线。他们还把树叶和杂物从尚未干透的喷漆里拣出来，赶走那些骑自行车或乱穿马路的行人，不让他们破坏这条边界线。有时，前一天忙完，我会第二天早晨再回去，就是想看看是否有别人接手我未竟的事业。结果发现，有人会接着我的线继续画他们自己的线，通常还是用另外一种颜色。有时，那条线甚至都不能说是一条线了，而是一串血滴，或者在我的成果上来一串涂鸦签名____**最好的朋友就是西区疯狂63街匪帮**____，或者，就像为墨裔、非裔、非同性恋者及其他任何感到未获得充分服务和足够支持，并被热门有线电视节目利用的人群在洛杉矶开设的女同、男同、双性、跨性及双性人群联合会危机处理中心正对着的那个街角所发生的那样，一道三英尺宽四百英尺长的彩虹被一堆装满金色保险套的罐子固定在那儿。维多利亚林荫道上埃尔哈佛桥横跨小河的地方，有人用紫色写出的**100斯穆兹**[2]中断了我的线。我到现在也不明白这到底是什么意思，但我想说，有了这些帮助，没过多久我就完成了画线工作。很多警察是通过我的这项工作和我种的西瓜认识我的，他们经常开着巡逻车在一旁为我保驾护航，还比照着老版的《托马斯地图》检查边界线的准确性。我不介意门德斯警官开开善意的玩笑。

“你在干什么？”

“我在寻找失落之城狄更斯。”

“就靠在马路中间已经有两条黄线的地方画白线？”

“你喜欢你生日时得到的小狗，也一样会喜欢你家后院出现的脏流浪狗。”

“那你应该发些宣传页。”她说，一边递给我一份模板，是她在一张通缉海报的背面匆匆写下的。

寻物启事：故乡

你看到我的城市了吗？

描述：主要由黑人和棕色人种组成。有些萨摩亚人。

友善。你叫它的名字狄更斯，它会回应。

好人有好报。

如有任何信息，请致电1-（800）

狄更斯

我感谢了她的帮助，用一小团口香糖把广告贴在最近的电线杆子上。对于那些想找回丢失物品的人来说，在哪里贴传单，是这辈子要做的最难的决定之一。我选择了杆子底部，杰姆大叔老兵中心陆军演唱会的一圈传单中间。“杰姆大叔需要你！到加州洛斯阿富汗服役和放克！开放酒吧，晚九点至十点！”以及一张推销足不出户每周净赚一千美元的神秘梦幻工作的宣传单。我真希望那个贴广告的家伙曾经和负责人力资源的人谈过，因为我严重怀疑他们一周连三百块都赚不到，而且肯定不是居家办公。

画边界线和设置路标历时约六周，到了最后，我不能确定自己到底做了些什么，但是我开心地看到孩子们每个星期六绕着城市环行，他们仔细留意自己的脚步，一个紧跟一个地沿着线行走，确保一英寸也没有错过。有时我还会碰见年纪大一点的当地人站在马路中间，不敢跨过那条白线，一脸迷茫，仿佛在问自己，和另一侧相比，为什么会对狄更斯这一侧有那么强烈的感觉。明明那边的狗屎跟这边一样遍地可见。明明这边的草，既不比那边多到哪儿去，也肯定没有更绿。黑鬼们和这些草一样微不足道，但不知何故他们总感觉自己属于这一侧。为什么会这样？就是因为有了这条线。

我得承认，在我画完线之后，我自己也开始在越线时犹豫不决，因为这条环绕狄更斯城遗迹的弯弯曲曲的线，让我想起当年警察用粉笔在我父亲尸体周围画的毫无必要的白线。但是我的确喜欢这条妙不可言的线，我喜欢它所体现的凝聚力和社区联系意涵。我并没有重建狄更斯，我只是想办法把它隔离起来了。麻风病人隔离社区并不是一个糟糕的起点。

确切的变化，或者禅与乘坐公交车的艺术以及关系修复

九

有时，某种气味会在深夜把你搞醒。芝加哥有“黑鹰”寒风，狄更斯则有臭气，虽说有新上了漆的屏障，但也挡不住威明顿炼油厂和长滩废水处理厂的硫和垃圾散发的无色辣眼臭气。臭气顺着主风的方向刮到内陆，汇聚成一种浓烈而刺鼻的气体，烟里混合着花花公子们在纽波特海滩狂欢之后回家的恶臭，掺着汗馊、酒臭和喷得过多的黑色达卡淡香水的气味。他们说这股臭气降低了百分之九十的犯罪率，但当这气味在半夜三点像一记耳光那样将你扇醒，你想做的第一件事就是杀死姬龙雪[1]。

我画好边界线约两周后的一天夜里，恶臭格外浓烈，我实在无法再入梦乡。我试着清扫马厩，希望新鲜马粪的味道可以驱走我鼻孔里的臭气。但无济于事，我只好用浸过醋的洗碟布蒙住脸来抵挡这臭味。霍米尼走进来，一只胳膊上搭着我湿漉漉的紧身潜水衣，另一只手里拿着个烟斗。他这装扮就像英国男仆，全套燕尾服再加上一副优柔寡断的英国广播公司《名著剧场》节目的口音。

“你来这儿干什么？”

“我看灯亮着，寻思也许主人需要点刺激，想在夜里呼吸些新鲜空气。”

“霍米尼，现在是凌晨四点。你为什么不躺在床上？”

“跟你睡不着的原因一样。外面闻起来简直就像流浪汉的屁眼儿。”

“你从哪儿搞到的燕尾服？”

“50年代那会儿，每个黑人演员都有一套。穿着它在男管家或领班的试镜现场一出现，摄影棚的人就会说：‘小子，你可为我们省了五十块呢。你被录用了！’”

醒了抽一口，接着冲会儿浪，这主意还真不错。我嗨起来就没法开车去海边了，但这样正好可以给我一个借口，去看看我几个月没见的姑娘。冲冲浪，再和我的宝贝儿亲热亲热？这可以说是一箭双雕、双重减压啊。霍米尼陪我走到客厅，把老爸的躺椅拉过来，拍了拍扶手。

“坐下。”

燃气壁炉轰响着启动了，我塞了根木棍到火焰里，点着烟斗，顺顺畅畅地吸了一大口，在呼出气之前就嗨了。我一定是忘记了关后门，因为一头刚出生的小牛犊溜了进来，它皮色黑亮，未满一周，还没习惯狄更斯的声音和气味，它用褐色的大眼睛朝下望着我。我冲着它的脸吹了口烟，让我们俩可以一起感觉压力远离身体的滋味。随着夜色从我们的藏身之处逐渐褪去，黑色素滋滋冒泡，继而消散于无形，就像抗酸剂溶解在自来水中。

他们说一支烟会夺去你生命中的三分钟，但好的大麻会让死亡显得遥远至极。

远处传来断断续续的枪声。最后一声枪响之后还跟着警用直升机的旋翼声。为了压惊，小牛犊和我分享了双份的单一麦芽威士忌。霍米尼站在门口。一溜救护车沿街疾驰而过，他递给我冲浪板，就像管家把外套递给一位英国绅士。不管霍米尼是装的还是当真，有时我真嫉妒他的健忘，他可不像美国，他已经翻篇了。这就是历史的问题所在，我们总喜欢把历史想成一本书，这样我们就可以翻篇，然后他妈的向前走。但历史可不是历史印刷于其上的纸。它是记忆，而记忆是时间、情感与歌。历史是那些与你如影随形的东西。

“主人，我刚刚想起，也许您应该知道，我的生日就在下周。”

我就知道会有什么事。他近来过于体贴。但是你拿一个根本不想要自由的奴隶有什么办法呢？

“哦，太好了。我们可以去旅行，或者干点别的。另外，你能帮忙把小牛送回后院吗？”

“我可不伺候牲畜。”

即使在空气里没有气味的时候，你穿着春装在贫民区的街上走，一只胳膊下面夹着冲浪板，也没什么人鸟你。也许偶尔有一个持枪抢劫的小子会做一番评估，好奇地上下打量我一番，琢磨着把这个老古董克莱斯勒城乡尾舵拿到当铺去能换多少钱。有时他们会在自助洗衣店前拦住我，惊奇地盯着我这个趿着露趾人字拖的家伙看，戳戳我黑色聚氨酯皮肤的表层。

“看呀，哥们儿！”

“怎么啦？”

“你把你的钥匙放在哪儿？”

清晨五点四十三分。向西开往埃尔塞贡多的125路公交车准点进站。气动门带着那种我大爱的嘶嘶作响的强有力的效率感旋动开来，司机用一句友好的“快点儿，该死的，你把臭气都带进来了”欢迎我上车。632路公交车的司机以为我们已经分手了，因为几年前她嫁给了一个前匪帮说唱歌手帕纳什（现在是小有名气的电视警察兼麦芽酒推销员），她生了四个孩子，还拥有一个要求我跟她和孩子们保持五百英尺以上距离的禁令，因为我老是尾随他们从学校到家，大喊大叫：“你们老爸不知道他挽诗里的类韵，居然自称诗人！”

我在离台阶最近的常坐的位子上坐下，放松下来，把我的脚伸直到过道上，挥舞着和玻璃纤维材质的非洲盾牌一样的冲浪板，尽我所能地抵挡别人嘴里吐出的瓜子壳和污言秽语。

“去你的。”

“去你的。”

被驱逐与被伤害之后，我逃到公交车车尾，把我的冲浪板放在后面座位上，躺在上面，就像一个心碎的苦行僧睡在钉床上，试图以肉体之痛来驱走感情之痛。公交车沿罗斯克兰斯街缓缓移动，我此生之挚爱，玛耳珀萨·德利萨·道森，像个佛教禅修定时器似的报站名。坐在我前面三排的一个疯子念诵着早晨的梵唱：**我要搞死那个黑娘们儿。我要搞死那个黑娘们儿。我要搞死那个黑娘们儿。**

洛杉矶县的汽车比世界上任何一个城市的都要多。但没有人提到的是，这儿一半的车都停在兰开斯特到长滩之间用空心砖铺就的被认为是前院的空地上。这些不那么机动的机动车，连同好莱坞的标志、瓦茨铁塔、艾伦·斯班林[2]五万六千五百平方英尺的豪宅，都是洛杉矶与古老的工程学奇迹（比如帕特农神庙、吴哥窟、大金字塔以及廷巴克图古神殿）最接近的东西。那些双门或四门的生锈的古迹历经风暴和酸雨而屹立不倒，就像巨石阵，我们根本不知道这一堆钢铁纪念碑到底有什么意义。它们是养眼又紧实的改装车和趴地跳跳车令定制汽车杂志封面熠熠生辉的证据吗？也许车头立标和尾翼在冬至那天会与星辰连成一线。也许它们是陵墓，是后座恋人和司机们的休憩之所。我所知道的就是，每多一个这样的金属尸身，就意味着街上少了一辆私家车，多了一个羞耻的公交车乘客。羞耻是因为洛杉矶讲究空间，在这里，一个人的自我价值取决于他选择如何驾驭这个空间。走路无异于沿街乞讨。出租车是为外国人和妓女准备的。自行车、滑板和轮滑鞋是给健身迷、孩子和无处可去者准备的。所有的轿车，从豪华进口车到分类广告上的老破车，都是身份的象征，因为不管内饰多么粗鄙，开起来多么颠簸，喷漆多么糟糕，轿车，任何轿车，都比坐公交车要强。

“阿拉梅达！”玛耳珀萨喊了一声，一个女人匆匆上了车，她提着好多塑料购物袋，胳膊肘还紧紧挎着一个包。她沿着过道往后走，搜寻空位。我能从一英里之外就看出谁是初来乍到的人。他们是上了公交车后微笑并向其他乘客打招呼的人，因为他们相信，无论有多少相反的证据，乘坐大众交通工具只是暂时的挫折。他们是那些坐在安全性爱广告下面的人，从手里拿的布莱特·伊斯顿·埃利斯[3]的小说中疑惑地抬起头，想搞清楚为什么他们身边的混蛋并不是书里那些白富美混蛋。他们是那些当发现快闪汉堡[4]有秘密菜单和超绝密菜单时，会像游戏节目里的获胜者那样上蹿下跳的人。“芥末牛肉汉堡？太扯了！”他们会在大笑工厂登记，参加开放麦克之夜。他们沿着人行道跑步，想要让自己相信，上周在里西达拍的“双管齐下”的色情视频只是向更广阔更美好的未来抛出的敲门砖。色情是新浪潮。[5]

很多父母会吹嘘孩子说的第一句话。妈咪。爹地。我爱你。停。不。这样不对。我父亲跟别人相反，喜欢讲他对我说的第一句话。不是“你好”或祈祷文，而是在每一部《社会心理学导论》教科书第一章里都能找到的一句话：**我们都是社会科学家**。我相信我的第一次田野调查就是在公交车上进行的。

我年轻的时候，市政公交体系叫作“RTD”。这缩写所代表的官方含义是快速运输区域（Rapid Transit District），但是对住在像瓦特区、拉普安特区和南中央区的洛杉矶人来说，他们因年龄太小或者太穷还不能开车，RTD意味着艰难（Rough）、险阻（Tough）和危险（Dangerous）。我的第一篇科学论文是在七岁时完成的，名为《基于乘客人种和性别的就座趋势：以阶级、年龄、拥挤度和体味为控制因素》，结论基本上是显而易见的。如果被要求坐在一个人旁边，人们首先会侵犯女性的私人空间，最后才是黑人的。如果你是黑人男性，没有人，包括其他黑人男性，会坐在你身边，除非迫不得已。因此，当他们不情不愿地、轻轻地一屁股坐我旁边，他们会一成不变地用三个安全问题跟我打招呼，以便评估我的危险程度。

1. 你住哪儿？

2. 你看过（此处填入体育赛事或黑人主题的电影）吗？

3. 我不知道你是何方神圣，老兄。但你看见这刀/枪/有传染性的皮疹了吗？你不惹我，我也不会惹你的，明白吗？

以那些购物袋子拖着那位女士的手臂快垂到地上的样子来判

断，它们肯定越来越沉，她快撑不起她的购物袋和梦想了。别看她已筋疲力尽，而且随着公交车的每一次颠簸都变得越发沮丧，她依旧宁愿站着，也不肯坐我旁边。他们来到洛杉矶，一心想成为白人。即便那些生物学意义上的白人也不是真正白的白人。他们要的是拉古纳沙滩排球的白。贝莱尔[6]的白。无菜单料理的白。路易·斯皮科利的白。布莱特·伊斯顿·埃利斯的白。姓名要有三个词的白。代客泊车的白。吹嘘你是印第安人、阿根廷人和葡萄牙人后裔的白。有狗仔队跟踪的白。我曾丢了一份电话推销的工作，现在看看我，我很出名的白。卡拉巴萨斯的白。我爱洛杉矶。它是唯一可以让你在一天内既能去滑雪，又能去海滩和沙漠的白。

她坚守自己的愿景，不坐我旁边，我并不怪她，因为公交车一到菲格罗亚大道站，就会上来一些我都不愿意挨着坐的人。比如那个一个劲儿按停车键的疯子。“快停车，该死的！我要下车！你要开到哪儿去啊？”况且大清早的，把车停在两个车站中间的什么地方，简直就跟让阿波罗登月火箭的飞行员把飞船停在中途某个酒铺一样不可思议。

“我说，快停下这该死的车。我上班要迟到了，你这个肥婆！”

司机、监狱长、集中营的指挥官，他们都有自己的管理风格。有人喜欢唱歌给乘客听，用欢快的爵士时代小调来调节气氛，比如《鸳鸯茶》《我可爱的情人》。另一些人则喜欢躲起来，谦卑地坐在自己的座位上，任凭里边的人在收容所和公交车过道上乱跑，他们不系安全带，以便突然要紧急逃生。玛耳珀萨不是什么严守纪律的人，但她也不是可以任意摆布的。她的日常工作充斥着打架、抢钱包、逃票、骚扰、公共场合酗酒、危害儿童、拉皮条、在公交车开动时总站在黄线错误一侧的黑鬼，还有互相踢来踢去的游戏，这还没算时不时发生的谋杀未遂。她的工会代表说过，这个国家的公交车司机每三天就会被侵犯一次，而这个世界上有两样事情是玛耳珀萨早就打定主意要绝对拒绝的，成为一个统计数字，和成为别人口中的“肥婆”。我不知道她是怎么解决这个问题的，是说了句好听的，还是晃晃藏在她座位后面的金属警棍来吓唬他，因为我睡着了，一直到埃尔塞贡多才醒来。“终点站”的报站声在空荡荡的公交车里回响。

我知道她希望我从后门下车，但是，哪怕穿着丑陋的灰色公交制服，重了三十磅，她看起来还是漂亮得让我无法承受。在高速路上，你会忍不住看那些把头伸出车窗的狗狗，我现在就是不能把眼睛从她身上移开。

“闭上你的臭嘴，苍蝇都要飞进去了。”

“你想我吗？”

“想你？自从曼德拉死了之后，我就没想过任何人了。”

“曼德拉死了？我以为他会活到永远呢。”

“嗯，不管怎么样，你得下车了。”

“看，你是想我了。”

“我想你那些该死的李子了。我发誓，有时我梦到你那些该死的李子和汁水特别足的石榴，半夜都会醒来。我那时没跟你分手，差不多就是因为我总是想，我到哪儿才能吃到这样让人高潮迭起的该死的甜瓜呢！”

我们在公交车上重燃少年时代的友谊。当年我十七岁，没有车也没有脑子。她二十一岁，漂亮得足以让不合身的海藻褐色RTD制服看着像高级时尚女装。除了那枚徽章。没有人能摘下那枚徽章，连约翰·韦恩[7]也不能。那时她开434路——从市中心到祖玛海滩。那路车过了圣莫尼卡码头站之后就没什么乘客了，除了瘾君子、流浪汉，还有在马里布的庄园和海边别墅里服务的女佣。我在威尼斯和圣莫尼卡海滩冲浪。大多数时候是在第二十四站。有时是在第二十站。没什么真正的原因。浪糟透了。人超多。偶尔才能看到其他有色人种的冲浪者。与赫莫萨、雷东多和纽波特这些离狄更斯更近的海滩相反，那儿的休息时间全都被直刃朋克耶稣迷占据，他们在做每一套动作之前都要亲吻他们的十字架，冲完浪之后还会收听保守派的电台谈话节目。沿海岸向上走，沿着玛耳珀萨公交车的路线，多了一分悠闲自在。西区乐队。AC / DC乐队，超级杀手乐队，还有KLOS调频。嗜毒如命、骨瘦如柴的冲浪者们，日出之时听着英国节拍乐队的音乐飘飘欲仙，在涌浪之上旋转回切、颠簸滑行，清洗着自己的身体和痤疮。但是，不管你在哪里冲浪，都有混蛋在霸占沙洲。

罗斯克兰斯街的西端，街道的尽头是沙滩，这条路是洛杉矶县海岸线上放松和紧绷两个半球之间的北纬四十二度线。[8]从曼哈顿海滩南下到卡布利洛，他们叫你老黑，预期你会跑。从埃尔波托北上到圣莫尼卡，他们叫你老黑，预期你会跟他们打一架。在马里布以外，他们会报警。我继续坐公交车往远离海岸线的方向走，这样我可以有更多的时间和玛耳珀萨聊天。自打她开始和大一点儿的男孩约会，不再到霍米尼家以后，我们就没见过彼此了。我们聊了两个小时狄更斯的贫民生活，还有霍米尼的近况，我发现自己已经到了托潘加、拉斯图拉斯、阿马里洛、布洛克、埃斯孔迪多和祖玛之类的离家特别远的地方，这下可以跟海豹和海豚一起冲浪了。我在私人海滩附近漂浮，当我浑身湿淋淋地穿过当地亿万富翁们的沙滩上的后院，敲敲玻璃拉门，想借用一下电话和洗手间的时候，他们会盯着我看，以为我是一头顶着柳树形状爆炸头的会说话的海象。但是，出于某种原因，那些不冲浪的白人信得过一个夹着冲浪板的赤脚老黑。他们也许在心里琢磨，他的胳膊都占着呢，不可能顺走我的电视。况且，他能跑到哪儿去?

经过一个春天的周末冲浪之后，玛耳珀萨终于对我充满信任，答应陪我参加中学毕业舞会。这种毕业班舞会的意思就是，在我父亲陪伴并亲自开车护送的情况下，我们俩做点亲密动作。我们到迪龙斯跳舞，那是一个允许二十一岁以下人士入内的迪斯科大厦，像洛杉矶其他任何东西一样隔离有序。一层——新浪潮。二层——最佳灵歌40首排行榜。三层——掺了水的雷鬼乐。四层——班达、莎莎舞、默朗格舞，还有一点巴恰塔舞曲，纯粹是为了从好莱坞大道的佛罗伦萨花园抢点拉美裔顾客。我父亲拒绝到二楼以上。我和玛耳珀萨趁这机会甩掉他，顺着臭烘烘的楼梯到了三层，我们在那儿伴着吉米·克里夫和I-Threes乐队的音乐摇摆，还跑到话筒后面的地方，豪饮迈泰鸡尾酒，一直往克里斯蒂·麦克尼科尔的工作人员那边凑。这样保安就不会找我们麻烦，而是把我们当成某个青少年电影明星用来装点门面的黑人朋友。后来我们适时到榨椰工俱乐部去看手镯乐队，玛耳珀萨悄悄透露给我正在风传的谣言，说那个叫普林斯的和主唱搞上了。

我对这位“皇家坏蛋殿下”[9]一无所知，这几乎让我挨打，还差点将我的初吻无限期推迟。但在丹尼斯餐厅享受了一顿大满贯早餐之后，我们坐在皮卡的后座，沿10号高速公路以八十英里的时速飞驰在快车道上，我们以装饲料和种子的袋子为枕头，把摔跤变成舌头和大拇指的角力。玩“谁能打到最软处”。亲吻。呕吐。然后再次亲吻。“别说‘法式’，”她警告我，“要说舌吻或者交换口水。要不然，你听起来就是个生手。”

我父亲不看前边的路，动不动就转过头来，多管闲事地透过小小的驾驶室窗户偷窥，对我的摸胸技术翻白眼，模仿我接吻时情不自禁歪头的蠢样，他放开方向盘，握起一只手做出圆形的阴道形状，另一只手的食指插进去抽出来，打出全球通用的“快上她啊”的手势。这个男人——唯一能证明他曾和自己课堂以外的什么人上过床的证据可能就是在下了——绝对是废话连篇。

公交车上，皮卡后座上，骑马去鲍德温剧院时在马背上，我们有多少激情在移动中燃烧，这可太疯狂了。玛耳珀萨把脚放在方向盘上，用一本破破烂烂的卡夫卡的《审判》盖住脸。虽然我不能肯定，但我还是觉得她在掩饰自己的笑容。许多情侣都有专属于他们的歌曲。我们有专属于我们的书。作者。画家。默片电影。周末我们赤裸着躺在干草堆里，拂去对方背上的鸡毛，胡乱翻着《洛杉矶周刊》。洛杉矶县艺术博物馆举行葛哈·李希特、戴维·哈蒙斯、伊丽莎白·穆雷或巴斯奎特的回顾展，我们拍拍广告海报说："嗨，他们在展览我们的布面油画。"我们花好几个钟头在日落大道上的阿米巴唱片公司的废旧胶片箱里挑来拣去，拿起埃里希·玛丽亚·雷马克的《西线无战事》说："嗨，他们在用数字技术重新灌录我们的电影。"然后，我们在香港电影那块儿衣冠整齐地亲热一会儿。但卡夫卡是我们心目中的天才。我们轮番朗读《美国》和《寓言》。有时，我们读那些天书一般的德语书，自由联想着这些鸟语的意思。有时，我们把文字用旋律唱出来，用霹雳舞跳《变形记》，用慢舞跳《致密伦娜情书》。

"还记得你以前常说我让你想起卡夫卡吗？"

"只是因为你烧掉了一些自己写的垃圾诗，这并不代表我觉得你有哪点像卡夫卡。人家是拼命阻止卡夫卡毁掉他的作品，而我想为你划火柴。”

说得好！门开了，混杂着海洋、油田和海鸥粪的咸腥气味，飘进了公交车里。我在最下面一级台阶上犹豫不决，摩挲着冲浪板，似乎不知道怎么把它拿出门去。

“霍米尼还好吗？”

“他挺好的。前一阵子想要自杀。”

“他真是疯了。”

“没错。现在还是。你知道，他的生日快到了。我有个主意，你可以帮我。”玛耳珀萨往后一靠，把书放在看起来怀孕五六个月的大肚子上。

“你怀孕了？”

“棒棒，别闹了。”

她正生我的气，可我还是止不住笑，因为我实在想不起上次她叫我“棒棒”是什么时候了。这虽说不算多么硬气的诨名，但也是我能得到的最接近街头绰号的一个称呼了。我年轻的时候，在出奇地走狗屎运方面是出了名的。我从没得过什么贫民区的典型疾病。我没在小时候被晃傻。我不曾患过佝偻症、金钱癣、镰状细胞贫血症、破伤风、早发性糖尿病或各种各样的“炎症”。流氓会扑向我的朋友，却放我一马。警察不知为何也从来没有围上来，对我一通盘查，或者对我来一个锁喉勒颈。我从来没有被迫在车里待过一个星期。没有人把我误认为那个枪杀、强奸、告密、搞大别人肚子、骚扰、欺骗、无礼、过失或占什么人便宜的混混。幸运兔脚、星孩儿、四叶草好运混蛋，这些外号没有一个叫得久，直到我十一岁的时候，父亲逼着我去参加一个全市拼写大赛，由现已停刊的《狄更斯报》赞助，它的纸特别黑，所以它不是白纸黑字，而是黑纸白字，就像这样：**白人市议会批准增加预算……**决赛时我要对阵纳凯莎·雷蒙德。她的词是“omphaloskepsis”（意守丹田）。我的词是“bonbon”（棒棒）。从那之后，直至我父亲惨死的那个晚上，我听到的都是**棒棒，帮我选个号码。棒棒，给我的骰子吹口气。棒棒，替我参加公务员考试吧。棒棒，亲亲我的小宝贝**。是啊，自从老爸中枪身亡，人们就倾向于对我敬而远之了。

“棒棒……”玛耳珀萨攥紧双手，好让它们不要发抖。“对不起，我之前那样对待你。这该死的工作……”

有时，我想，应该不存在可测量智力这样的东西，如果有，它一定不能预言任何事，特别是对于有色人种来说。也许傻瓜不能成为脑外科医生，但是天才既可以做心脏病专家，也可以做邮局职员。或者公交司机。一个做出了一些糟糕选择的公交车司机。她从来不愿意放下手里的书，却在我们短暂交往后迷上了一个爱虐待人的老古板，那家伙后来又想做匪帮说唱歌手。他一大清早把头发梳到一半，还穿着连体包脚睡衣的玛耳珀萨硬拉出去，逼着她去圣费尔南多谷的珠宝店打前站。我一直搞不明白，为什么这些地方不立刻报警说看到一个年轻的非裔美国女人在开店后整十分钟的时候直挺挺地走进店门，眼睛直勾勾地盯着保安和监控摄像头，同时出声地数着步子，量出从钻石戒指到胸针的距离。

她会乌青着眼睛出现在我家里，悄悄躲到暗处，像黑色电影里的女反派，因为行事过火、自甘堕落而被通缉。大学不适合她，因为她觉得工作才能让黑人女性变得不可或缺，成为拿第三或第四多薪水的，但永远不会是第一和第二多的。有时早点怀孕也是好事。这件事像一记耳光把你打醒。让你挺直腰板。玛耳珀萨站在后门，吃着一个她从树上摘下的桃子。她鼻子和嘴唇流出的血和桃子的汁液混在一起，顺着下巴淌下来，滴在她的上衣和本来一尘不染的球鞋上，她身后的阳光把她没刻意做过的卷发变成一轮带着分叉和羞愧的火红日冕。她不愿意进门，只是说："我羊水破了。"我的心当然也随之破碎。一阵生死时速和一次硬膜外麻醉之后，小马丁·路德·金医院，也称杀手金医院，终于做了次好事。这个中间名为棒棒的孩子，这个大口吞奶、使劲吮吸乳头的恐怖家伙是你申请B类驾照的动力，他的存在提醒你，在卡夫卡、格温多林·布鲁克斯[10]、爱森斯坦和托尔斯泰之外，你最爱的事情就是开车。就是不断前行，引导你的公交车和人生轻柔而缓慢地驶入终点站，然后得到应有的喘息。

"那么霍米尼的事你会帮我啦？"

"快给我滚下车。"

启动开关按下，公交车轰鸣着发动。玛耳珀萨的车下一个出站，她在我面前把门关上，不过这次是缓缓关上。

“你知道，是我在狄更斯周围画了线。”

“我倒是听说过这破事儿。但这是为什么？”

“我要把这个城市找回来。我要把你也找回来！”

“祝你好运。”

坐在皮卡的破车厢里在大洋路上颠来颠去，同行的都是一些不修边幅、土生土长的金发白人男孩，他妈的晒得跟黑佬一样黑，他们的脸被阳光烤脱皮的样子，就像贴在后保险杠上的变旧的“局部运动”[11]贴纸，当你趴在冲浪板上望着朦胧的地平线等待下一个浪头的时候，你感觉他们比你更像一个冲浪者。他们很友好地让你搭车，你则要递上烟来作为回报。吸着，传着，努力不让那根大麻烟卷被加利福尼亚路上一个个的坑给颠掉，然后嗨得一塌糊涂，哇，兄弟，是我看错了，还是警示灯变短了？猛地来个急刹车。

“真是好东西，兄弟。你从哪儿搞来的这玩意儿？”

“我认识几个开荷兰式咖啡馆的人。”[12]

十

一个冬日，在实施种族隔离的亚拉巴马州，罗莎·帕克斯在公交车上拒绝把自己的座位让给一个白人，从而成了“现代民权运动之母”。几十年过去了，在本不应存在种族隔离的加州洛杉矶某地的一个季节不明的午后，霍米尼·詹金斯迫不及待地要将自己的座位让给一个白人。作为后种族民权运动“直挺挺站着”的祖父，他坐在公交车前部过道座位的边上，仔细打量每一位刚上车的乘客。不走运的是，狄更斯是一个像亚裔人士的毛发一样黑，像詹姆斯一样棕[1]的社区，他在仅限站立区域苦等了四十五分钟之久，车上全是少数族裔乘客，他和白人距离最接近的时候，就是一个拎着卷起来的瑜伽垫的留脏辫的女人在波因塞特大街站上车的时候。

“生日快乐，霍米尼。”她站在他旁边高兴地说，因练习高温瑜伽而出的汗从她脸上滴到了他的袖子上。

“为什么所有人都知道今天是我的生日？”

“车前面写着呢。亮着大大的灯：125路公交车，生日快乐，霍米尼！——吆咋，真够拉风。”

“哦。”

“你这寿星佬得到什么好东西啦？”

霍米尼指指窗玻璃下面贴着的一排蓝白两色的烟盒大小的标志，整整占了车头的三分之一。

老人、残障人士及白人优先就座

Personas Mayores, Incapacitadas y Güeros Tienen Prioridad de Asiento.[2]

“这就是我的生日礼物。”

狄更斯以前是集体给霍米尼庆生的。倒不是搞什么游行和授予城市钥匙之类的仪式，人们会以鸡蛋、射豆枪和蛋白派为武装，聚在他家门外反复吟唱：“吆咋！”他们会轮番上前按门铃。他一来开门，他们就大喊：“霍米尼生日快乐！”把糕点和鸡蛋糊在他油亮的黑脸上。他会特开心地把脸擦干净，换身衣服，等待下一支送来美好祝福的乐队。但在城市消失后，这种过生日的传统也随之不复存在。仪式就变成只有我敲敲霍米尼的门，问他今年想要什么样的生日礼物。他的回答永远都一样：“我不知道。给我点种族主义，我就开心了。”然后他会看看我是不是在身后藏了一个烂西红柿或一袋面粉。**有没有臭小子跑到这儿往你脸上扔西红柿？**通常我会给他买一些黑人的小装饰。两个陶瓷做的在紫藤树下边弹班卓琴边唱歌的黑人小孩，一个奥巴马袜子猴，或者一副显然会顺着非裔或亚裔美国人的鼻梁往下滑的眼镜。

但是，当我注意到霍米尼和罗德尼·金的生日都在4月2日，我突然想到，如果说亚利桑那州的塞多纳拥有能量旋涡、神秘圣地，游客可以重获活力、精神觉醒的话，那么洛杉矶必定拥有种族旋涡。在这里，游客体验到深切的忧郁感和族群无价值感。在像福特希尔高速路上的应急车道这样的地方，罗德尼·金的人生，在某种意义上还有美国及其高傲的公平竞争理论，开始了它们的螺旋式下降。种族旋涡如同佛罗伦萨大街的交叉路口，在那里，声名狼藉的卡车司机雷金纳德·丹尼的脸上被扔了一块四十盎司重的煤渣砖和几个世纪以来他妈的挫败。在切瓦士山谷，世代居住于此的墨西哥裔美国人社区被破坏，居民被暴打，被强制搬走，未得到补偿就离开，只是为了给一个有充足车位和道奇热狗的棒球体育场腾地方。梅萨和中心之间的第七大街也曾是旋涡，1942年，这里停着长长的一排公交车，这些装着无所事事的日裔美国人的闲置公交车，开始了驶向大规模禁闭的第一步。[3]在霍米尼最感到幸福的、穿越狄更斯城的125路公交车上，有一个通往自身的种族旋涡。他的座位在从前门数第三排右手边，那里就是种族主义的旋转中心。

提示做得太逼真了，大多数人根本没注意到有什么不寻常之处，哪怕你“读”完了提示，你的理解力还是会惯性地让你认为那上面写的是一如往常的“老人和残障人士优先就座”，瑜伽女发出了抱怨，虽然这只是第一条，但不会是玛耳珀萨那天收到的唯一一条。这个黑色的秘密一经公开，乘客就抱怨哀叹了一路。他们冲着提示指指点点，摇头晃脑，他们不是不相信这个城市竟然有胆量公然重新实施种族隔离，而是感叹过了这么久才终于有人出手。免费赠送的芭斯罗缤的奥利奥曲奇蛋糕切片，飞机上供应的那种小杯装的珍宝白兰地，还有她说到厌烦的免责声明——“这里是洛杉矶，世界上种族歧视最严重的地方，你能怎么着？”这一切只能激起他们的愤怒。

“这真是胡闹！”一个男人在要更多蛋糕和饮料之前喊道，“说句实在话，我感觉被**冒犯**了。”

“这话什么意思，我被冒犯了？”我看着全景后视镜里的一生挚爱问道。说服玛耳珀萨把125路车变成一个移动派对，并不是件太费力的事情，因为她和我一样深爱霍米尼。即使要我承诺送给她鲍德温《乔瓦尼的房间》的第一版，也不是什么难事。“这甚至都算不上是一种情感。‘被冒犯了’到底指的是哪一种感觉？没有哪个伟大的戏剧导演会对演员说，‘好啦，这一幕要表现出一些真情实感，现在走到那儿去，给我充分展示一下被冒犯的样子！’”

玛耳珀萨用她戴着露指皮手套的手使劲摆弄换挡杆的球形把手，我在座位上都感到坐立不安。

“这种说法多半来自乳臭未干的农场小男孩，他在人生中从来没有被冒犯过，因为他总是趾高气扬。”

“这是因为，如果曾经被冒犯过的话，我不知道自己该做些什么。如果我悲伤，我会哭。如果我高兴，我会笑。如果我被冒犯，我会做什么？用清楚和冷静的声音声明我被冒犯了，然后悻悻地走开，去给市长写封信吗？”

“你真是个有病的家伙，你弄的那些该死的提示简直把黑人拉回到了五百年前。”

“还有一件事，你为什么从来都没听别人说，‘哦，你把黑人往前推动了五百年’？为什么从来没有人这么说？”

“你知道你是谁吗？一个该死的人种变态。爬过别人的后院去闻人家的脏衣服，还像见鬼的白人那样穿上女人衣服打飞机。现在是该死的21世纪了，有人死了我才得到了这份工作，结果我让你这个有病的家伙说服我来开这辆种族隔离的公交车。”

“纠正一下。现在是26世纪，因为今天我把黑人往前推了五百年。另外，你看霍米尼有多开心。”

玛耳珀萨往上瞟了一眼后视镜，瞥了瞥寿星佬。

“他看起来并不开心。他看起来像得了便秘。”

她说得没错，霍米尼看起来未必开心，但是，如果摩托车超胆侠站在五十英尺高的坡道上，转动引擎，望向辽阔的沙漠和险峻的毒蜥大峡谷，他也未必开心。然而，当霍米尼守候着一位比他好的白人，当他紧抓住他前面座位的椅背，紧张地环顾四周，就像那种要自杀的瞪羚眺望塞伦盖蒂大平原，想找一只它可以为之献身的丛林猫的时候，人们得明白，这种视死如归的壮举是它们对自己的奖赏，而这时一头罕见的白色母狮在阿瓦隆大道站上了车，把仔细数好的零钱投进了售票箱，霍米尼这头小心翼翼的黑瞪羚自然是正往错误的方向看，没有注意到羊群中其他同类传来信号，提醒他一个捕食者上来了。难熬的沉默。挑起的眉毛。皱起的鼻子。当他终于捕捉到了女人的香气，差点儿为时已晚。她越过了他，追踪猎物的脚步停在了一个身着全套篮球装备，在读一本体育杂志的大块头男人背后。终于，霍米尼乱糟糟的脑袋里已经老化的预警系统在呐喊："快看！一个白人婊子！"然后他啪地来一个"是，夫人"的立正姿势。不需要请求或命令，霍米尼就让出了他的座位，以一种特别谄媚、特别油腔滑调的黑人行事方式，似乎这个动作不是简单地让出他的座位，而是让出一份遗产。因为对他来说，这个座位，这个硬邦邦的橙黄色的塑料座位，是他与生俱来的权利，而他的姿态就是一次献礼，是还一笔欠白人至上之众神很久的债。如果他知道怎么能曲膝站立的话，他早就那么做了。

如果微笑就是皱眉的反义动作，那么霍米尼往车尾慢吞吞挪动时脸上挂着的满足，就是噘嘴生气的反义动作应该有的样子。我想这可以部分地解释为什么没有人反对他的所作所为。我们把他脸上的表情看作我们自己收藏的面具之一。我们装在裤子后口袋的开心面具，在我们想要窃取一些隐私或进行一次伤感的逃跑时，就像银行劫匪一样猛地把它抽出来。我拼尽全力控制住自己，不去哀求那位女士赏光来坐我的座位。有时我想，雪茄店门前的木雕印第安人立像那呆呆的傻笑是自然选择的结果。[4]这就是“无知者生存”，我们就是那张经典的进化照片里的黑蛾子，紧附在覆满煤烟灰的黑黑的树干上，让我们的捕食者看不清我们的身影，但无论如何，我们还是那么脆弱。黑蛾子的任务就是让白蛾子有事可忙。我们紧紧贴在树上，那上面有糟糕的诗歌、爵士乐，还有调侃白蛾黑蛾差异的粗俗脱口秀。“为什么白蛾子总往有光的地方飞，往纱门还有粪堆上撞？你们从来没见过黑蛾子这么干。这些乱扇翅膀的蠢货。”任何让白蛾子接近我们的东西，都会降低我们成为猛禽、志愿军或是太阳马戏团狩猎目标的概率。我始终困惑的是，在这些照片中，白蛾子总是待在树干上较高的地方。那些教科书到底想要暗示什么？是想说尽管会招致更大的风险，白蛾子依然在进化和社会的阶梯上处于较高的地位吗？不管怎样，我想黑蛾子一定有一张和霍米尼一样的脸，那种所有黑色鳞翅目和黑色人种与生俱来的屈从的脸。每当在商店里有人走近问你“你在这里打工？”，那种自动触发的取悦于人的反应。那种在上班而不是在洗手间隔间时你时刻保持的表情，那种当白人踱到你身边居高临下地拍拍你的肩膀说“你干得不错，继续好好工作”时，你冲着白人亮出的表情。那种装作认同更好的人得到了应有的晋升的表情，即使在心底里你和他们都明白你才是更好的，而最优秀的人是二楼那位女士。

所以，当霍米尼——缩肩驼背的谄媚典型——站起身来，做出那种表情的时候，车上的所有人都感同身受，仿佛有个白人裸着前臂站在他们旁边，想看看他们从加勒比海度假晒太阳带回来的黝黑肤色和自然肤色相比哪个更黑。就如同亚裔被问，“不是，你老家到底在哪儿？”拉美裔被问，有没有居留证明；大胸的女人被问，“这是真的吗？”

直到玛耳珀萨注意到，那个她不认识的白人女子坐完了从埃尔塞贡多大厦到诺沃克往返整整三个小时的环程又继续坐，她才开始起了疑心，但为时已晚。车几乎空了，她的当班时间也快结束了。

“你认识她，是吧？”

“不，我不认识。”

“我才不相信。”玛耳珀萨吹爆了她的口香糖，拿起内置话筒，让一种放大的嘲笑充满了公交车。“女士，对不起，那位草莓金发女士，坐在一车黑鬼和墨西哥人中间还超级舒服的那位（我说的“墨西哥人”是指所有人。中部，南方，北方，不管来自美国哪儿，是土生土长的美国人还是别的什么人），请到车前边来。谢谢。”

暮色降临埃尔波托港，那个白人女子沿着过道走过来，夕阳透过前挡风玻璃，紫橙色调交叠的炫目条纹倾洒进车里，照得她就像选美大赛的获胜佳丽。我之前没有注意到她有多美。真是太美了。不难看出，霍米尼让座并不是因为她是白人，而是因为她太他妈美了，这想法简直让我想重估整个民权运动。也许种族与此完全无关。也许罗莎·帕克斯没有让出她的座位是因为她知道，那个家伙是个拒不认错的气包子，或者是那种讨厌鬼——一个劲儿问人家在看什么书，然后不由分说地告诉你他在看什么书，他想看什么书，还有他后悔读了什么书，什么书他告诉别人自己读过但实际上根本没读。因此，就像那些白人女高中生和健壮的黑人运动员在木工间里搞完课后性爱，如果被她们的老爸发现又哭诉说是强奸一样，也许罗莎·帕克斯是在被捕以及没完没了的教堂集会和铺天盖地的媒体追踪之后，不得不高声斥责种族主义，因为如果她说了实话——“我拒绝让座，因为那人问我在看什么书”，那么黑人同胞估计会对她动用私刑。

玛耳珀萨看看我，再看看她孤零零的白人乘客，然后又回头看着我，把车停在繁忙的路口，用尽她所有的文明礼貌把车门按开。“所有我不认识的人，快从这该死的车上下去。”“所有”指的是一个懒洋洋的滑板客，两个坐在车尾像交缠在一起的橡皮筋一样交颈接吻一个钟头之久的小破孩，他们很快就会发现自己手里拿着在海风中无力地飘动的免费换乘车票站在罗斯克兰斯大道中间。自由乘车人小姐本来也打算跟着下车，玛耳珀萨挡住了她的去路，如同1963年华莱士州长挡住了亚拉巴马大学的入口。

> **以那些踏上这片土地的伟大人物的名义，我在尘土上画条线，在暴君的脚下立下战书，我想说，现在要种族隔离，未来要种族隔离，永远要种族隔离。**

“你叫什么名字？”玛耳珀萨一边把车往北边拉斯梅萨斯的方向开，一边问。

“劳拉·简。”

“好，劳拉·简，我不知道你是怎么认识这个满身粪肥味儿的傻瓜的，但我希望你喜欢派对。”

跟那些价格不菲却又千篇一律的卡塔琳娜岛一日游不同，这场即兴发起的太平洋海岸高速公路四轮生日派对不仅免费，而且太带劲了。在我们的远洋游轮旁的高速车上，各种设施一应俱全。开放式吧台。踩扁的易拉罐，用笤帚玩沙狐球。还有包括投硬币和多米诺骨牌的赌博游戏。一种叫作“跟我一样”的抛硬币游戏，还有迪斯科舞池。船长玛耳珀萨掌舵，像愤怒的海盗那样畅饮和咒骂。我的角色是大副、乘务长、甲板水手、酒保和DJ。在公交车大声播放胡迪尼的《放克五分钟》，从马里布码头驶进街对面盒子杰克的免下车点餐窗口的这段时间，我们沿途又搭载了更多的乘客。我们要了五十份煎玉米卷，一大堆酱汁，整个夜班的工作人员当即就围着围裙、戴着纸帽什么的翘班上了车。如果我有纸笔，公交车有卫生间的话，我会再贴上一个提示——**所有雇员在回到现实生活之前必须洗手醒脑。**

夜幕降临，一过佩伯代因大学，公路收窄成两车道的山路，如同伸向星空的滑板斜坡。路上没有多少光亮。只是偶尔有对面来车的远光灯闪烁，如果你走运，还能邂逅沙滩上孤独的篝火，月光在太平洋上铺洒的一层晶莹的黑曜石光泽。就是在这段蜿蜒的山路上，我第一次向玛耳珀萨示爱。我亲了她的脸颊。她没有躲闪，我感觉这是一个好兆头。

虽然这趟公交车之旅很颠簸，但霍米尼大部分时间还是站在舞池中央，顽固地抓住头顶上的扶杆，以及它所代表的美国歧视的历史，但是，到了普埃科海滩附近，劳拉·简用她的胯骨在他身后有节奏地摩擦，嘴贴在他耳边逗他，成功地诱骗他跳出了陈旧的思维定式。“可恶。”我们以前会这么说，她围着霍米尼欢跳，双手高举，和着节奏。歌声一结束，她挤出人群走向船头，上唇上面的细绒毛闪着汗滴。该死，她真美。

“好棒的派对。”

无线电突然响起来，一个调度员用关切的嗓音说了“行踪”

这个词。玛耳珀萨把音乐声调小，说了几句话，我没听清。然后她冲着话筒来了个飞吻，随即关掉了无线电。如果说纽约是不眠之城，那么洛杉矶就是总醉倒在沙发上的城市。一过列奥卡里罗，太平洋海岸高速公路就变得平稳起来，月亮消失在圣莫尼卡山之后，夜空被染成一片漆黑，如果竖起耳朵，你可以听到接连两声微弱的脆响。第一声是四百万间客厅里的电视机步调一致地关掉，第二声是四百万间卧室里的电视机不约而同地打开。电影人和摄影师经常谈起洛杉矶阳光的独一无二，它如何在天空挥洒光芒，金黄而甜蜜，像维米尔、莫奈和早餐的蜂蜜全都糅合在了一起。但是洛杉矶的月色，或者无月的夜色，一样不同凡响。当夜幕笼罩，我是说真的笼罩，气温下降二十度，一种羊膜般的全然的黑暗覆盖并安抚着你，如一个爱人在你人还躺在床上时为你叠被铺床，而电视机关掉再打开之间的短暂一刻，就是英格尔伍德的夜间脱衣舞俱乐部开门前的平静，就是新年前夜枪声不和谐地响起前的平静，就是圣莫尼卡、好莱坞、惠提尔和克兰肖大道慢慢苏醒，车流开始涌动之前的平静，就是洛杉矶人终于有时间暂歇和反思的时刻。感谢韩国城的深夜小吃摊、玛利亚奇广场。感谢辣汉堡和熏牛肉三明治。感谢船长玛耳珀萨，此刻她目光穿透挡风玻璃，斜望星辰，靠航位推测法开车而不是按部就班沿路线走。轮胎切切实实地滚过沥青路，公交车正通过海拔最高的地段，她听到第二声脆响，便播放更多音乐配合前行，不一会儿，霍米尼和盒子杰克的其他芭蕾舞者又开始在过道里用脚尖转圈，大声和着汤姆·佩蒂的歌。

“他是在哪儿找到你的？”玛耳珀萨问劳拉·简，她的眼睛依然盯着银河。

“他雇了我。”

“你是个妓女？”

“见鬼，还真差不多。我是演员。业余扮演臣服者来付账单。”

“如果你连这种活儿都得接的话，看来还真是挺难拿到什么角色的。”玛耳珀萨瞟了一眼劳拉·简，咬着自己的下嘴唇，把注意力又放回夜空。

“我在哪儿见过你演的什么吗？”

“主要是电视广告，但挺难的。每次我接到一个角色，制片人就会像你刚才那样看着我说，‘不够土’，这在业界行话里就是‘太犹太’的代号。”

劳拉·简感觉到玛耳珀萨在洛杉矶沉默时刻还没有完成七脉轮的净化，她把漂亮的脸蛋贴在玛耳珀萨妒忌的脸蛋上，两人一起观察后视镜里的自己，就像一对错配的双头连体双胞胎。一个是中年黑人，一个是年轻白人，共享一个大脑，却不共享思维过程。“这让我都想变成黑人了，”白妹妹说，笑着把手滑过黑姐姐灼热的脸颊，“黑人什么工作都能得到。”

玛耳珀萨一定是把公交车设成了自动驾驶模式，因为她的双手离开了方向盘，绕在了劳拉·简的脖子上。不是掐她，而是帮她弄直连衣裙的衣领，让这位邪恶的孪生妹妹知道，她已经准备好，她那侧的大脑一发出指令，她就会猛扑上去。“听着，我可不信黑人‘**什么**工作都能得到’。就算是这样，那也是因为麦迪逊大道了解，老黑就算只挣一块钱，也愿意花一块二去买他们在电视上看到的那些垃圾。我们可以看看标准的豪华车广告……”[5]

劳拉·简点点头，一副听得很认真的样子，她机智地把胳膊绕过玛耳珀萨，放在方向盘上。有那么一小会儿我们的车都压在双黄线上了，幸好她及时出手，轻巧地把车拉回了快车道。

“豪华车。你刚才说什么来着？”

“豪华车广告暗中传递的信息就是：‘我们这些待在奔驰、宝马、雷克萨斯、凯迪拉克还有该死的其他什么车里的人，都是有同等机会的机会主义者。看见方向盘后面那个帅气的非裔美国男模了吗？我们希望你们，哦老天，你们是继年龄在三十至四十五岁之间的白人男性之后最受青睐的消费者，你们坐在躺椅里，我们希望你花钱，加入我们这个欢乐开怀、无拘无束、毫无偏见的世界。在这样的世界里，黑人坐姿笔直地在那儿开车，而不是歪着身子深陷在躺椅里，只露出亮闪闪的圆锤头。’”

“这为什么大错特错呢？”

“但潜台词是：‘看，你这懒惰、肥硕、容易受推销蛊惑的家伙，白人拙劣的借口。你沉迷于这个三十秒的春秋大梦——一个衣着入时的黑鬼从他的都铎式城堡里开着依据空气动力学设计的德国精工豪车去上班，所以你最好清醒一点，老兄，别让这些齿轮齿条式转向器、天窗、告诉你“制造商建议零售价很划算”的猴子们把你耍得团团转，窃取你的美国梦！’”

一提到美国梦，劳拉·简身体紧绷起来，她把掌舵大权交还给玛耳珀萨。“我被冒犯了。”她说。

“因为我用了‘黑鬼’这个词？”

“不是，因为你就碰巧是个漂亮女人，不过碰巧是黑皮肤，而且你那么聪明，不会不知道这不是人种问题，而是阶层问题。”

劳拉·简在玛耳珀萨的前额上来了响亮和湿润的一吻，旋着她的克里斯蒂安·鲁布托红底高跟鞋跟回到工作中。我抓住玛耳珀萨抡到一半的胳膊，让劳拉·简逃过她根本没料到的针对她后脑勺的一击。

“你知道为什么白人从来不是碰巧才白的？因为他们全都认为他们是被上帝触摸过的，这就是原因！”

我把玛耳珀萨气得紧蹙的额头上的唇印用拇指抹掉。

“把阶层压迫这套垃圾跟见鬼的印度人和笨蛋说去吧。说什么我应该‘更了解’。她是犹太人。**她**应该更了解。”

“她没说自己是犹太人。她是说人们**认为**她看起来像犹太人。”

“你就是个该死的叛徒。这就是我踹了你这个家伙的原因。你从来不维护自己。你八成是站在她那一边。”

戈达尔把拍电影视为一种批判手段，玛耳珀萨对待开公交车这事儿也是如此，但是不管怎样，我觉得劳拉·简有她的道理。无论犹太人应该长成什么样，从芭芭拉·史翠珊到名义上的犹太人乌比·戈德堡，你从来没有看过哪个看着“特犹太”的广告，就跟你从来看不到黑人表现得“都市”（从而“可怕”），也看不到好看的亚裔男性，或者深色皮肤的拉美裔。我相信那些群体把他们的收入不成比例地花在了他们根本不需要的垃圾上。当然，在电视广告田园牧歌式的世界里，同性恋是神秘的物种，你能在这种广告里看到的独角兽和矮精灵比你看到的同性恋男女还要多。也许毫无威胁性的非裔美国演员在电视领域占的比例过高了。他们在耶鲁大学戏剧学院的硕士学位和莎士比亚式的训练都浪费了，只是站在烤肉台周围说着以下这类台词：“有请，老友。确然，汝知百威乃啤酒之王。为啤酒泡沫丰富者无安宁。”[6]但是，静心细想，你在汽车广告里绝对没见过的不是犹太人、同性恋或都市黑人，而是真正的交通路况。

公交车放慢速度，玛耳珀萨来了个左转弯，把我们带离高速路，下到一条隐秘而曲折的辅路。我们爬过一片露出地面的石灰岩，一段颤颤巍巍的滨海木栈道，穿过一个废弃的停车场。从那儿开始，她调低挡速，最后干脆放到空挡，把这辆变身为沙滩汽车的车直接开到了沙滩上，比着地平线平行地停了车，海浪涌上来了，车身没在一英尺半深的海水中。

“别担心，这玩意儿就像全地形车，跟水陆两栖的差不多。经过泥石流和洛杉矶见鬼的下水道系统的历练，一辆公交车能应付任何障碍。如果我们当年用公司的公交车登陆诺曼底的话，第二次世界大战应该可以提前两年结束。”

前门和后门一下都敞开了，太平洋的海水调皮地轻拍着底部的台阶，公交车成了坐落于海中五十码高的塔上的波拉波拉酒店房间。我甚至想坐等盒子杰克的某个服务生开着水上摩托送来毛巾，还有第二轮的酸面包汉堡和香草奶昔。

阿尔·格林歌唱着爱情和幸福。劳拉·简把衣服全都脱掉。在车里幽暗的灯光下，她纤薄、光滑且白皙的皮肤闪着鲍鱼贝般的彩色荧光。她昂头挺胸，走过我们身边。“我在一个金枪鱼广告里演过美人鱼。不过我得说，那次拍摄过程一个黑人演员都没有。为什么非裔美国人不演美人鱼？”

“因为黑女人讨厌头发被弄得湿漉漉的。”

“哦。”话音未落，她借助公交车上的铝网格，像脱衣舞娘玩钢管一样，把自己晃到了水里。盒子杰克船员们也跟着跳下，只戴着他们的纸帽子，同样一丝不挂。

霍米尼悄然走到前面，望着海水，无限神往。

“主人，我们还在狄更斯吗？”

“不，霍米尼，我们不在。”

“哦，那么狄更斯到底在哪儿？在海的那一边？”

“狄更斯在我们的脑海里。真正的城市有边界。有路标。有友好城市。”

“我们很快也会什么都有吗？”

“我希望如此。”

“另外，主人，我们什么时候从福伊·切希尔那儿把我的片子要回来？”

“等我们重建了狄更斯就马上去。我们要去看看那些片子是不是在他手里。我答应你。”

霍米尼在门口停了一下，衣服一件也没有脱，用他的半筒工作靴的脚趾部分试了试水。

“你知道怎么游泳吗？”

“嗯哼。你不记得《深海捕鱼》啦？”

我把《小捣蛋》里超恐怖的经典一集给忘了。小家伙们翘了课，跑到一艘专门捕捉总在滨海区为非作歹的鲨鱼的捕鱼船上。因为小狗皮特把鱼饵给吃掉了，他们就在小霍米尼身上涂满鱼肝油，扎破他的手指，用钓钩钩着他的腰带，把他吊在鱼竿上，又把他放进水里充当捕鲨的诱饵。在水里头，他得从一群河豚的嘴里吸气以免被淹死，还有一只电鳗不停地电他的腹股沟。那集的结局是一只大章鱼向小捣蛋们表示感激，感谢他们制服了讨厌的长着毒牙的祸害（原来，阿发发唱歌的声音特别尖，能在水下发出驱鲨的音符），特意喷了孩子们一身墨汁。等这帮黑孩子回到码头，焦急的父母早已挤在那儿翘首企盼，霍米尼和巴克韦的妈妈包着头巾，她喊道:“巴克韦，我不会告诉你老爹的，我再也不管他任何一个古里古怪的孩子了！”

玛耳珀萨趴在我腿上睡着了，我望着大洋深处，倾听浪涛汹涌，笑声起伏。但大部分时间我惊艳于在海上仰泳的劳拉·简那粉珊瑚色的晶莹胴体，双峰指向星辰，私处的毛发在清澈的水里漂动，如同一簇柔软的海草。一记剪刀脚，一个挑逗的眼神，她又潜入水中。玛耳珀萨在我肋骨上狠狠一捶。我为了不让她太得意，用尽意志力才忍住没有去揉痛处。

“看看你，跟所有洛杉矶黑鬼一样，就会盯着白人小婊子。”

“白人宝贝儿可勾不起我的兴趣。你知道的。”

“胡说，你那儿都兴奋得把我弄醒了。”

“这是厌恶疗法。”

“是什么？”

我不想告诉她我父亲把我的头锁进视速仪整整三个小时，在我眼前快速轮播他那个时代的禁果——性感海报和《花花公子》的裸照插页。贝蒂·佩吉、贝蒂·格拉布尔、芭芭拉·史翠珊、崔姬、简·曼斯菲尔德、玛丽莲、索菲亚·罗兰。然后他逼我咽下吐根和秋葵的汁液，我就会吐得一塌糊涂，与此同时，他用录音机播放芭菲·圣玛丽和琳达·朗丝黛的歌曲。视觉刺激有作用，但听觉的东西不管用。直到今天，每当我情绪低落、心烦意乱的时候，我就播放里基·李·琼斯、琼尼·米歇尔和卡洛尔·金的歌曲，她们都是在声名狼藉先生、图派克或冰冰说唱黑鬼出现以前公开向加州之路表达致意的。可是如果你仔细看，而且光线又正合适，你可以看到芭比·本顿裸体插页的后像已经印在我那如同打折的等离子电视的瞳孔里了。

“没什么。我就是不喜欢白妞，就这么回事。”

玛耳珀萨坐起身来，把头埋在我的颈窝里。“棒棒?”她还跟以前一样好闻，像是婴儿爽身粉和设计师品牌洗发水的味道。她并不需要别的。“你是什么时候爱上我的?”

“《烤焦吐司的颜色》。”我说，这是一部畅销回忆录，讲的是一个来自底特律的家伙，他“疯狂”的白人妈妈不想让混血的孩子们被“黑”词儿伤害，就把他们当棕色人种养大，叫他们棕米粒，总是庆祝棕色人种历史月，一直到他十岁，他都以为自己肤色那么深，是因为他那缺席的父亲是他们公共住房后院那棵被闪电烧焦的玉兰树。“我老爸说服你加入了东东甜甜圈人。其他人都喜欢那本书，但在问答环节你发飙了，‘我真受够了黑人女性皮肤的色调总被人指指点点！这个是蜜一样的颜色！那个是黑巧克力！我祖母是摩卡、拿铁、见鬼的全麦苏打饼干的那种深棕色！为什么他们从来不用什么食物和热饮来形容白人？为什么在他们连高潮和结局都欠奉的种族主义小说里，没有什么酸奶色、蛋壳色、手撕奶酪色、低脂牛奶白色的主人公？这就是黑人文学糟糕的地方！’”

“我说过‘黑人文学糟糕’吗？”

“没错，我为你神魂颠倒。”

“狗屁，白人的肤色也各种各样。”

一波出奇猛烈的涨潮让公交车东摇西晃。借着车前灯，我看到左边有一个大浪头正在酝酿之中。我踢掉鞋袜，甩了上衣，游上前去。玛耳珀萨站在车门口，小腿没在浪里，她把手拢在嘴边，好让自己的声音在巨浪和越发猛烈的东南偏南风的嘶吼中也能被听到。“你不想知道我是什么时候爱上你的吗？”

说得好像她真的爱过我似的。

“每次我们出去吃饭的时候，我就会有坠入爱河的感觉！我会这么对自己说，‘谢天谢地，一个不坚持坐在靠门座位的黑人！终于有这么一个不假装自己是大人物的黑鬼！一个必须时刻提防有人在后面追他的男人，因为他真的坏透了！’我怎么能不爱上你呢？”

人体冲浪的关键是把握时机。你要等待海浪将你的肚子正好甩到你腹股沟位置的那个时刻。赶在波浪卷起之前游两下，一旦水流让你感到失重，再使劲划两下，抬起你的下巴，一只胳膊紧紧贴在身侧，另一只伸向前方，掌心朝下，稍稍弯向肘部，然后只管向岸边游。

城市杂记：间奏

我从来搞不懂友好城市的概念，但又总是为之着迷。姐妹城市，有时好像是这么称呼的，看起来更像是近亲结婚，而不是收养——城市和城市之间择偶，互相求爱。有些结合，比如特拉维夫和柏林、巴黎和阿尔及尔、檀香山和广岛，是用来标志敌对关系的终结，和平与繁荣的开始；有的像包办婚姻，两个城市在婚姻中逐渐学会彼此相爱。还有一些是奉子成婚，因为一个城市（如亚特兰大）在几个世纪前第一次约会时就粗暴而迅速地失控，让另一个城市（如拉各斯）大了肚子。有些城市是为了金钱和名誉婚配，另一些只是为了气气他们各自的国家。**猜猜谁来吃晚餐**？**喀布尔**！两个城市时不时见个面，出于对彼此的尊重，因为对远足、雷暴和经典摇滚的热爱而坠入情网。想想阿姆斯特丹和伊斯坦布尔，布宜诺斯艾利斯和首尔。然而，时至当代，一般的城市都忙于保持收支平衡，维护岌岌可危的基础设施，大多数城市很难找到精神伴侣，为此它们向“友城全球”这个致力于为孤独市镇寻找爱侣的国际婚介组织求助。那是在霍米尼生日派对过去两天之后，虽然我——还有狄更斯城的其他人——酒还没醒，但是，当城市配对顾问苏珊·西尔福曼女士打电话来谈我的申请时，我别提多激动了。

“您好。我们很高兴收到您关于国际友好城市的申请，可是我们在地图上似乎找不到狄更斯。它是在洛杉矶附近，对吗？”

“我们曾经是一个正式的城市，但现在有点像军事占领区。像关岛、美属萨摩亚，或者宁静海[1]。”

“那么你们靠近海洋？”

“对，离悲伤之洋不远。”

“哦，你们不是被认可的城市也没有关系，友城全球以前也为社区配过对儿。比如纽约的哈莱姆区，姐妹城市是意大利佛罗伦萨，因为它们都经历过文艺复兴。狄更斯没有搞过文艺复兴，对吧？”

“对，我们连启蒙运动也没有搞过一天。”

“那可太糟糕了，但我的确希望自己早点知道你们是个海滨城市，因为这样结果会有所不同。不过按照之前的情况，我把您提交的信息输入我们的配对电脑‘都市’里，得到了三个有望配对成功的友好城市。”

我一把抓起我的地图册，试着猜测谁将是幸运女郎。我知道罗马、内罗毕、开罗或京都肯定没戏，但觉得第二梯队的热门，比如那不勒斯、莱比锡和堪培拉，应该还是有希望的。

“让我们按照匹配度高低来看看这三个城市……华雷斯，切尔诺贝利和金沙萨。”[2]

我实在不是很能理解，切尔诺贝利怎么能入围，尤其考虑到它甚至不是一个城市，至少华雷斯和金沙萨还是具有国际知名度的大城市，不管名声好坏。但是，乞丐哪有权利挑食呀。“我们三个全要了！”我冲着电话喊道。

“这当然挺好，可是，我恐怕得说这三个城市都拒绝了狄更斯。”

“什么？为啥？根据什么理由？”

“华雷斯（又名流血不止的城市）认为狄更斯城太暴力了。切尔诺贝利虽然很有兴趣，但最终他们觉得，狄更斯距离洛杉矶河太近，污水处理厂也是个大问题。他们还对公民竟然放任这般猖獗的污染的态度提出了质疑。金沙萨，刚果民主共和国……”

“别告诉我金沙萨，这个世界最穷国家的最穷城市，人均年收入就等于一个山羊铃铛、两盘盗版迈克尔·杰克逊磁带外加三瓶瓶装水的地方，认为我们太穷配不上他们。”

“不是，他们觉得狄更斯城太黑了。我觉得他们的原话是‘这些落后的美国黑人还没做好准备！’。”

真不好意思告诉霍米尼我为狄更斯找个友好城市的努力落空了，我用了个黑色幽默的小小谎言骗了他。“格但斯克表示了一定兴趣。我们还收到了来自明斯克、基尔库克、纽瓦克和奈阿克的试探。”最后我信口说了一串以k或其他字母结尾的城市。为表示失望，霍米尼把一个塑料牛奶箱翻过来当作钱箱，放在车道上，然后把自己置于拍卖台上。他脱掉衬衫，含胸驼背，站在钉于草坪上的一个标志旁边，上面写着：出售——二手黑奴——仅在星期四挨打——绝妙谈资。

他在那儿待了一个多星期。使劲按喇叭也不能让他挪动半步。为此，每当我需要用车的时候，我得大喊“小心，兄弟，贵格会来人啦！”或者“弗里德里克·道格拉斯和那些该死的废奴主义者来了，快逃命吧！”。这会让他躲进玉米秸堆里并藏起来。可是有一天我要开车去见我的苹果树交易中间人，他表现得尤其顽固。

“霍米尼，你能把你的屁股挪开一下吗？”

“我拒绝为一个连找姐妹城市这么简单的任务都没法完成的人卖命。今天，在这儿，这个地头老黑[3]绝不动弹。”

“地头老黑？这可不是我要你做的，而且你一点事儿都没做。你只会永远待在你的极可意浴缸里。地头老黑，才怪呢，你就是个该死的满脑子都是热浴缸桑拿和香蕉得其利酒的老黑。快走开！”

最后我确定了三个友好城市，每一个都跟狄更斯一样，是在莫名其妙的情况下消失的真正的都市。第一个是底比斯，不是那个古埃及城市，而是塞西尔·B. 戴米尔的默片《十诫》的巨大布景。它按照实景的比例建造，自1923年就埋在加州瓜达路佩海滩广袤的尼坡莫沙丘之下。雄伟的木门、多柱式的神殿、用纸浆做的斯芬克斯，组成了拉美西斯还有一队饰演百夫长和军团士兵的临时演员的家。也许某天一场离岸风暴可以让它重见天日，抖落尘土，这样摩西就可以带领以色列人回到埃及，带领狄更斯去往未来。

接下来还有两个自治市与看不见的繁华城市狄更斯结成了姐妹城市，奥地利的德勒斯海姆，以及白人男性特权失落之城。德勒斯海姆，奥地利北部一个早已蒸发掉的村镇，距捷克边境也就扔一个手榴弹那么远，那儿是希特勒外祖父的出生地。传说，就在战争爆发之前，元首为了毁掉他的医疗记录（只有一个睾丸，做过隆鼻手术，得过梅毒，以前拍过很丑的婴儿照）、他本来的姓（西克格鲁伯–布什）和他的犹太血统，命令他的精锐部队把城镇炸回第一帝国的原形，以证明他们的卓越。作为一次销毁历史的行为，它堪称有效的策略，因为现在没有人了解关于希特勒的确切信息，除了确定他是个典型的恶棍、毫无幽默感的沉闷之人和失意的艺术家，但这话差不多可以用来评价所有人。

为争得成为狄更斯城第三个友好城市的荣誉，曾有一场无声的竞标之战。废弃的瓦罗沙，位于塞浦路斯法马古斯塔，是个曾充满活力、高楼林立的地区，在土耳其入侵以后衰败下去，从此一蹶不振，人气不再，现在却投出了激动人心的一标。我们还意外收到了来自波哥山城的申请，这个从未完工的法式度假胜地，它洛可可风格的废墟时至今日仍在柬埔寨的密林深处继续腐烂。一段令人印象深刻的陈述之后，东爪哇的喀拉喀托暂时领先。饱受战乱之苦、人去楼空的城市，比如法国的韦勒河畔奥拉杜、中非共和国的帕瓦和果鲁莫，也都力陈结盟之意。但到了最后，我们发现很难对白人男性特权失落之城提出的激情四溢的申请无动于衷，这是一个极具争议性的城镇，其存在本身通常被许多人（大都是拥有特权的白人男性）所否定。其他人则直截了当地指出，该地的墙壁都被嘻哈人士和罗贝托·波拉尼奥的散文不可救药地破坏了。辣金枪鱼卷的流行和一个黑人美国总统之于白人男性主宰地位的影响，就如同沾染了天花病毒的毯子之于美洲土著人的存在一样。那些倾向于相信自由意志和自由市场的人们辩称，白人男性特权失落之城应对自身的消亡负责，来自顶层的宗教清规和世俗戒律之间源源不断的冲突让高度敏感的白人男性无比困惑。这使他进入一种严重的社会和心理焦虑状态，以至于放弃性事。他不再投票，不再阅读。最重要的是，不再认为自己就是一切的一切，或者至少明白要在公共场合假装并非如此。但是无论如何，当你周围的棕色人种不停地敲敲打打，烹制顶级的法国大餐，修理你的汽车的时候，你已经不可能在白人男性特权失落之城的街上行走，通过吟诵那些神话般的陈词滥调——比如“我们建造了这个国家！”——以自我慰藉。你不可能在内心深处渴望住在多伦多的时候，去叫嚷什么“美国，要么爱它，要么离开它！”。这是一个你告诉别人“很国际化”，但其实你想说“不那么国际化”的城市。当你自己纯白又懂事的孩子，在你拒绝给他们车钥匙的时候叫你“黑鬼”，你又怎么能称呼或者认为某个人是“黑鬼”呢？当“黑鬼们”每天都在做一些他们被认定没能力做到的事，比如参加奥运会游泳比赛，对他们的后院进行园林美化。我的天哪，如果任由这种无稽之事继续下去，总有一天黑人将会导演出一部好电影，愿上帝阻止这样的事情发生。但是不要担心，白人男性特权失落之城，无论是真实的还是想象出来的，我和霍米尼都会支持你，并且为促成你当上狄更斯（又名“黑人的最后堡垒”）的姐妹城市而自豪。

墨西哥人太多了

十一

“墨西哥人太多了。”卡里斯玛·莫利纳小声说。这话她是用漂亮的法式美甲挡着嘴说的，以防被别人听到。这不是我第一次听到有人在公共场合表达带有种族倾向的意见了。自从美洲土著居民穿着他们的莫卡辛鞋在皇家大道上走来走去，寻找那种一到星期天破晓时分就会响起的烦人的铃铛声的源头，吓跑了大角羊，也破坏了很多人的麦司卡林[1]式的漫游之后，加州人就开始诅咒墨西哥人。那些寻找和平与宁静的印第安人，最后却找到了耶稣、劳役、鞭打，还有安全期避孕法。“墨西哥人太多了。”在麦田里，在教堂的后排座位上，他们会在没人看到的时候这样对自己说。

白人，那种对黑人除了“我们没有职位”、“有个脏地方你没擦到”和“抢篮板”没有说过别的话的白人，这次终于有话对我们说了。在圣费尔南多谷华氏一百零四度的高温天里，我们帮他们把杂货搬上汽车，往他们的信箱里塞入账单，他们转过身说：“墨西哥人太多了。”这是陌生人之间同为天涯沦落人的默契共识，它既不是热气，也不是湿气，而是对棕色兄弟的怒气——从南到北，走街串巷，格罗夫购物中心，加州各地，他们无处不在。

对黑人来说，“墨西哥人太多了”是借口，我们，有史以来证件最齐全的工人，借此参加种族集会以抗议无证工人，争取更好的生活条件。“墨西哥人太多了”是对我们安于现状、止步不前所做的一种言语上的合理化。我们喜欢在喝茶时一边梦想着异地安家，享受更好的生活条件，一边翻看房地产分类广告。

“格兰岱尔怎么样，宝贝儿？”

“墨西哥人太多了。”

“唐尼呢？”

“墨西哥人太多了。”

“贝尔弗劳尔？”

“墨西哥人太多了。”

墨西哥人太多了。每一个没有执照的承包商厌倦了被别人低价抢了生意，却拒绝将他们的人手不足归咎于工艺粗劣、任人唯亲，以及一长串的网络差评，他们会发出这样陈词滥调的感慨。墨西哥人是所有事情的替罪羊。在加州，如果别人打了个喷嚏，你可别说“祝你健康”，而要说“墨西哥人太多了”。看赛马时，你第五道的马在圣阿尼塔的终点直道突然跛脚了？**墨西哥人太多了**。你在科默尔斯赌场的老虎机上按下的按钮上的驴子吐出了第三个皇后？**墨西哥人太多了**。这是永恒的加利福尼亚副歌，但是当沙夫中学的副校长、玛耳珀萨（我女朋友，不管她承不承认）最好的朋友卡里斯玛·莫利纳说出这话的时候，这既是我第一次从一个墨西哥裔美国人的嘴里听到，也是我第一次听到别人发自肺腑地这样说（虽然我当时并没意识到这一点）。百分百是字面意思。

跟那些“小捣蛋”不一样的是，我逃学从来不是为了去钓鱼——我是去别的学校。我会趁老爸在黑人学课上睡着的时候溜出家门，飞奔到沙夫，透过铁丝网围栏看孩子们玩手球和踢球游戏。如果走运的话，我还会瞥见在后门被人围观的玛耳珀萨、卡里斯玛及其小姐妹，她们像大铜管乐队一样神气，转着呼啦圈，嘴里唱着：**啊——哔——哔——走啊走，上街往前走，一周走十回……“昂嘎哇！昂嘎哇！”**[2]**黑人力量大！……我乃黑人大姐大，有胆你再上来打……**

每年暑假前两周举办的职业日足以让沙夫中学的大多数孩子还没参加能力测试或者写求职简历，就至少预想了因公自杀这事。活动在室外操场的柏油路面上举办，聚集了煤矿工人、高尔夫训练场的捡球员、编篮子的、挖沟的、装订书的、心理受创的消防队员，加上世界上最后一位宇航员，这些人都没能带来什么新意。每一年都是老样子。我们只是不停地介绍我们的工作是多么不可替代和意义非凡，却从来没有回答过来自后排的提问：如果你真他妈的那么重要，地球离了你都转不了，那为什么你还在这儿搞得我们无聊得要哭出来？为什么你看上去那么不开心？怎么没有女消防员？护士的动作为什么他妈的那么慢？唯一让孩子们满意的回答来自最后一位宇航员，这位年长的黑人绅士太虚弱了，走起来像是正在地球上体验失重。宇航员是怎么上厕所的？**嗯，我不知道现在的情况，但是在我们那个时候，他们会用胶带在你屁股上粘一个塑料袋。**

没有人想当农夫，但是，在霍米尼的生日庆祝会过去一个月之后，卡里斯玛让我做些不一样的事情。我们坐在我家的前门廊吞云吐雾，她鼓动我说，她已受够了看洛佩兹一家或者说她口中的“隔壁戴牛仔帽那家墨西哥人”，他们把马匹打扮得花里胡哨，像牛仔一样，年年用他们压花丝绒的锦缎牛仔装、花里胡哨的绳子把戏让我难为情。“没有人在乎粪肥和化肥之间的细微差别，或者什么冬南瓜的可持续性病虫害控制。这些孩子的注意力只能保持很短的时间。你必须迅速抓住他们的眼球，然后再也不让他们有机会开小差。我觉得再没有比去年更糟糕的事情了，你的发言无聊透顶，孩子们朝你身上扔你自己种的有机番茄。”

“这正是我不打算去的原因。我可不想受到羞辱。”

卡里斯玛闭上一只眼睛，斜睨着烟管，然后把它递还给我。

“这玩意儿真棒。”

“你还要吗？”

卡里斯玛点点头。

“我要，我还想知道这见鬼的玩意儿叫什么，而且为什么股票市场，还有我在研究生英语文学研讨课上读的那些垃圾突然对我有意义了？”

“我称之为‘颖悟’。”

“噢，这正是这玩意儿的高明之处，我竟然知道‘颖悟’这个我从来没听说过的词是什么意思。”

狗吠。公鸡打鸣。奶牛哞哞叫。港口高速公路传来“咿呀咿呀哟”的喧闹声。卡里斯玛把垂在脸上的又长又直的黑发往后一甩，又猛吸了足以一举揭开互联网、《尤利西斯》、吉恩·图默《甘蔗》，还有美国人痴迷厨艺秀之奥秘的一大口。她还懂得如何说服我去参加职业日。

“玛耳珀萨也会去。”

根本不需要再抽一口烟，我知道，我对那个女人的爱从未停止。

一团暴雨云从西边压过来，看上去风雨将至。但没有什么能动摇卡里斯玛的决心——确保她的学生们发现，在今日美国，贫穷的少数族裔青少年也能得到几十种职业机会。清洁工、保释官、DJ、舞台助场伴唱发言之后，就该搞点什么娱乐活动了。整整一天都没有怎么往我这边看过的玛耳珀萨，以交通行业代表的身份表演了一段驾驶特技，足以让电影《速度与激情》的经销商得意一番。她轻车熟路地驾驶十三吨重的公交车在交通锥之间蛇行，在四方手球场[3]上来了几次让轮胎冒烟的花式漂移，开过用午餐条凳和桌子垒成的临时坡道，然后又用两个轮子在校园绕行一周。惊心动魄的驾驶表演一结束，她就邀请孩子们到公交车上参观。他们热热闹闹、开开心心地上了车，约莫十分钟后就安静而有序地排队依次下车，神情严肃地向玛耳珀萨致谢。一位年轻的白人男老师，也是学校里唯一的白人老师，竟然掩面啜泣。在向公交车投以忧伤的最后一瞥之后，他离开人群，跌坐在球盒边，努力想恢复平静。我从来不曾想到，为什么解释一下换乘体系和车票涨价也能让人如此难过。开始下小雨了。

卡里斯玛宣布，活动将进入更具乡村风情的环节。内斯特·洛佩兹站起来。他们一家从哈利斯科州取道拉斯克鲁塞斯一路迁来，是第一个融入农场的墨西哥家庭。他们搬进来的时候，我才七岁。我父亲曾经抱怨过他们家的音乐声和斗鸡的动静。我在家庭学校里上的唯一一节关于墨西哥-美国历史的课，内容如下："永远不要和墨西哥人打架。因为如果你和墨西哥人打架，你就不得不打死他。"不过内斯特除外，尽管他比我还大四岁，而且我可能哪天会因为他没还给我风火轮小汽车或者别的什么东西杀了他，但他实在酷极了。星期天下午，他结束教理问答课回到家，我们会一起看《查罗！》系列电影和小镇竞技赛那种画面抖动的录像。我们会用瓷杯喝他妈妈给我们做的热热的肉桂宾治，在观看恐怖录像中打发剩下的午后时光，名字都是《三百场最血腥的战斗》《一百次斗牛惨死》《一千升血》《到公牛那儿去，抓住它的角》之类的。虽然大部分都是透过手指缝看的，但我还是从来没法从头脑中抹掉那些倒霉牛仔的画面——他们骑在公牛背上，双手悬空，没有斗牛小丑，没有医师，也没有恐惧。当体型硕大、无坚不摧的公牛把他们顶成没戴帽子也没有脊椎的破布娃娃的时候，我们发出痛苦的大叫，眼看着无比尖锐的牛角刺穿他们镶着水钻的上衣和主动脉。当坠地骑手的下巴和脑袋被踩进染血的土里时，我们会举手击掌。到了黑人男孩和拉美裔男孩不再一块玩的时代，我们也就渐行渐远了。监狱黑帮的帮规虽然与我们没有关系，却导致黑鬼和拉美佬产生隔阂，我们便成了这些帮规社会化的受害者。现在，除了偶尔的街区聚会，我只有在职业日才能见到内斯特，伴着《威廉·退尔序曲》，他从一个废弃的五金店后面蹦出来，来了一通炫技骑车、驯马牛仔的表演。

我一直搞不清楚，内斯特到底代表哪一种职业道路。“炫耀”吧，我想，但是在他的街头杂耍的尾声，他在观众的喝彩声中脱下缀有珠子和流苏的墨西哥帽经过我的时候，用一种“高高在上”的冷笑俯视我，然后在马鞍上来一个双手悬空的头倒立。接着在全狄更斯都听得到的集体哈欠声中，卡里斯玛介绍我出场。

“那是什么声音，飞机起飞吗？”

“不是，是那个黑鬼农民。肯定又到了中学的职业日。”

我牵着一头瑟瑟发抖的褐眼小牛走到棒球场上用快要散架的铁丝网围起来的本垒区。有些胆大的孩子不顾他们咕咕叫的肚子和维生素缺乏症，打乱队形凑了上来。他们小心翼翼地抚摸着小牛，一边担心自己会染上什么病或是爱得不能自拔，一边说着颠三倒四的话。

“他的皮肤真软。”

“他的眼睛真像巧克力豆。我好想吃掉它们。”

“这母牛老黑舔嘴唇、哞哞叫还有流口水的样子，让我想起你的‘白知’老妈。”

“操你妈。你才‘白知’！”

“你们都是‘白知’。难道你们不知道牛也是通人性的吗？”

尽管发错了“白痴”的音实在很讽刺，但我知道我在他们面前还是火了，至少可以说凭小牛火了一把。卡里斯玛把舌头卷在牙间，发出足球裁判哨一样尖锐的声音。当年她就是用同样的口哨声，警告我和玛耳珀萨我父亲快到走廊了。两百来个孩子立刻安静了下来，把他们那注意力缺失症患者的注意力集中在我身上。

“大家好。”我开口说道，往地上啐了一口，因为农民就是这副德性。“跟你们一样，我来自狄更斯……”

“哪儿？”一帮学生叫嚷道。好似我刚才说的是我来自亚特兰蒂斯。孩子们并不来自“非狄更斯”。他们站起来，亮出帮派手势，告诉我他们来自哪里：南乔斯林公园瘸帮，瓦里奥305，贝德罗克斯通纳大街血帮……

作为回应，我也抛出了农业世界里最接近帮派手势的东西，用手在喉咙上一划——表示“关掉发动机”的通用手势——然后宣布：“好吧，我来自农场，就像你们刚才提到的所有地方一样，不管你们知道还是不知道，它位于狄更斯，莫利纳副校长请我来介绍农民的日常生活是什么样的，既然今天赶上这头小牛满八周，我想我可以谈谈去势是怎么回事。去势有三种方法……”

“什么是‘去势’，师傅？”

“这是一种避免雄性动物当上爸爸的方法。”

“它们没有公牛避孕套吗？”

“这个主意不错，但是牛可没有手，另外，跟共和党一样，它们丝毫不尊重雌性的生育权利，所以只能用这种方法来控制出生率。这还能让它们更加温驯。有谁知道‘温驯’是什么意思吗？”

一个骨瘦如柴、白如粉笔的女孩，把手从流着鼻涕的鼻子下面举了起来。她的手灰白灰白的，又糙又干，典型的黑人皮肤。

“意思是像坏女人一样。”她说，主动跟着我走到小牛跟前，用手指轻弹小牛毛茸茸的耳朵。

“对，我想你可以说有这么个意思。”

不知道是因为提到了“坏女人”，还是因为这个概念让他们误以为能学到关于性的东西，孩子们凑了过来，紧紧围作一团。没有挤进前两排的人也钻来扭去，想占据一个有利的观察角度。

有几个孩子爬到了挡网顶上，活像手术室里的医学生，探头观看去势的过程。我拍打小牛的侧面，在它的脖颈和肋骨下方跪下，然后指挥我没抹润肤露的小帮手抓住并分开它的后腿，直到这可怜家伙的生殖器暴露于大庭广众之下。看到自己吸引了大家的注意，我发现卡里斯玛望了望她还在抽泣的同事，然后踮着脚尖回到玛耳珀萨的公交车上。“我刚才说了，去势有三种方法：阉割、胶筋和无血去势。在胶筋法中，要用一个橡皮筋勒在这儿，不让血流到睾丸去。这种办法会导致睾丸最终缺血性坏死，然后脱落。”我抓住小公牛的阴囊根部使劲捏，小牛和学生们不约而同地跳了起来。“做无血去势，你要把这里和这里的精索切断。”我在输精管龟头处用力钳了两下之后，小牛在疼痛和羞辱中发出痉挛的悲鸣，学生们则爆发出一阵虐待狂般的笑声。我抽出一把折刀，举得高高的，在空中转动我的手，希望刀刃能在阳光下反射非同凡响的光芒，不过天色实在是太阴沉了。“至于手术阉割……”

“我想来做这个。”是那个黑人小女孩，她清澈的褐色眼睛紧盯着小牛的阴囊，眼球因为对科学的好奇心而变得凸出。

“我想你需要提供一份家长同意书。”

“什么家长？我住在埃尔尼多。”她指的是威尔明顿的集体之家，它在当地就相当于詹姆斯·卡格尼电影里的新新惩教所。

“你叫什么名字？”

“希拉。希拉·克拉克。”

希拉和我交换位置，手脚并用，费了半天劲也没有伤到倒霉的小牛分毫。我到后面的时候，把刀和去势器递给她，去势器看上去像一把园艺剪刀，或者别的什么名副其实的趁手工具。出了两品脱血之后，随之而来的是一次出奇敏捷的阴囊上半部切除手术，一个灵巧的将睾丸抽出、暴露的动作，一个清脆可闻的精索断裂的声音，一座充斥师生尖叫声的校园，以及一头永久性无能的公牛。考虑到希拉·克拉克和另外三个小学生，我马上就会结束讲座，他们太投入了，为了看清伤口的样子，他们踩进了那摊漫开来的血水中，与此同时，我跟还在扭动的小牛较着劲。“公牛无助地侧躺在这里的时候，我们搞农业这行的人就管这个叫‘侧卧位’，这不失为一个在动物身上实施其他痛苦手术的好时机，比如去角、打疫苗、打烙印、做耳标……”

雨下得更大了。又大又暖的雨滴砸在又硬又干的路面上，激起薄薄一层尘雾。在校园中央，清洁人员正手忙脚乱地清倒一个大垃圾箱。他们抛下破木桌和裂了缝的黑板，把白蚁肆虐的手球墙的碎片堆成一堆，然后用报纸去塞裂缝。通常，职业日是以一场大型棉花糖烧烤告终的。天色愈发阴暗。我有一种孩子们会失望的预感。雨越下越大，老师们（不包括那个爱哭的人，他正紧盯着瘪了气的篮球，似乎他的世界就要终结）和其他职业代表们试图让孩子们集合，把他们从快要散架的秋千、锈迹斑斑的单杠和攀爬架上拉下来，内斯特在被吓坏的动物旁边跑来跑去，把它们从门口赶开。玛耳珀萨已经发动了公交车，卡里斯玛从车上爬出来，与此同时，小牛也开始从震惊中慢慢恢复平静。我去找我的助手希拉·克拉克，可她正忙于拎着那对血淋淋的睾丸在空中晃，蛋蛋互相碰撞的样子，就像一对从自动售货机里买的二十五美分一个的噼啪球。

我把牛头夹在腋下，同时转过身来，用靴子顶在它的胯下，以防它踢到我的脸，这时候玛耳珀萨将公交车掉头，出了侧门，开上了仙纳度大街，甚至没有挥手告别。去她的。卡里斯玛站到我身边，笑呵呵的，察觉到了我受伤的眼神。

“你们俩可真是天生一对儿。”

“能帮我个忙吗？我包里有消毒剂，再找一瓶黏糊糊的东西，瓶上用德语印着‘防蝇剂’。”副校长莫利纳的行为方式和她还是小女孩时没什么两样：她亲力亲为，给疼得打滚的小牛喷上消毒剂，在它原先长睾丸的裂口上涂一层黏糊糊的防蝇剂。

她弄好之后，那个脸上还挂着泪痕的白人男教师，拍拍这位上司的肩，像电视里的警察交出警徽和配枪那样，神情肃穆地摘下别在毛背心上的闪亮而崭新的“为美国而教书”的徽章，把它放在卡里斯玛的掌心，号啕大哭着走开了。

“这是搞什么？”

“我们还待在公交车上的时候，你那个皮包骨的农场工，就是刚才那个希拉，站起来指着‘白人优先座席’的标志告诉年轻的埃德蒙兹老师，他可以坐她的座位。那个傻瓜接受她的让座坐下了，之后又意识到有点不对，一下子就情绪失控了。”

“等等，那些标志还在那儿吗？”

“你不知道吗？”

“知道什么？”

“你说了好多关于街区的鬼话，但你不知道在我们这儿到底发生了什么事。自从你们贴上了那些标志，玛耳珀萨的公交车就成了这个城市最安全的地方。其实连她自己也都忘了这事，还是她的值班主管发现的，在霍米尼的生日会之后，她的车没有报过一次事故。但是，接下来她开始琢磨这个事情。人们怎么样才能彼此尊重。上车时打招呼，下车时说谢谢。没有黑帮群殴。瘸帮、血帮、乔洛帮，他们都只按一次下车按钮，就按该死的一次。你知道孩子们去哪儿做家庭作业吗？不是家里，也不是图书馆，而是在那辆公交车上。能看出它有多安全了吧。”

“犯罪是周期性的。”

“是那些标志起了作用。一开始人们有怨言，但是种族主义让他们返璞归真，让他们变得谦逊，让他们知道我们已经走了多远的路，更重要的是，知道我们还要走多远的路。在那辆公交车上，仿佛种族隔离的幽灵让狄更斯城凝聚起来了。”

“那个爱哭鼻子的老师怎么样了？”

“埃德蒙兹老师是个不错的数学专家，但他显然不能教给孩子任何关于他们自个儿的事情，那就让他见鬼去吧。”

小牛挣扎着站了起来，多少恢复了点元气。希拉，它的小小阉割者，调皮地贴着它的脸，把睾丸当珠宝首饰一样放在自己的耳垂边。小牛与自己的男子气概来了最后的告别一嗅，而后缓缓走开，和咖啡厅旁边毫无用处地斜立着的已经没有球的绳球杆同病相怜去了。卡里斯玛揉揉疲惫的眼睛。“现在，如果我能让这些小捣蛋们在学校里表现得和在公交车里一样规矩的话，我们就真算办成大事了。”

内斯特·洛佩兹领先队伍十个身位，小跑着去领他的报酬，在他的带领下，希拉的同学们正走过混凝土平地，在细雨中行进，穿过一排排用茅草和焦油纸做房顶，用新闻纸和彩色美术纸充当玻璃窗的房子。与如此破烂失修的建筑相比，午夜电视筹款节目里那些只有一间教室的非洲学校堪比大学报告厅。这简直是当代的血泪之路。孩子们被一大堆破旧的学校家具环绕。他们的兴奋之情丝毫不减，尽管雨点打在棉花糖的大袋子上，打在那堆逐渐变黑的木头和潮湿的新闻纸上。他们身后是学校的礼堂，房顶在1994年北岭地震中就坍塌了，再也没修过。卡里斯玛用手抚弄着内斯特玫瑰花车游行的鞍铃。叮叮当当的声音把孩子们逗笑了。就在这时，希拉·克拉克眼含热泪地跑上前来，碰了碰她的肩膀。“莫利纳女士，那个白人男孩偷走了我的一个蛋蛋！”她大哭，指着那个胖胖的肤色比她深三个色号的拉美裔孩子，那家伙妄图像拍弹力球那样让睾丸在湿地上弹起来。卡里斯玛温柔地摸了摸希拉编着辫子的头，安抚她的情绪。这事儿对我来说很新鲜。黑人孩子竟然管拉美裔同学叫白人。在我像他们这么大的时候，在我们玩踢罐子和红灯停绿灯行游戏之前喊“不是它!”的时候，在暴力、贫穷和内讧将我们的土著土地权利从整个狄更斯城缩减成黑帮势力划分下的孤立的城内街区之前，狄更斯的每个人，不分种族，都是黑人，而你确定一个人的黑度不是看他们的肤色或者发质，而是看他们是说“实际上”还是“实‘机’上”。玛耳珀萨以前说过，她并不知道卡里斯玛不是黑人，虽然卡里斯玛有垂到屁股的一头黑色直发和欧洽塔米浆一样的肤色，直到卡里斯玛的妈妈有一天顺道来学校接她。玛耳珀萨发现这对母女走路和说话的样子是如此不同。玛耳珀萨大吃一惊，转头问她最好的朋友：“你是墨西哥人?”意识到闺密搞错了，卡里斯玛脸色一白，正准备说句“我不是墨西哥人”来搪塞，但当她在处处都是黑人面孔和黑人节奏乐的放学时间，仿佛第一次看见自己妈妈似的仔细打量一番之后，她冒出一句：“哦，去他的，我**是**墨西哥人！真混蛋!”[4]那是很久以前的事了。

在篝火点燃之前，副校长莫利纳向她的队伍致辞。从表情和语调之严肃程度可以明显看出，她是她的拔河绳的绳尾主将。她已屈服于这种命运：她将要向世界派出的黑色和棕色队伍注定是机会寥寥。“每逢职业日，我都会思考一件事。这两百五十个孩子里边，有多少人能上完高中？百分之四十？那么，这一百个幸运儿中，又有多少能上大学？网络大学、大专、小丑学院或者别的什么，大概五个吧。那么又有几个能大学毕业？两个，也许。那太糟糕了。我们真的完了。”[5]

虽然跟在洛杉矶长大成人的大多数黑人男性一样，我的双语水平仅限于可以对任何种族的女性用其母语进行性骚扰，但我还是听懂了这段话的大意。这些孩子已经完蛋了。

我很吃惊，竟然有那么多孩子带着打火机，但是，无论他们怎么努力想要燃起篝火，那些被水浸过的木头就是点不着。卡里斯玛让一组学生去储藏室。他们带回来一些纸箱，把里边的东西倒在地上。很快，他们就用书垒起了一个大约五英尺宽三英尺高的金字塔。

“喂，你们到底在等什么？”

她完全不需要问第二遍。书堆就像蜡烛一样被点着，够劲的篝火吐出火舌舔向天空，学生们开心地用二号铅笔串着棉花糖，在火上烤起来。

我把卡里斯玛拉到一边。我真不敢相信，她竟然在烧书。“我还以为学校用品是短缺的。”

“那可不是什么书。那些东西是福伊·切希尔的。他把这一整套课程称为‘烧掉经典!’，还搭配阅读《汤姆叔叔的公寓》《麦田里的控球后卫》这类他硬塞到学校董事会上的经他改写的文学经典。你看，我们什么招儿都试过了：更小的教室，更长的课时，双语、单语和什么舌下语教育，黑人英语、自然拼读和催眠，以及为优化学习环境而专门设计的配色方案。但是不管你用什么样的暖色–中性–冷色调来刷墙，归根到底，是白人老师谈着白人教学法喝着白葡萄酒，还有一些梦想成名的白人行政人员威胁说他认识福伊·切希尔，要让你的学校破产。什么都不起作用。如果沙夫中学给学生发《送"冰"人来了》[6]，我会被诅咒的。"

我把一本烧了半截的大部头从火里踢出来。封面已经黑了，但还能看，这本《了不起的黑茨比》第一页写的是：

> 这是肺腑之言。在我年少无知、血气方刚的时候，我无所不在的、对我妈妈还不错的、非典型的非裔美国人老爸给过我一些教导，而我从此一直想要摆脱。

我打着自己的打火机，把那本书完全点燃，用希拉好心拿给我的一把木尺挑起烧着的书页，放到棉花糖下面。她用跳绳做了条拴绳，轻轻蹭着小牛的头。那个拉美裔小子想用埃尔默牛头牌胶水和回形针给小牛做个蛋蛋回归手术，卡里斯玛揪住他的脖子，把他拽起来。

"你们的职业日过得还不错吧？"

“我想做兽医！”希拉答道。

“那是同性恋。”她的拉美裔同学跟她作对，像玩杂耍似的把牛睾丸放在手里摆弄。

“杂耍才是同性恋！”

“叫那些就因为你叫人家‘同性恋’所以人家才叫你‘同性恋’的人是‘同性恋’，才是同性恋！”

“好了，闹够了。”卡里斯玛责骂道，“我的天，到底还有什么东西对你们来说不是同性恋的？”

胖男孩想了好长时间。“要是你知道什么不是同性恋……那你就是同性恋。”

卡里斯玛笑得眼泪都出来了，她一屁股坐在米色玻璃纤维凳子上，三点的钟声正好敲响；真是难熬的一天。我悄悄走到她旁边坐下。黑云压顶，毛毛雨变成了倾盆大雨。师生们纷纷奔向自己的车、公交车站和父母敞开的怀抱，而我们就在滂沱大雨中坐着，像正宗的南加州人那样不撑雨伞，倾听雨点浇在慢慢熄灭的篝火上，嗞嗞作响。

“卡里斯玛，我想到一个办法，能让孩子们像待在公交车上那样彼此尊重。”

“什么办法？”

“在学校推行种族隔离。”这话一说出口，我就意识到，种族隔离将会是把狄更斯城找回来的关键。在公交车上建立起来的集体感将扩展到学校，然后再渗透到城市的各个角落。种族隔离制度曾经把南非黑人联合起来，它怎能不对狄更斯起到同样的作用呢？

“按种族隔离？你希望学校按照肤色把学生隔离开来？”

卡里斯玛就那么直直地盯着我，好像我是她的一个学生。不傻，但是无知。不过如果你问我，我会说，沙夫中学早就隔离或者再隔离许多次了，也许不是按照肤色，而是按照阅读能力和行为问题。英语作为第二语言的学生和母语为英语者不在一个学习轨道上。在黑人历史月，我父亲经常观看晚间电视里那些焚烧自由公交车、狗乱叫乱咬的镜头，并对我说：“你不能强迫融合，孩子。想要融合的人自然会融合的。”说真的，我从来没有搞清楚，我在多大程度上赞同或者不赞同他这句话，但这一观察结论从此留在了我心中。它让我意识到，对很多人来说，融合是一个有限度的概念。在美国这里，“融合”可以是一种掩饰。“我不是种族主义者。我毕业舞会的舞伴，我的远房表亲，我的总统都是黑人（或诸如此类等）。”问题是，我们不知道这种融合是自然的还是非自然的状态。这种融合，不管是被迫的还是其他，是社会之熵还是社会秩序？没有人给这个概念下过定义。不过，卡里斯玛在火上慢慢转着最后一颗棉花糖的时候，还真的考虑起了种族隔离措施。我知道她在想什么。她在想，为什么她上学时百分之八十的学生为黑人的母校，现在成了一所拉美裔学生占百分之七十五的中学。

她在想，她妈妈莎莉·莫利纳讲述的20世纪四五十年代在亚利桑那实施种族隔离的小城里长大成人的情形——不得不坐在教堂最闷热的那一侧，离耶稣和火灾安全出口最远的地方；不得不去墨西哥人的学校，把父母和夭折的弟弟葬在城区外60号高速公路旁的墨西哥人墓地。1954年全家搬到洛杉矶之后，遭遇的种族歧视的情况其实也差不多。只有一点和那些洛杉矶黑人不同，他们至少可以使用公共海滩。

"你想在学校搞种族隔离？"

"没错。"

"如果你认为你能搞定，那就去做。不过，我得告诉你，墨西哥人太多了。"

我不敢说孩子们怎么样，但在开车回去的路上，刚被阉割的小牛站在皮卡的前座上，头探出窗外伸出舌头接雨滴，我感到自己从未像这次这样，在结束职业日时如此雄心万丈，如此重获动力。就是卡里斯玛说的那句"仿佛种族隔离的幽灵让狄更斯城凝聚起来了"。我决定用接下来的六个月时间启动我作为城市规划师的新职业，负责重建狄更斯和种族隔离。如果不成功，我再做回我的老黑就是。

十二

职业日过后的那个夏天，暴雨如注。海滩上的白人男孩管那种雨叫“扫兴鬼”，就像电影《42号传奇》里那样。天气预报除了不停地提到降雨记录和连续云量之外，没有别的内容。每天九点半左右，就会有一个低气压系统在海岸线上形成，到了傍晚就会化作倾盆大雨。有些人是不在雨天冲浪的，而更多的人在暴雨天甚至不愿意出门，他们害怕暴雨过后冲刷进太平洋里的污泥和污水，沾上就会得肝炎。就个人而言，我喜欢在雨中冲浪，没有那么多讨厌鬼在旁边，也没有人玩帆板。离马里布和林康附近的小溪远点儿就没事了，那里容易溢出腐烂的垃圾。因此，那个夏天我没有为粪便和微生物而担忧。我操心的是我的无核小蜜橘和种族隔离。你怎么在季风气候下种植世界上最具水敏性的蜜橘树？你怎么在一个业已隔离的学校里再推行种族隔离？

霍米尼这个种族反动分子一点儿忙也帮不上。他喜欢重新启动隔离教育这个主意，因为他认为这能吸引更多白人移居狄更斯。

这里就会重新成为他年轻时代那个欣欣向荣的白人郊区。加装尾翼的汽车，草编帽和短袜舞会，圣公会和冰淇淋社交。他说，这儿将迎来一场反向的白人大迁移[1]。“三K党大迁入。”但是，当我问他该怎么操作时，他只是耸耸肩，像个毫无见解的保守派参议员一样，跟我扯了一通完全不相干的美好旧时光的故事。“有一次，在《卖国贼》那集里，斯蒂米想逃过他根本没有学过的历史课的测验，就点着了他的课桌，结果自然是把整所学校都烧着了，这个小捣蛋后来不得不在消防车上考试，因为克拉布特里小姐才不会理睬他这一套。”后来，身为种族隔离者的负罪感向我袭来。我通宵未眠，试图说服旧得毛色已斑驳，从阳光金变成了脚趾污垢棕的贪玩熊，重新引入隔离制度会是件好事情。正如巴黎有埃菲尔铁塔，圣路易斯有大拱门，纽约有极其巨大的收入差异，狄更斯将会有实施种族隔离的学校。不说别的，商会的宣传册看着都会比较吸引人。**欢迎莅临荣耀之城狄更斯：洛杉矶河畔的都市天堂。这里是年轻流浪汉群体和一位隐退电影明星的家园，这里还有奉行种族隔离的学校！**

许多人声称，他们的最佳灵感是身处水中时得来的。淋浴的时候，漂浮在泳池里的时候，等待浪头打来的时候。这与负离子有关，与白噪音有关，与隔绝状态有关。所以，你可以想象，在雨中冲浪就跟独自一人进行头脑风暴一样——不过我可不是这样。我的好主意不是来自冲浪，而是发生在冲完浪驾车回家的路上。在美妙的7月雨季之后，就那样于车流中稳坐，在污水和海藻的气味里，望着上补习班的富人孩子在结束享有盛誉的滨海私立"学习支点"——交点学院一天的暑期课程之后鱼贯而出。他们穿过马路，走向自家的豪车，冲我亮亮"放轻松"和帮派的手势，把他们乱蓬蓬的脑袋伸进我的车窗说，"老兄，你有大麻吗？十趾吊[2]会吗，非裔美国弄潮儿！"

虽然一直下着大雨，这些学生却好像从来没淋湿过。这主要是因为有贴身男仆和帮厨女佣追在他们精力过剩的小主人身后，为他们撑伞，不过有些孩子就是太白了，不容易淋湿。试着想象一下温斯顿·丘吉尔、科林·鲍威尔、康多莉扎·赖斯或独行侠从头到脚被淋成落汤鸡的样子，你就明白这是怎么回事了。

在我八岁的时候，有那么一瞬，老爸打算把我这懒得动脑筋的家伙送到一家相当不错的预备学校。当时我正站在水没到小腿的稻田，往泥里插秧，他站在我身后念念有词，说要在圣莫尼卡的犹太学校和霍尔姆比山的非犹太学校之间做选择，然后开始援引研究成果，跟白人孩子（甭管信的是什么宗教）一起上学的黑人小孩"表现更好"。与此同时，他也指出，一些不那么可靠的研究证明,黑人曾经从种族隔离中"受益"。我不记得他对"受益"的定义是什么，也不记得我不能去交点学院、哈弗福德学校或梅多布鲁克学校的原因。可能是上学往返路费太贵了。但是看着这些孩子，这些音乐或电影行业大佬的公子千金们从那座最现代化的大楼里排队走出，我突然想到，作为老爹开设的“幼儿园直至永远”家庭学校的唯一学生，我可以说是极致种族隔离教育制度的受益者，幸好拥有一个几乎接触不到无边泳池、私家秘制鹅肝和美国芭蕾的教育环境。就这样，我虽然在拯救蜜橘树这个问题上没取得任何进展，却构想出了如何在一个堪称全黑人学校的地方（仅有少数拉美裔学生）推行种族隔离。我驾车回家的时候，父亲的声音一直在我脑海里回荡。

我回到家时，霍米尼在院子里等我，他站在一把绿白相间的高尔夫大伞下面，光着的脚在湿草地上留下深深的锤状趾印。自从我同意对中学实施种族隔离，他就摇身变成一个表现比以前好得多的工人。他怎么说也比不上该死的约翰·亨利[3]，但是，如果他对农场的事情有那么一丁点儿兴趣的话，他至少会表现出一些主观能动性来。最近，他对蜜橘树呵护备至，有时他会一连好几个小时站在树旁，嘘走小鸟和虫子。蜜橘树让他忆起了摄影棚生活中的友情：和威瑟玩拇指摔跤；敲肥仔阿巴克尔的额头；玩真心话大冒险，输了的人要在《劳莱与哈台》的片场里裸奔。霍米尼是在拍摄《我看到了巴黎，我看到了法兰西》那集时一次长时间的片场休息中发现了蜜橘的神奇。小捣蛋们大都聚在后勤服务桌边，大口享用纸杯蛋糕和冰淇淋苏打汽水。但是，那天有些南方的剧院老板在片场，电影公司想对那种因表现有色人种孩子和白人孩子一起玩耍而拒绝上映他们的影片的种姓社会示好，就让霍米尼和巴克韦跟一些日裔临时演员一起用餐，这些演员是随着1936年移民潮来美国的，此番被拉来演墨西哥强盗。在工会提供的食物之外，他们带来自制的荞麦面，还有从日出之国进口的蜜橘。黑人孩子觉得这水果完美地平衡了甜和苦两种口味，是唯一能把他们嘴里讨厌的喜剧救济[4]般的西瓜味儿赶走的美味。最后，霍米尼和巴克韦要求在合同里补充附加条款：片场只允许供应蜜橘。不要小柑橘、柑橘或橘柚。因为没什么能像甘甜多汁的蜜橘这样，让辛辛苦苦做了一天黑鬼的人重拾尊严。

霍米尼至今仍以为，我是为了满足他的需要才用心照料这棵树，他并不知道，这树是在我和玛耳珀萨正式分手的那天种下的。我结束了大一的期中考试，从西边的91号州道上驾车一路飞驰回家，原以为是奔向一场我期待的庆祝性爱，谁知等待我的却是一张别在母猪耳朵上的纸条，上面只写着："**不，老黑。**"

他绝望地拉了拉我潜水服的袖子。"主人，你跟我说过，当蜜橘长到乒乓球大小时要告诉你。"霍米尼把伞撑在我头顶上，像个拒绝放弃雇主惨败球局的高尔夫球童。他递给我一个手持糖量仪，催我赶紧到后院去。我们穿过泥地，走近那棵浸泡在水里的果树。"快点啊，主人。我觉得果子撑不过去了。"

多数柑橘类植物需要经常浇水，但蜜橘正好相反。它们把水都变成小便，而且，不管我做多少次修剪，当年的收成都是沉甸甸地挂在树枝上的苦大个儿。如果我找不到减少水分吸收量的办法，收成会一塌糊涂，我就等于浪费了十年时间和五十磅日本进口化肥。我从身边的树上摘了个橘子下来，从橘脐上面四分之一英寸的地方剪开，再把大拇指捅进疙疙瘩瘩的果肉，剥开来，挤出几滴汁液到精致小巧但价格不菲的机器里，那是日本制造的用来测量汁水中蔗糖含量的东西。

“读数是多少？”他急切地问。

“2.3。”

“这个含糖量算什么水平？”

“介于爱娃·布劳恩[5]和南非盐矿之间。”

我不曾对我的植物们做过黑人劝语。我不认为植物也是有情众生，但在霍米尼回家之后，我冲着那些树说了一个钟头的话。给它们念诗，为它们唱布鲁斯。

十三

我这辈子只经历过一次直截了当的种族歧视。有一天我脑子一抽，对父亲说，美国不存在种族主义。只不过是黑人把平等机会踢到一边去了，因为我们不想对自己负责。当天晚些时候，也就是午夜时分，他把我从床上揪起来，我们一起进行了一趟说走就走、穿越全国、直抵美国种族意识最深最白处的旅行。经过整整三天的连续驾驶，我们在密西西比一个不知名的小镇停了下来。飞扬的尘土、灼人的干热、乌鸦、棉花地，从我父亲脸上满是期待的兴奋表情来看，还有地道的种族主义，这些就是小镇的全部。

“就这儿吧。”他说，指着一家破败又老古董的杂货店，窗子里快乐地闪着光的弹子机只接受十美分硬币，还显示着一个让人讨厌的高分：5 637。我四处张望，寻觅种族主义。前面有三个壮硕的白人，他们的脸被太阳晒得跟乌鸦脚一样黑，看不出实际年龄。他们坐在装可口可乐的木头板条箱上，大声谈论着即将举行的运动汽车竞赛的那些破事儿。我们把车开进了街对面的加油站，铃声大作，把黑人店员和我都吓了一跳。他很不情愿地停下正在和电视上的一个朋友玩的视频象棋游戏。

“请加满。”

“没问题。要检查一下机油吗？”我父亲点点头，眼睛却一直没有离开杂货店。加油站工作人员克莱德（如果精致地绣在他蓝色工作服白色臂章上的红色手写体名字可信的话）跳起来投入工作。他检查了机油和胎压，然后用油乎乎的抹布在前后挡风玻璃上抹了几下。我不认为自己以前见过微笑服务。不管那个喷瓶里到底装的是什么鬼东西，车窗玻璃从来没像现在这么干净过。油加满之后，我父亲问克莱德：“请问，我和我儿子能在这里坐一小会儿吗？”

“当然，坐吧。”

一小会儿？我难为情地低下头。我讨厌人们在自以为低自己一等的黑人面前，就一下子故作和气起来。接下来做什么？搞定？没错儿？一起合唱《是谁放的狗》？

“爸爸，我们在这儿待着干什么？”我嘟囔着，嘴里塞满了从孟菲斯开始就不停地往食道里填的苏打饼干。拼命想些别的事，让我能够忘记这炎热，忘记这一望无际的棉花地，忘记奴隶制对某些人来说是多么糟糕，甚至让他们相信加拿大并不那么遥远。虽然我父亲从来不说，但他跟他出逃的祖先一样，也曾远走加拿大以逃避兵役和越战。如果黑人真能获得奴隶制赔偿的话，我可认识不少欠加拿大租金和退税的家伙。

“爸爸，我们在这儿待着干什么？”

“我们就是要肆意注视。”他从一个漂亮皮盒里掏出一副五百倍的巴顿将军双筒望远镜，把这黑色的金属怪东西放到自己眼前，然后转向我。在厚厚的镜片后面，他的眼睛看起来大如台球。“我说的就是这种肆意！”

有赖于多年来我父亲一直放在马桶上方的黑人方言流行文化测试集和一本伊什梅尔·里德的书，我知道“肆意注视”是指黑人男性放下身段去盯着一个南方白妞看。而我父亲正透过他的双筒望远镜观察距离不到三十英尺的店面，密西西比的阳光照在巨大的望远镜上，让它显得像两盏卤素灯。一个女人走到门廊那儿，格纹裙子外面扎着条围裙，手持一把柳条扫帚。她躲开刺眼的阳光，开始扫地。白人男子们叉开双腿张着大嘴坐在那儿，惊讶地看着这个胆大包天的老黑。

“看那对奶子！”我父亲喊出声来，音量大到整个红脖子县都能听到。她的胸还真没那么夸张，但我能想象，透过便携版的哈勃太空望远镜，她的B罩杯乳房看起来一个像兴登堡号飞艇，一个像固特异飞艇。“快，小子，快！”

“快什么？”

“走过去，冲那个白妞吹口哨。”

他把我推出车门，我双脚带起了一团足以迷住眼睛的三角洲红土烟尘，穿过双车道的高速路，路面覆盖了太多硬如石块的黏土，以至于我根本看不出这条路是不是真正铺设过。我殷勤地站在那位白人女士面前，开始吹口哨，或者至少可以说是试着吹。我父亲并不知道我根本不会吹口哨。吹口哨是你在公立学校才能学到的本领。我上的是家庭学校，因此我的午餐时间都用来站在后院的棉花地中，背诵所有致力于黑人重建的国会议员的大名：布兰奇·布鲁斯、海勒姆·罗德斯、约翰·R. 林奇、约西亚·T. 沃尔斯……吹口哨这事听起来简单，可我就是不知道怎么摆弄我的嘴唇，吹出声音来。而且，我不会用手指摆出瓦肯举手礼[1]的样子，根据指令用打嗝念字母表，也不会在无须另一只手帮忙按下其他手指的情况下向某人竖中指。嘴里塞满的苏打饼干也只能帮倒忙，结果就是我把还没嚼过的燕麦乱七八糟地喷在了她可爱的粉红色围裙上。

“这个又疯又傻的小子在搞什么？”白人男子一边互相询问，一边翻白眼，吐烟圈儿。三人之中话最少的那个站起身来，往下拉了拉他那件印有**全国运动汽车竞赛协会不要老黑**字样的T恤。他把牙签缓缓从嘴里拿出来，说道：“这是《波莱罗》。小黑鬼吹的是《波莱罗》。”[2]

我激动地又蹦又跳，拍了拍他的手。他说得没错，当然，我的确试着再创作莫里斯·拉威尔的杰作。我也许不懂怎么吹口哨，但我总还能找着调儿。

“《波莱罗》？搞什么，你这个笨娘们养的小崽子！”

那是我老爸。他从车上冲下来，动作太快，以至于他荡起的尘土又荡起了一层土。他不太高兴，因为很明显，我不仅不懂怎么吹口哨,而且还不懂该吹**什么**。“你应该吹狼哨！就像这样……”他全程肆意地注视着白人女子，噘起嘴来了一声狼哨，极尽挑逗和放荡之能事，让她涂了指甲油的漂亮脚趾和她金发上精致的红色发带都为之弯曲。现在轮到她了。我父亲站在那儿，欲火焚身，肤色黝黑，而她不仅挑衅地反过来肆意地注视着他，还肆意地隔着他的裤子拧了他的鸡巴，像捏比萨面团一样用尽全力捏他的裤裆。

老爸飞快地在她耳边低语了什么，然后递给我一张五元钞票，说了句“我会回来的”，就和她一道匆匆钻进车里，扬长而去。留下我为他的罪行接受私刑的处罚。

“从这儿到纳奇兹，还有哪个黑小子是瑞贝卡没有睡过的？”

“嗨，至少她了解自己的口味。你这笨啄木鸟[3]到现在还没想好自己是喜欢男人还是女人。”

“我是双性恋，男女都喜欢。”

“没这回事。要么只爱一个，要么两个都不爱。男人要是能爱上戴尔·恩哈德才怪！”

当这些南方好男孩争论性事的门道时，我，谢天谢地还能活着，走到店里去买汽水。那儿只有一种牌子一种规格，就是经典的七盎司瓶装可口可乐。我拧开一瓶，盯着二氧化碳泡泡精灵在光线里起舞。我不能跟你说可乐的味道有多好，但有个老笑话我以前搞不懂，直到那些冒着泡的褐色琼浆滑过我的喉咙，我才顿悟。

> 红脖佬布巴、一个黑鬼，还有一个墨西哥人一同坐在一辆公交车上，突然砰的一声，一个精灵从烟雾中冒出来。“你们每个人都可以实现一个愿望。”精灵一边整理他的头巾和红宝石戒指，一边说道。黑鬼开口说道：“我希望我所有的黑人兄弟和姐妹都能回到非洲，那儿的土地滋养我们，所有的非洲人都能取得人生成功。”精灵挥挥手，砰！黑人们都离开美国，回到了非洲。墨西哥人说道：“哇，听着不错。我希望我们所有墨西哥人都回到墨——西——哥，在那儿我们过得逍遥自在，游手好闲，整天从华美的酒池里取龙舌兰酒喝。”砰！他们都去了墨西哥，离开了美国。然后精灵转向红脖佬布巴说：“您的愿望是什么，大人？只要您一声令下，我就让它实现。”布巴望着精灵说：“这么说来，所有墨西哥人现在都在墨西哥，所有黑鬼都在非洲？”
>
> “是的，大人。”
>
> “这样啊，今天真的有点热，我想我得来瓶可乐。”

这足以说明可乐有多棒。

“七美分。就放在柜台上吧，孩子。你的新妈妈马上就回来了。”

花掉七十美分，灌下十瓶汽水之后，我的新妈妈和我的旧爸爸都还没有回来，我得去撒泡尿。加油站的家伙还在那儿下棋，他的目光在角落的一枚棋子上逡巡了半天，似乎他的下一步棋将决定全世界的命运。加油站小哥把马猛地放在一个方格上。“你可别拿这套西西里防御的花招来糊弄人。你的对角线脆弱得像拉稀。”

我的膀胱快要爆炸了，我问黑脸卡斯帕罗夫[4]洗手间在哪儿。

“洗手间仅供顾客使用。”

“我爸刚刚加过油……”

“你老爸可以在这儿拉个够。你，两码事，拼命喝白人的可乐，好像他的冰比咱们的更凉似的。”

我指着冰柜里那排七盎司装的汽水问：“多少钱？”

“一块五。”

“可街对面才七美分啊。”

“要么买咱黑人自己的货，要么滚蛋。我是说真的。”

出于对我的同情，加上得了分，黑兄弟鲍比·费舍尔[5]指了指远处的旧公交车站。

“看见离那台轧棉机不远的废弃公交站了吗？”

我沿街奔过去。虽然那座建筑已经不再使用，但一团团棉花籽仍在风中飘扬，像让人痒痒的雪花。我跑到后边，一路经过了轧棉机、空荡荡的货板、一辆锈迹斑斑的铲车，还有伊莱·惠特尼[6]的幽灵。只有一个马桶的洗手间污秽不堪，蝇群嗡嗡飞舞。地板和马桶就像粘蝇纸一样黏，上面有一层暗淡的哑光黄渍，由整整四代膀胱深不见底的南方好男孩用无数加仑上班酗酒的清尿积累而成。置身于没有冲掉的种族主义和大便的刺鼻臭气之中，我的脸不禁皱成一团，鸡皮疙瘩起了一胳膊。我缓缓抽身而出。在肮脏的厕所门上已褪色的“仅限白人使用”的字样下面，我伸出手指在积尘上划拉了几下，写了句“感谢上帝”，然后在一个蚁丘上尿了。因为，显而易见，这个星球的其他地方“仅限有色人种使用”。

十四

第一眼看上去，狄更斯城以北十英里处的丘陵地区唐斯，这个玛耳珀萨嫁给说唱歌手帕纳什后搬去的地方，像是富有的非裔美国人的一块飞地。道路绿树成荫，纵横交错。房子前面是一尘不染的日式花园。风铃以某种方式让气流变成了史蒂夫·旺德的歌声。美国国旗和支持无良政客的竞选标志骄傲地陈列在前院。从前我们约会那会儿，有时晚上出去，我们会开着老爸的皮卡在这一带漫游，经过有着西班牙名称的街道：唐卢戈、唐马力诺，还有唐菲利普。我们以前把那些拥有泳池、落地窗、石材立面和不受天气影响可俯瞰洛杉矶市中心的阳台的摩登而精致的房子叫作“脱线之家”。[1]比如，我们会说，“操蛋的威尔考克斯一家来了，小子。他们那帮黑鬼就在堂吉诃德俱乐部附近的一个脱线之家搞起了聚会”。我们希望有一天能住在这样的房子里，生一堆小孩。有可能发生的最糟糕的事，不过就是我们错怪大儿子抽烟，没扔准的球打破了女儿的鼻子，还有我们那位有点风骚的女佣总是向邮递员投怀送抱。然后我们会死去，像所有的美国良民家庭一样融入世界大同。

我们分手后的这十年，我会定期把车停在她家外面，等到房间熄了灯，我就透过望远镜和拉开的飘窗窗帘一角，进入一种我本应过上的生活，一种吃寿司玩拼字游戏，孩子们在起居室学习、和狗玩耍的生活。孩子们上床之后，我会和她一起看《诺斯费拉图》《大都会》，哭得像小婴儿一样，因为波莱特·戈达德和查理·卓别林在《摩登时代》里转圈的样子就像两条发情的狗，那让我想到我们俩。有时我会悄悄走上门廊，拉开纱门，在门廊上留下一张正在茁壮成长的蜜橘树的照片，背面写着：**我们的儿子，卡佐，向你问好。**

还没开学，你是不可能在学校搞什么种族隔离的。因此，那个夏天，我在她家外面花去了比我在法律面前愿意承认的要多得多的时间，直到8月一个温暖的夜晚，四十英尺长的公交车停在了玛耳珀萨家的车道上，逼迫我放弃了我的跟踪计划。跟他们的白领同事一样，像玛耳珀萨这样的黑人蓝领把工作带回家做并不是什么非比寻常的事儿。不管你的收入水平如何，要做到白人的两倍好、中国人的一半好、你入职前主管雇用的上一个黑人的四倍好，这句老话现在依然是金科玉律。尽管如此，看到125路公交车停在她家车道上，我还是吃了一惊。公交车的车尾堵住了便道，右侧的轮胎压坏了一片曾经完美的草坪。

手里拿着蜜橘树的照片，我蹑手蹑脚地走过栀子树和西泰住宅安保的标志。我颤巍巍地踮起脚，将手拢在眼睛前，偷偷往侧窗里看。尽管午夜时分空气清凉，但车身还是暖烘烘的，散发着浓郁的汽油味和工人阶层的汗味。霍米尼的生日会已经过去了四个月，写着"老人、残障人士与白人优先就座"的标志还在那儿。我不禁说出了心里的疑问，她是怎么对付这些标志带来的麻烦的呢。

"她说这是一个艺术项目，老黑。"

顶着我颧骨的点三八手枪的短枪管，冰冷又无情，但是枪后面的声音恰恰相反，温和又友善。而且很熟悉。"小子，要不是认出了你屁股上的牛粪味儿，你早就跟好听的黑人音乐一样死掉了。"

史蒂维·道森，玛耳珀萨的弟弟，围着我转了一圈，手里还拿着枪，给我一个熊抱。史蒂维身后站着红眼睛的金哥儿，脸上闪过一丝带着醉意的微笑。他的兄弟史蒂维从监狱出来了。看到史蒂维，我也很高兴，从他入狱到现在，至少有十个年头了。史蒂维的名声甚至比金哥儿还要差，他更凶狠。他没入任何帮派，盖因瘸帮嫌他太疯狂，血帮嫌他太残暴。史蒂维讨厌外号，他觉得真正的混蛋根本用不着这玩意儿。虽然每当黑鬼们叫史蒂维的时候，周围总有几个听见了自己的教名就答应的蠢家伙。这就好像中文里的同音字，你只有在那儿，才能知道他们叫的到底是哪个史蒂维。加州有三振出局法，如果你已经身背两项重罪，那么下一个有罪判决就有可能意味着你要被处以终身监禁，不管罪行多么轻微。看来在某个时刻捕球手一定是接丢了史蒂维的第三次击球，因为体制又把他送回了本垒板。

“你是怎么出来的？”

“帕纳什帮忙弄出来的。”金哥儿答道，让我喝了口添加利金酒，味道就跟接下来喝的低糖西柚苏打饮料一样差劲。

“什么，他就演了场垃圾慈善音乐会，就用话筒把你叫出来啦？”

“是笔的力量。他在电视台搞警方演奏会和啤酒广告的时候认识了一些有头有脸的白人，他写了几封信，我就出来了。搞了个有条件假释。”

“什么条件？”

“条件就是我不能再被条子抓进去呗。还能有什么别的？”

有一只狗开始叫。厨房的窗帘拉开了，光亮照射到车道上。我有点害怕，虽说应该没人能看见我们。

“不用怕。帕纳什不在。”

“我知道。他就没在过。”

“你怎么知道，你是不是又在跟踪我姐？”

“谁在那儿？”是玛耳珀萨，她的出现让我免于进一步的尴尬。我用唇语对史蒂维说，不要说我在这里。

“是我和金哥儿。”

“噢，那你们快点滚进来，别惹什么事。”

“好的，我们马上进去。”

我第一次见到史蒂维时，他和他姐姐住在狄更斯，他们的房子前面停着一辆豪华轿车。除了毕业舞会那天晚上，你很少有机会在贫民区看到豪车。那是辆黑色加长版凯迪拉克，从迷你吧到后窗挤满了小流氓，肤色有深有浅，个头有高有矮，有聪明的也有笨笨的，他们是史蒂维的小弟。就是那种几年里一个一个或者两个两个，特血腥的时候三个三个消失的男孩。抢银行，抢食品车，搞暗杀。帕纳什和金哥儿是他所剩无几的哥们儿。虽然史蒂维和帕纳什真心喜欢彼此，但他们之间的关系是互惠互利的。帕纳什是朋克无疑，但史蒂维给他的说唱注入了真正的街头范儿，而对史蒂维来说，帕纳什的成功提醒他，只要一个人能找到合适的白人来支持，一切皆有可能。那阵子帕纳什突发奇想干起了拉皮条的勾当。当然，他总能找到女人帮他做事，但有什么事是黑鬼不做的吗？我记得帕纳什在客厅盯着玛耳珀萨看的样子，当时他正在表演后来成为他第一张金唱片的说唱乐，史蒂维给他当DJ。

下午三点钟嘀嗒，摩门教士来我家。
心情感觉很不佳，需要新树洞解压。
承诺黑鬼如我能得救，差点让我笑掉牙。
杨百翰不是嗑过天使粉，就是蠢又傻。

如果史蒂维有自己的拉丁语座右铭，那应该就是“Cogito, ergo Boogieum”。我思，故我嗨。

"玛耳珀萨的公交车怎么会停在这儿？"我问他。

"黑鬼，那**你**怎么会在这儿？"他厉声反问。

"我想把这个留给你姐姐。"我给他看蜜橘树的照片，结果被他一把从我手里夺了过去。我想问他有没有收到我这些年来送给他的水果——木瓜、猕猴桃、苹果和蓝莓，不过我可以从他柔嫩的皮肤、黑白分明的眼睛、闪着光泽的小辫儿，还有他靠在我肩膀上的那股放松劲儿看出来，他收到了。

"她跟我说过你留下这些照片的事。"

"她生气吗？"

史蒂维耸耸肩，继续盯着那张宝丽来照片。"这车停在这儿，是因为他们弄丢了罗莎·帕克斯乘坐过的那辆公交车。"

"谁弄丢了罗莎·帕克斯乘过的车？"

"白人。他妈的还能有谁？本来，每年2月，那些小学生去参观罗莎·帕克斯博物馆或者别的什么放那辆公交车的地方，他们告诉孩子们那辆车就是民权运动的诞生地，但那竟然是个冒牌货。不过是一辆他们从某个垃圾场找到的老式伯明翰城市公交车。反正我姐是这么说的。"

"我不知道。"

金哥儿灌下两大口金酒。"你说你不知道，这是什么意思？你觉得在罗莎·帕克斯扇了白人美国一耳光之后，几个白人红脖佬就出去把当时的那辆车救回来了？这就好比凯尔特人队把魔术师约翰逊的球衣挂在波士顿花园体育场的梁上。绝对不可能。

“对了，她觉得你在车上干的那些事，贴标志什么的，挺不一般。这能让黑鬼们认真想想。她用自己的方式为你骄傲。”

“真的吗？”

我看了看那辆公交车。试着以不一样的眼光看待它。它不仅仅是象征着微不足道的权利、正往车道上滴着传动液的四十英尺长的金属板。试着想象它悬在史密森博物馆的屋顶，一名导游往上方指着它说：“就是在这辆车里，霍米尼·詹金斯，最后一位还在世的‘小捣蛋’，宣称非裔美国人的权利不是上帝赐予的，也不是宪法规定的，而是无关紧要的。”

史蒂维把照片放在鼻子下面，用力闻了一下，问道：“这些橘子什么时候熟啊？”

我想指着这些青橘色的小圆球，吹嘘一下我已经找到的办法：如果我用白色防水薄膜覆盖树周围的泥土，不仅可以防止水分渗入土壤，白色还能把阳光反射到树上，改善水果的色泽。但我能说出口的只是：“快了。它们就快熟了。”

史蒂维又最后闻了一下照片，并把它递到金哥儿洞穴一样的鼻孔下面。

“闻闻这个橘子，老黑？这就是自由的气味。”

然后他抓住我的肩膀。“我听说黑人要开中餐馆啦，怎么回事？”

十五

是气味吸引了他们。早上约莫六点的时候，我发现有个男孩蜷缩在我的车道上，呼吸很重，像条发情的狗一样把鼻子贴在门上。他看上去很开心。他并没有碍事，于是我没管他，就去给奶牛挤奶了。不知何故，洛杉矶到处都是得自闭症的孩子，我以为他也是其中饱受折磨的一个。但是，晚些时候，他又有了同伴。到了中午，基本上我们街区的所有小孩都挤进了我的前院。在暑假的这最后一天，他们在草地上玩优诺牌，玩撞胳膊游戏。他们拔下仙人掌的刺，往彼此背上扎，还摘下我的玫瑰花瓣，在车道上用岩盐写自己的名字。就连洛佩兹家的孩子也来了，洛力、多利、杰里和查理，他们就住在隔壁，家里有两英亩大的绝佳后院和足够宽敞的泳池可以玩耍，此刻却在我这里围着小弟弟比利转圈儿，比利一边吃花生酱黄油三明治一边歇斯底里地大笑。这时，一个我不认识的小姑娘踉踉跄跄地跑到榆树前，用呕吐物淹死了一队蚂蚁。

“好吧，这他妈的是怎么回事？”

“臭气。”比利在吞下一大口花生酱黄油加苍蝇三明治——从他舌头上看着像昆虫腿的东西来判断——之后说道。我什么也没闻到，比利便把我拉到街上。难怪那个女孩会呕吐，那臭味已铺天盖地地袭来。臭气积聚了整整一晚，然后像老天犯的胃肠胀气一样在街区蔓延。上帝啊。但我为什么之前没有注意到？我站在伯纳德大街上，孩子们招手要我过去，那股拼命劲儿就好比第一次世界大战中的士兵急切地呼唤受伤的战友逃离芥子毒气，回到相对安全的战壕里。我一回到路边，蜜橘那提神醒脑的辛香就扑面而来。难怪那帮孩子不愿离开我家，蜜橘树就像一瓶十英尺高的空气清新剂，给院子带来阵阵清香。

比利使劲拉拉我的裤腿。“那些橘子什么时候可以吃啊？”

我想跟他说明天，但我急着把那个小女孩推到一边，好让自己到榆树下呕一会儿，倒不是因为气味，而是因为比利的牙缝里塞了两颗红色的苍蝇眼睛。

第二天就是开学第一天，早上，附近的孩子们和他们的父母聚集在车道出口。孩子们穿着崭新的校服，收拾得光鲜整洁，趴在木栅栏上，想隔着栅栏看看农场上的动物。有些大人还穿着睡衣，他们打着哈欠，看看表，整整浴袍的腰带，把牛奶钱放进孩子的手中——用来买我供应的未经巴氏消毒的牛奶，二十五美分一品脱。我很同情这些家长，因为我被阴魂不散的恶臭熏得整晚睡不着，忙于建造一所想象中的全白人学校，此刻也疲惫不堪。

蜜橘什么时候成熟，其实很难确定。颜色并不是非常合适的指标。果皮的纹理也不是。气味还不错，但最好的办法就是直接去尝一尝。不过，我还是更信任糖量仪，而不是自己的味蕾。

“读数是多少，主人?”

“16.8。”

“这算不错吗?”

我扔给霍米尼一个橘子。蜜橘可以吃的时候，皮特别柔软，简直可以自行脱落。他往嘴里塞了一瓣儿，假装晕过去，一屁股倒在地上，样子太逼真了，公鸡吓得停止了打鸣，以为老头儿死了。

“哦，见鬼。”

孩子们以为他受伤了。我也这么以为，直到他亮出一个如旭日东升般明亮而温暖的灿烂笑容，意思是:“是的，头儿。这可太好吃了!”他用慢动作一顿一顿地站起来，然后跳着轻柔踢踏舞同时翻着跟头来到篱笆前，让人看看这老歌舞演员兼特技黑鬼依然宝刀不老。“我看到白人了!”他装作害怕的样子惊呼道。

“让他们进来，霍米尼。”

霍米尼把门开了一点儿，就好像他要从奇特林巡回大舞台的大幕后面偷窥似的。“一个黑人小男孩在厨房里看他妈妈煎鸡肉。他看到了面粉，就往自己脸上拍了点儿。‘快看我，妈妈，’他说，‘我是白人!’‘你说什么?’他妈妈问。男孩答:‘我是白人!’啪!

他妈妈狠狠扇了他一个耳光。‘不准说这种话！’她说道，然后让他把刚才的话告诉他爸。男孩的眼泪流得像尼亚加拉大瀑布一样，他号啕大哭着去找爸爸。‘怎么啦，儿子？’‘妈、妈、妈妈打、打、打我耳光！’‘为什么呀，儿子？’他爸问。‘因、因、因为我、我说我是白、白、白人。’‘什么？’啪！他爸爸给他一记更狠的耳光。‘现在去告诉你奶奶你说了什么！她会好好教训你！’男孩大哭，浑身发抖，一肚子困惑。他走到祖母那儿。‘怎么了，孩子，出什么事儿了？’她问。孩子说：‘他、他、他们打我。’‘为什么，宝贝儿，他们为什么打你？’他把经过告诉奶奶，快说完的时候，噼——啪！他奶奶打得太狠，他差点站不住。‘不准说这种话，’她说，‘现在说说你明白什么道理啦？’男孩摸着自己的脸说：‘我明白了，我才做了十分钟白人，就已经恨死你们这些老黑了！’”

孩子们弄不清他是在讲笑话还是在骂街，不过他们笑了，每个人都从他的表情和音调里发现了些搞笑的东西，感受到了那种听到“老黑”这个词儿从一个跟它一样又老又黑的人嘴里说出来时的认知失调。大多数孩子从来没看过他的作品。他们只知道他曾经是个大明星。这就是表演艺术的魅力——永不过时。他松弛的四肢，他对朱巴舞节奏的掌控，他跳摇摆舞时的庄重严肃，有种抚慰人心的永恒。他一边引领孩子们进入农场，一边用西班牙语又讲了一遍那个笑话，观众压根儿没听，孩子们从他身边跑过，手里拿着杯子和水壶，像小鸡一样四散开来。

一个黑人小孩在厨房里看他妈妈煎鸡肉……我才做了十分钟白人，就已经恨死你们这些老黑了！[1]

他们说早饭是一天中最重要的一餐，而且对某些孩子来说，也许是一天中唯一的一餐，所以，除了牛奶以外，对孩子们和家长，我都会再给一个新鲜的蜜橘。我以前曾在开学第一天发过甘蔗，提供过骑马服务。我把三个孩子扶上马鞍，让小马驹驮着他们去校园。后来就不这么做了。那是因为，两年前，六年级的西普里亚诺·“糖果”·马丁内兹，一个住在普莱斯科特广场那边的半萨尔瓦多半黑人血统的男孩，打算做独行侠，凭借那一声“嗨——呦，跑吧！银子！”逃离虐待他的家人。为了追他，我不得不顺着一坨坨冒热气的马粪，一路跑到大老远的帕诺拉马城。

我抓住在马厩旁边晃荡的两个孩子的胳膊肘，把他们提溜起来。

“离该死的马远一点！”

“那橘子树呢，先生？”

无法抗拒蜜橘诱人的香气，也没耐性等到课间休息或看肥皂剧的时候再享用午餐零食，我的顾客们挤在橘树下，自感罪孽深重地站在成堆的橘皮中间，嘴唇上沾满汁水。

“想拿多少就拿多少。”我说。

我父亲经常说：“给黑鬼们一寸，他们就会要一厄尔。”我从来不知道“厄尔”是啥，但在当下，它的意思就是把我珍贵的蜜橘树扒个精光。霍米尼双手扶着鼓鼓的肚子——因为他正怀着五个月大的二十个橘宝宝——慢悠悠地走到我身边。

“这些贪心的黑鬼会拿光你所有的橘子，主人！”

“没关系，我也就需要两个。”

似乎是为了佐证我的观点，一个饱满的蓝带蜜橘正好滚落到我的脚下，努力要逃脱这群疯狂饕餮。

霍米尼热情洋溢，脸上洒满阳光，艺人特有的粉红巧舌上沾足了蜜橘的甘甜，像花衣魔笛手一样带领孩子们上路，后面跟着对他们溺爱有加、保护过度的父母们，而我——他们当中最大的叛徒——负责殿后。克里斯蒂娜·戴维斯，一个个子高高的小女孩，她修长的身材和洁白的牙齿应归功于我那未经巴氏消毒的牛奶数年来提供的营养和力量，她凑到我跟前，攥紧我的手。

“你妈妈在哪儿?”我问。

克里斯蒂娜把手指放在嘴唇上，吸了口气。

在狄更斯这样的地方，在忧心忡忡的父母耳道里塞着特工耳机，指挥你的一举一动之前，你就已明白，在上下学路上学到的东西远比在学校里学到的要多得多。我父亲深谙此道，为了扩展我的课外教育，他会时不时地把我放在陌生的社区，让我自己步行找当地学习的地方。这是一堂定向越野运动课，只是我根本没有地图、指南针、餐具，或者一本俚语词典。谢天谢地，在洛杉矶县，大多数时候你可以通过路牌的颜色来估测一个社区的危险程度。在洛杉矶，真正的路标是深蓝色的中空金属路牌。如果有个用松针垒的鸟巢塞在路标里，意味着那一片是常青树，附近有高尔夫球场。那里多是公立学校的白人孩子，父母入不敷出，住在类似切维厄特山、银湖、帕利塞德这样的上层中产阶级社区。路牌上有弹孔，旁边还有偷来的汽车，意味着那一片的孩子有跟我一样的发质、零花钱水平和穿衣风格，属于华兹、博伊尔高地和高地公园这类街区。天蓝色标志着卧室舒坦又凉快的社区，比如圣莫尼卡、兰乔帕洛斯福迪斯和曼哈顿海滩。酷酷的小家伙们用来上学的必备交通工具可以说是五花八门，从滑板到悬挂式滑翔机，脸蛋上还印着金丝雀妈妈给他们的告别一吻。卡森、霍桑、卡尔弗城、南门、托伦斯的路标都用工人阶级的仙人掌绿，那里的小家伙们生活独立，彼此熟悉，会讲多种语言，熟谙西班牙、黑人和萨摩亚的各种帮派手势。在赫莫萨海滩、拉米拉达和杜阿特，路标的颜色是便宜的混合麦芽威士忌的那种浅棕色。男孩女孩无精打采地去上学，萎靡不振，昏昏欲睡，走过种植园风格的大房子。当然，闪亮的白色路标代表比弗利山。极其宽阔的山路上，有一队未被我的外表吓到的富人孩子。他们假设我就是属于那里的，问我的网球拍的拍弦强度怎么样，给我讲布鲁斯、嘻哈历史、拉斯特法里教、科普特教会、爵士乐、福音书，还有五花八门的甘薯做法。

我想把克里斯蒂娜放在荒郊野外，刺激她去找通往学校的可能最绕的路。让她独自奔跑在狄更斯乌黑的路标下，上一次花式迷路的荣誉课程；旁听一堂观察你朋友走进鲍勃大男孩快餐店，从柜台偷走早餐小费的讨论课；完成一份关于洒水车彩虹，以及身穿紫色亮片吊带裙的妓女一大早在长滩大道叫春呼唤潜在嫖客之诗学的独立研究。我正打算放下克里斯蒂娜，但我们已经抵达学校门口，九点的铃声正好响起。

“快点儿，你要迟到了。”

“所有人都已经迟到了。”她一边说，一边下车跑到朋友们中间。

所有人都迟到了。学生、员工、老师、家长、法定监护人聚集在沙夫中学门前，完全没理会铃声，他们正在商量对付街对面新冒出的同城对手的办法。

惠顿学院艺术、科学、人文、商务、时尚及其他一切特许磁石学校[2]是一座全新的、一流的平板玻璃建筑，看起来更像一颗死星，而不是学习的地方。在校学生全部为白人，且个个卓尔不群。当然，这一切都不是真实的，因为惠顿学院只是一个虚设的建筑工地。现在还只是片空地，围着一圈漆成蓝色的胶合板护栏，透过上面的矩形小格，路过的人可以看出那栋楼根本不可能建成。这个学校就是我把水彩艺术家就东缅因大学海洋科学中心所创作的5英寸×5英寸的作品下载放大，用塑料板裱好，贴在一扇挂着链锁的大门上而已，除此以外什么都没有。学生中有跳芭蕾舞的、高台跳水的、拉小提琴的、击剑的、打篮球的，还有做陶器的，我把他们的黑白照片从交点学院、哈弗福德学院和梅多布鲁克小学的网站上偷来，放大，贴在护栏上。如果有人稍加注意，他们会发现，惠顿学院的实际面积应该比它要拔地而起的那片空地大上十倍。但是，如果印在图案下面的红字可信的话，一切迹象表明，这个惠顿学院确实"即将闪亮登场！"。

当然，"即将"对狄更斯来说可不够，那些惶惶不安又心存疑惑的家长，急切地想让自己的孩子加入伟大的盎格鲁孩子的行列。孩子们的金属牙套闪耀的不仅是他们不可思议的白色微笑，还有他们的美好未来。一位过分热心的母亲指着正凝视恒星光谱学研究结果的用功的孩子和专注的老师，向卡里斯玛提出了存在于每个人心中的问题。

"莫利纳副校长，我家孩子要怎样做才能进那所学校呢？参加考试？"

"差不多。"

"这是什么意思？"

"照片上的那些学生有什么共同点呢？"

"他们是白人。"

"对，这就是你要的答案。只要你的孩子能通过考试，就可以被录取。不过你可不要说这是我说的。好啦，演出结束了。谁做好准备要学习了，我们走吧，因为我要锁门了。我们走吧[3]，同学们。”

等九点四十九分的西线车拖着一团讨厌但准时出现的尾气抵达罗斯克兰/长滩车站的时候，人群已经散去，我坐在车站，霍米尼在一旁抽大麻烟卷，捧着我最后的两个蜜橘。玛耳珀萨打开车门，脸上一副介于不屑和厌恶之间的凶相，像戴了个万圣节的愤怒黑女人面具。那样子也许会吓跑她的同事和待在角落里的黑鬼，但不会吓到我。我扔给她一个橘子，她驾车匆匆离开，连一声谢谢都没有说。

开了大概五百英尺，刹车片旧得跟流浪汉的鞋底有一拼的125路车来了个刺耳的急刹车，倒车，而后猛地右转弯。我和玛耳珀萨之间有过的唯一一次真正的争论就是关于三次右转等不等于一次左转的问题。她坚称是等于的。我则认为连续三次右拐之后，你是在向左开，不过是在离原先的出发点一个街区远的街上。等到公交车回到我面前，至少证明两次违法掉头的确能把你带回原处的时候，九点四十九分已经变成了九点五十七分。

车门开了，玛耳珀萨还在驾驶座上。这回她的脸上沾了蜜橘汁，挂着掩饰不住的笑容。我一直喜欢安全带弹开的声音。那具有解放意味的咔嗒脆响和带子缩回原位的嗖嗖声总是能带给我愉悦。玛耳珀萨把腿上的橘子皮扒拉掉，走下车来。

“好吧，棒棒，你赢了。”她说道，从我嘴里扯下烟卷，又摇曳着她丰满得恰到好处的屁股阔步回到车上，为公交车晚点而不是为她带进车里、吹到车流中的气味道歉，她透过驾驶座旁边的窄窗往外喷吐烟雾，用粉红色的指甲酷酷地把烟灰弹到街上。她并不知道，她吸的是“失语症”。因此，我明白，在我们之间，往日不可追。或者，就像我们狄更斯人说的那样，“人生有时就是这样……就是这样”。[4]

十六

那天晚些时候，像任何配得上其助燃剂的优秀社会纵火狂那样，我回到了犯罪现场。在场的唯一一位纵火调查员是福伊·切希尔。这是二十多年来我头一次看到他冒险出现在东东甜甜圈之外的地方，他的脚踏在真实的狄更斯土地上。他就站在未来的惠顿学院的蓝色护墙板前，用看样子价格不菲的相机在拍照，而他的奔驰车有一半停在便道上。我骑在马上，停在靠沙夫中学那一侧的马路上，看到他拍了张照片，然后在他的笔记本上匆匆写了些什么。我头顶上，有个学生打开了二楼的窗户，把她的脑袋从学校发的连列文虎克都会当古董的显微镜上移开，探出窗外，望着哥斯拉一般大小的惠顿学院神童，那孩子正往一台先进程度连加州理工学院的师生都会嫉妒的电子显微镜里头瞧。

街对面的福伊发现了我。他把手拢在嘴边大声喊，罗斯克兰大街上的车辆正呼啸而过，我不得不像玩躲猫猫一样，费力捕捉他的人影和声音。

“你看见这玩意儿了，叛徒？你知道是谁干的吗？”

“对，我知道！”

“没错，你知道。只有邪恶力量才会在贫民区里硬插上一个全白人学校。”

“比如谁，朝鲜人还是什么人？”

“朝鲜人会在乎福伊·切希尔吗？这毫无疑问是中情局的阴谋，也许来头还要大，比如秘密拍摄一部关于我的HBO纪录片！罪大恶极的事就要发生了！要是你参加过这几个月的讨论会……你就会知道有个种族主义的混蛋在公交车上贴了个标志……”

从前，当一些笨蛋搞飞车射击时，迎面开来的车会在没有明显理由的情况下减速，以示合理警告。转速骤降的V6发动机滑进一挡，发出沉闷的噗声，就像猎人踩断了树枝，惊到了他的猎物。但是如果开着那种混合动力、无噪声传动的新节能汽车，你可什么都听不见。到你回过神来意识到发生什么事的时候，一枚子弹已经砰的一声射进你铱银大奔的后侧板，而袭击者嘴里喊着“快把你的黑屁股放回到白人美国，黑鬼！”。他们冷静地把车开到了每加仑五十五英里，扬长而去。我想我认得发出笑声者的瘦黑胳膊，那只手举着的左轮手枪看着眼熟，像极了玛耳珀萨弟弟史蒂维两个星期前顶着我脑袋的那一把。驾驶电动汽车发动袭击这一秘密犯罪行为非常具有金哥儿指挥作战的特征。我穿过马路，想看看福伊是不是安好，这时我清清楚楚地闻到了那个暗杀者扔在福伊头上的橘子的气味——那正是我种的蜜橘。

“福伊，你没事吧？”

“别碰我！这是战争，而且我知道你站在哪一边！”

我往后退，福伊拍拍身上的土，嘴里嘟囔着阴谋什么的，趾高气扬地大步走向自己的车，仿佛他离开的是重重围困之下的菲律宾战场。他那经典跑车的鸥翼式车门打开了，上车之前，福伊停下脚步，戴上他的飞行员墨镜，用他最佳的“黑”克阿瑟将军的口气宣布：“我会回来的，王八蛋。相信我的话！”

在我们身后，二楼的那个学生关上窗户，回到她的显微镜前。她一边调焦距，一边飞快地眨眼，来回转着载玻片，在笔记本上匆匆记下她的发现。与福伊和我不同，她全身而退，回到她原先的位置，因为她知道，在狄更斯有时就是这样，即使不一定非得这样。

苹果和橘子

十七

我是性冷淡。这倒不是说我真没有什么性欲，而是说放在性爱解放的70年代，那个年代，男人用一种很讨厌的方式将自己性能力不足的隐疾归咎于女人，用“冷淡”“死鱼”来形容她们，我就是那种死得透透的鱼。我做爱的时候，就像一条仰面朝天的孔雀鱼。就连一盘放了一天的生鱼片也比我有更多的“起伏”。所以，在枪击和飞车投橘那天，当玛耳珀萨将疑似用蜜橘的辛香刺激过的舌头伸进我的嘴里，用她的下体摩擦我的骨盆时，我就那样躺在我的床上——一动不动。我羞愧地用双手遮住脸，因为跟我做爱就跟和图坦卡蒙[1]的石棺做爱没什么两样。如果我的性无能是一个问题，那她从来没说过什么。她只是抽我个耳光，折腾我这条搁浅鲸鱼的尸体，像一个星期六晚间的摔跤手，在一场我根本不想结束的旗鼓相当的比赛中寻找复仇的机会。

“这意味着我们又在一起了？”

“这意味着我正在考虑。”

“你能不能考虑得稍微快一点，是不是再往右边来一点儿？对，就这样。”

玛耳珀萨是唯一给我确诊的人。甚至我的父亲也没法搞明白我怎么了。比如说，我会犯把玛丽·麦克劳德·贝休恩认成格温多琳·布鲁克斯之类的错误，父亲会说：“黑鬼，我真他妈的不知道你到底他妈的有什么毛病！”然后，足足有九百四十三页的《黑人精神疾病诊断和统计手册（第四版）》冲着我的脑袋飞过来。

而玛耳珀萨懂我。那时我十八岁。离我大学第一学期结束还有两周。我们在招待所。她——用拇指翻着血迹斑斑的《黑人精神疾病诊断和统计手册（第四版）》；我——还是维持一贯的事后姿势，把自己团成一个球，就像一只受惊的少年犰狳，毫无来由地号啕大哭。

“没错，我终于弄明白你到底是哪儿出问题了。”她偎依在我身边，“你的毛病是依附障碍。”为什么人们明明知道自己的判断是对的，还要指着书中的那一页呢？快速地念出来就够了。你真没必要自鸣得意地敲着手指，一再戳人痛处。

“依附障碍——在多数环境、场合和事件中，明显失常和不适当发展的社会关系。始于五岁前，延续至成年，具有以下症状之一：

“1. 持续性地无法以一种在发育方面视为正常的方式，

主动实施大多数社会互动行为或对之做出反应。(例如，儿童或成人对关爱者和黑人恋人做出的复杂反应——躲避、拒绝安慰。可能表现出冷酷的警觉。)翻译为大白话：黑鬼在你触摸他时缩起身或者跳起来。忽冷忽热，没有可以交谈的朋友。他不是盯着你，似乎你刚从香蕉船下来，就是像个小婊子那样痛哭流涕。

“2. **散漫性依附，表现为不加思考地与人交往，以及明显不能对黑色人种和事物表现出适当的选择性依附。(例如，对于相对陌生者表现得过于熟悉，或者缺乏对依附对象进行选择的能力。)**翻译为大白话：在加州大学河滨分校公然操白人妓女的黑鬼。”

我们的关系能维持这么久，真是个奇迹。

我盯着她朦朦胧胧的剪影看了很久，直到她从棋盘格图案的浴帘里探出头来。我已经忘了她拥有多么纯正的棕色肌肤，忘了她看起来有多美，她的一头直发贴在一侧脸颊。有时最甜蜜的吻是最短暂的。我们可以回头再讨论刮得干干净净的耻骨。

“棒棒，时间期限是怎么定的?”

“我们之间的事，无限期。种族隔离的事，我在想最好能在街区日之前搞定。这样我又多了六个月的时间。”

玛耳珀萨把我拉进浴室，递给我一支杏子磨砂膏，这还是上次她在这儿洗澡时打开的。我把磨砂膏抹在她背上揉搓，在那号称能柔滑肌肤的颗粒沫里写了一句话。她总是能明白我写了什么。

“因为不管是黑鬼福伊还是这个世界上的其他什么人，这破事早晚都会缠上你。忘了种族隔离吧，你明白那些混蛋反正也不怎么在乎狄更斯，即使是在它存在的时候。”

“你今天在那辆车里，是吧？”

“废话，金哥儿和我弟弟接我下班，我们往回开，一经过你画的那些白线，感觉就像是，你懂的，你走进一个帅爆了的家庭大派对，突然撞了一下子，你胸口上也挨了一下子，然后你说，就算我现在就死，我也**他妈的不在乎**。就是这样。一片新气象。”

“是你扔的那个见鬼的橘子。我就知道。”

“正好砸中了那个蠢货的脸。”

玛耳珀萨把她曼妙无比的屁股顶在我的腹股沟上。她还得回去照顾孩子，我们没有太多时间，而且根据我的实际情况，我们也不需要多长时间。

尽管我们对她的十七年之痒挠了第一下，但玛耳珀萨还是坚持我们要慢慢来。因为她周末要工作，还要疯狂加班，所以我们只能在星期一和星期二约会。我们在城里度过一个个夜晚，去逛购物中心，去咖啡馆参加读诗会，还有对我来说最无聊的，去“众多”喜剧俱乐部参加开放麦克之夜[2]。玛耳珀萨讨厌我讲的惠顿-沙夫种族隔离的笑话，非要我通过学习讲笑话来提高幽默感。我一抗议，她就说："听着，你现在并不是这个世界上唯一不会做爱的黑人，但我可不会跟唯一毫无幽默感的人约会。"

从音乐俱乐部到看守所，再到你只能在白人社区找到韩式塔可流动餐车这个事实来看，洛杉矶是一个让人精神麻木的种族隔离城市。但是，社会种族隔离的中心地带就是一个单口喜剧的表演场地。狄更斯城为黑人滑稽演员源远流长的传统所做出的微小贡献就是开放麦克之夜，由东东甜甜圈知识人赞助，每月的第二个星期二举行，到了那天，店面就变成一个二十张桌子的俱乐部，号称"展示众多非裔美国幽默大师妙语与风格的喜剧表演论坛，面向……"，后面还有，但是我从来没能读完他们悬挂在停车场大甜甜圈标志上面的临时遮檐上的字。我就把那个地方简称为"众多"，因为虽然玛耳珀萨坚称我缺乏幽默感，但还是有众多不好玩的黑人小子像所有黑人体育解说员那样，为了表现出聪明劲儿，一有机会就滥用和误用"众多"这个词。

比方说：

问：拧一个电灯泡需要多少个白人男孩？

答：众多！因为他们从一个黑人那儿偷了它！刘易斯·拉蒂默，一个发明了灯泡和众多其他聪明玩意儿的黑人！

相信我，这样的笑话会收获众多掌声。每一个黑人男性，无论肤色深浅、政治派别为何，暗地里都认为自己比世上其他人都擅长做三件事：打篮球，说唱，还有讲笑话。

要是玛耳珀萨觉得我不够有趣，那是因为她从来没听过我父亲说话。早在黑人单口喜剧的鼎盛时期，他就拉着我去参加星期二晚上的开放麦克之夜。在美国黑人的历史上，只有两个人完全不具备讲笑话的能力：小马丁·路德·金，还有我父亲。就连“众多”的“滑稽演员”偶尔都可以迸出几句不经意的幽默之语：“我正在试镜汤姆·克鲁斯最新电影里的一个角色。汤姆·克鲁斯演一个弱智的法官……”“众多”开放麦克之夜的问题在于不设时间限制，因为“时间”是一个白人概念，这说得还真没错，因为我父亲在喜剧表演上的问题就是他完全没有时间和节奏观念。至少金博士有自知之明，从未试图讲笑话。老爸讲笑话的方式跟他点比萨、写诗，以及用美国心理学会的标准写博士论文的样子如出一辙。他会按美国心理学会的标准悠然踱到台上，用一段相当于书名页的内容作为开场，报上他的大名还有笑话的标题。是的，他的笑话是有标题的。“这个笑话叫作‘光顾饮酒场所方面的人种与宗教差异’。”而后，他报上笑话的摘要。所以，他不会简单地说一句“一个拉比、一个牧师和一个黑小子走进一间酒吧”。他会说：“本笑话的主角是，三名男性，其中两名为神职人员，一个信犹太教，另一个信天主教。非裔美国当事人的信仰无法确定，其教育水平亦是如此。笑话发生的场景是一个有执照的机构，它供应酒水。不，等等。是在飞机上。对不起，我说错了。他们打算去跳伞。”最后，他会清清喉咙，站得离话筒特别近，开始讲笑话的所谓“正文”。喜剧是战争。如果一个喜剧演员的套路管用，他们能秒杀全场；如果段子搞砸了，在他们眼中这就是死期将至。我父亲并未在舞台上阵亡。他为了另一位默默无闻、全然无趣的黑人而牺牲了自己，正如外星生命必定存在一样，那个黑人也存在于某个地方。我曾经见识过比我父亲那一套还要好笑的自我献祭，但是，在那里可没法鸣锣收兵，或者用超长的手杖把他拉下舞台。他会无视嘘声，从抖包袱部分继续讲到结论。笑话在零星的几声咳嗽中收场。相形之下，一阵喝倒彩、众多的哈欠声都显得更有意义。他会以笑话的参考文献收尾：

“阿尔·乔尔森（1918年），《桑波和妈咪为在5号跑道起飞做清洁》，齐格菲歌舞团。

“博特·威廉斯（1917年），《如果黑鬼会飞》，奇特林巡回大舞台。

“佚名游吟诗人（约1899年），《民主党杂耍啄木鸟在偷我的垃圾》，俄亥俄州克利夫兰市准共济会会堂。

“另外，别忘了给你的服务生小费。”

虽说玛耳珀萨开了整整一天公交车，已经累坏了，但她还是要确保我们早点到，把我的名字写在签到表最上方，志愿监督我履行我的搞笑义务。我没法告诉你，主持人介绍我的时候，我有多别扭。“现在我们掌声欢迎棒棒上场。”

我站在那个舞台上，感觉自己仿佛灵魂出窍。我望向观众，也看着我自己在前排准备的烂番茄、臭鸡蛋和变质的圆生菜，它们等着扔向讲述所有从他父亲的唱片收藏里打捞的老掉牙的理查德·普莱尔笑话的滑稽混蛋。但是每个星期二晚上，玛耳珀萨都会逼我上台，说只有我把她逗笑了，她才会跟我做爱。当我完成了所谓的表演回到座位上，就会发现她往往已经睡着了，她如此疲惫，不知是因为工作太劳累抑或笑话太无聊。有天晚上，我终于讲了一个原创的笑话，为了表达对父亲的敬意，我也起了一个标题，不过相当之长：

为什么阿伯特和科斯特洛[3]的那套滑稽杂耍在黑人社区没有效果

谁在一垒？

我不知道，你老妈。

玛耳珀萨放声大笑，在折叠椅之间充当过道的狭小空间里笑成一团。我知道她的无性生活将在那一夜终结。

他们说，自己讲笑话的时候千万别笑，但是所有最棒的喜剧演员都会笑，开放麦克之夜一结束，我就奔到外边，跳上125路公交车。车就停在俱乐部门口，因为玛耳珀萨担心这座移动纪念馆会离开她的视线，就把它当作家庭用车。她还没来得及松开手刹，我已赤身裸体地躺在后排座位上，等待着在贴膜玻璃的遮挡下来一番“闪电云雨”。玛耳珀萨钻到驾驶座下面，拉出一个大纸盒，沿着过道拖到后面，把里边的东西一股脑儿倒在我腿上。我弯成弓形的勃起埋在了两英寸厚的工作报告、电脑打印出来的材料和进度报告的下面。

“这是搞什么？”我问。我抖落掉一些纸，让我的老二透透气。

“我是帮卡里斯玛传话的。现在下结论还为时过早。才过去六周，但她认为学校的种族隔离已经起作用了。成绩提高了，行为问题减少了，但是她想让你做一下统计分析，来验证这个结果。”

“去他的吧，玛耳珀萨！做这个分析用不了多少时间，就跟你把这些垃圾放回盒子一样。”

玛耳珀萨抓住我阴茎的根部，捏了捏。

“棒棒，我当公交车司机这事让你觉得丢人吗？”

“什么？你怎么会这么问？”

“不知道。”

我用鼻子轻触她的耳朵，这招儿有点业余，不足以能消除她脸上沉思的表情，也无法让她的咪咪凸起来。她受不了我搞点儿前戏的企图，迅速拉了张进度报告放在我的尿道口上，然后把我的龟头扭过来，这样我就可以看这张报告，就像看早鸟优惠晚餐菜单。一个叫迈克尔·加莱戈斯的六年级学生选了一些我不懂的科目，得了一些我不明白的分数。但是，从老师的评价来看，他在所谓数感及运算方面表现出了显著进步。

“这个‘PR’到底是什么分数？”

“PR的意思是熟练掌握。”

卡里斯玛凭直觉领悟到了我这个计划在心理学上的微妙之处，虽说我也是刚刚才意识到这一点。她明白，惠顿学院所代表的就是有色人种想要控制白人的欲望。因为她知道，即使是在种族平等的当下，如果某个人比我们白，比我们富，比我们黑，比我们更像中国人，比我们好，甭管在哪方面比我们更强，当他们找上门来，显摆他们的平等，都会激起我们的欲望：想要令人刮目相看，想要举止端正，想要把衬衫塞好，做我们的功课，准时到校，投中我们的罚球，教书，证明我们自身的价值，以免被炒，被捕，被扔上卡车，被一枪打死。究其本质，惠顿学院对她的学生要说的，正是布克·T. 华盛顿这位塔斯基吉学院伟大的教育家兼创始人对没受过教育的同胞的告诫：“就地放下你的水桶。”虽然我一直搞不懂为什么非得是一只水桶，为什么目光短浅的布克·T. 不能建议我们放下我们的书、计算尺或笔记本电脑，但我的确理解他和卡里斯玛对于一座随时待命的白人环形监狱的需求。相信我，耶稣、美国职业篮球协会和美国职业橄榄球大联盟的主席是白人，你的全球定位系统（哪怕是日本出品的）里的声音是白人，这绝非偶然。

没有什么比种族主义和放在尿道上的成绩单更能让人性欲缺失，半裸的玛耳珀萨爬到我身上，她和我的老二都把打着瞌睡的脑袋垂在我的肚脐附近，她的手还攥着我的命根子，人已经跑到公交车司机梦里想去的不知什么地方了。也许是飞行学校吧，因为在玛耳珀萨的梦里，公交车是能飞起来的。它们按时抵达，从来不出故障。它们以彩虹为桥，以云为站，坐轮椅的人在一旁跟着翻转，偏航，像是为轰炸机联队护航的战斗机。当她到了巡航高度，她会用喇叭赶走海鸥群和后半生迁居南方的黑鬼们，喇叭发出的不是嘀嘀声，而是音乐——罗西音乐[4]，美好冬季乐队[5]、桑尼·莱文，还有妮可的《这些日子》。她所有的乘客都在温饱线上挣扎。布克·T. 华盛顿是常客，他每次一上车就告诉她："当你看见棒棒，这个宇宙头号大叛徒，你唯一的真爱，就地脱下你的裤子。"

十八

到了11月，枪击事件过去了大概六周，我和玛耳珀萨之间进展顺利，但是，因为现在我的性生活变成了半日常状态，所以我人生中另外两个更为紧迫的目标——在狄更斯推行种族隔离，在南加州获得土豆大丰收——的进展速度大不如前。我知道为什么土豆长不好，因为气候太温暖了。但是，在想出按种族来隔离各个种族的好主意这件事上，我忽然遇到了种族主义壁垒，而距离街区日只剩几个月了。也许我就和所有当代艺术家一样，只有一本好书、一张专辑、一次大规模自我仇恨的卑劣表演。

霍米尼和我来到专门用以种块茎植物的那行地。我双手双膝着地，查看混合肥和土壤密度，把黄褐色的种薯埋进地里，与此同时，霍比尼在脑中正激荡着在全城推行种族歧视的各种办法，他搞砸了我交给他的唯一工作，就是把我打好小孔的花园浇水管朝上放置。

“主人，我们给每个我们不喜欢的人发一个徽章，派他们去营地怎么样？”

“这事儿有人做过了。”

“好吧，那这样呢？把人分成三组：黑人，有色人种，长得像上帝的。制定几部宵禁法和一个通行制度……”

“老掉牙的把戏了，黑小伙儿。”

“这在狄更斯会行得通的，因为每个人——墨西哥人、萨摩亚人和黑人——的肤色基本上就是不同色调的棕色。”他把水管放错了方向，又在口袋里翻找起来。“如今，最下面是贱民，就是那些一点儿用都没有的人。洛杉矶快船队的粉丝、交警，还有处理人和动物排泄物的那些干脏活的人，比如你自己。”

“这么说来，我是贱民，你是我的奴隶，那你成了什么？”

“我是天才艺术家和演员，是婆罗门。我死后会涅槃重生。你只会回到现在这个地方，在牛粪里打滚。”

我感谢霍米尼提供的帮助，但是他喋喋不休地说着瓦尔那制度，说要参考印度种姓制度设计自己的版本，以便适用于狄更斯，这时，我明白自己的心理障碍到底是什么了。我有种负罪感。我认识到自己就是万湖会议上的混蛋[1]，是1948年身处约翰内斯堡的代表阿非利卡人的议员，是格莱美委员会里假装新潮的人，他们努力想让奖项包含更多毫无意义的种类，比如双人或多人声乐团体最佳节奏布鲁斯表演奖，懂编曲却不会演奏的独唱歌手最佳摇滚器乐奖。我就是那种傻瓜，在听别人提到火车车厢分配、班图斯坦[2]制度和另类音乐这类话题时，软弱到不敢站起来说："你们这些混蛋知道我们现在听起来有多可笑吗？"

种好土豆，施好肥，水管终于放对了犁沟，现在是时候来测试我的临时灌溉系统了。我打开水龙头，望着一百英尺长的无孔绿色花园水管输送涌动的水流蜿蜒着穿过四季豆，经过西班牙洋葱，绕过卷心菜，一直到六束水柱喷向天空，划了道高高的弧线之后，并未喷向土豆，而是把后院篱笆附近的一小块荒地变成了一片迷你冲积平原。不是水管直径太小，就是水压太高了。无论如何，今年是吃不上自家种植的土豆了。天气预报说下周温度可达华氏八十度。太热了，根本没法播种根茎类蔬菜。

"主人，你不打算把它关掉吗？你在浪费水啊。"

"我知道。"

"好吧，要么下次你把土豆种在水能浇到的那片地上。"

"我不能。那是埋我老爸的地方。"

那些混蛋根本不相信我把他埋在了后院。不过我确实这么做了。我请我的律师汉普顿·菲斯克把一些表格的日期往前推，然后把他葬在了原先是死水塘的偏远角落。那块地方寸草不生，在他死之前和之后都如此。我也没有立墓碑。在栽种玛耳珀萨的蜜橘树之前，我试过种一棵苹果树作为纪念碑。爸爸生前大爱苹果，他总是在吃苹果。不认识的人都以为他特别健康，因为你在公共场合见到他的时候，他手里几乎总是拿着一个麦金托什[3]苹果和一听

V8果汁。老爸喜欢布雷本和加拉，不过蜜脆才是他的最爱。要是给他一个平淡无奇的蛇果，他会像你骂了他的娘一样看你。我后悔在他去世之际没有检查一下他运动外套的口袋。我敢肯定那儿会有个苹果。他总是随身带一个，方便在会面结束之后啃。如果要我猜的话，我会说他兜里放的应该是个金娇，这种苹果冬天易于保存。尽管如此，我们不曾种过苹果树。虽然他总是抱怨西区那些白人自以为是，可我觉得他喜欢悄悄开车到吉尔森去，只要那儿的乳白香打折卖到每磅四块五，他还喜欢去农贸市场，如果那儿卖“进取”苹果。我大老远开车到圣保拉想找棵树来种。要特别一点的。19世纪90年代后期，康奈尔大学就开始栽培全世界最好的苹果。学校以前总是很冷淡。如果你客客气气地询问，并且支付运费和手续费，他们会给你寄一箱晚季的乔纳金苹果，这样做只是为了传播福音。但是，近几年，不知什么原因，康奈尔大学开始授权当地的农民栽种新品种，除非你在纽约上州拥有农场，否则你就成了倒霉蛋，只能靠偶尔进口弗洛里纳来对付。因此，现在，在日内瓦和纽约的果园，康奈尔大学之于苹果贸易黑市，就相当于哥伦比亚的麦德林之于可卡因交易。我的中间人奥斯卡·佐卡罗是我在河滨市的好哥们，他正在康奈尔大学读研究生。在一次飞行表演期间，我们相识于机场停车坪。耶胡们试飞双翼飞机，检验索普维斯“骆驼”战斗机和柯蒂斯飞机的性能。奥斯卡坚持要与我进行车窗对车窗的“交易”，像罪案电影里那样。样品实在太好吃了，连顺着下巴往下淌的汁水都被我抹上来，吮回嘴里。我不知道这是不是有点讽刺，但最他妈好吃的苹果尝起来竟然像桃子。我开车回家，载回一棵可以随时栽种的天鹅绒极品，它相当于苹果界的可卡因，产量惊人，脆度刚刚好，富含维生素C。我把树种在离葬父之地两英尺的位置。我想,如果他能享受些荫凉，会是件挺好的事儿。两天后，树就死了。而苹果尝起来像薄荷醇香烟、洋葱煎牛肝、见鬼的廉价朗姆酒。

我站在父亲的坟墓边，本是为土豆准备的水源在一旁喷洒，我双脚踩在泥水里，整个农场在我面前一览无遗。一排排果树，按颜色由浅到深分开。柠檬、杏、石榴、李子、蜜橘、无花果、菠萝、牛油果。庄稼地里轮种玉米和小麦，如果我愿意付水费账单的话，还会有日本水稻。温室在中间。后面是一行行叶菜类的卷心菜、生菜、豆类，还有黄瓜。沿着南边篱笆有葡萄藤，北边有番茄，然后是一片棉花，如同白色的毯子。自我父亲去世后我从未碰过棉花。霍米尼在我刚冒出把狄更斯城找回来的想法时是怎么说的？**你听过那种说法吧，你不能一叶障目，不见森林？嘿，你可不能黑奴障目，不见庄园啊**。我骗得了谁呢？我是个农民，而农民是天生的种族隔离主义者。我们将小麦和谷糠分离开。我不是鲁道夫·赫斯、P. W. 博塔、国会唱片公司，或者如今的美利坚合众国。那些家伙搞隔离，是因为他们想掌握大权。我是个农民，我们搞隔离是为了让每一棵树、每一株植物、每一个可怜的墨西哥人，还有每一个可怜的黑鬼拥有获得阳光、水分的平等机会，我们要确保每一个生物体有呼吸的空间。

“霍米尼！”

“有何吩咐，主人？”

“今天星期几？”

“星期天。干什么，你想去东东？”

“是啊。”

“那你问问那个无耻的黑鬼，我那该死的《小捣蛋》片子在哪儿！”

十九

来的人不多，大概有十人。福伊没刮胡子，披了身皱巴巴的西装站在角落，不由自主地抽搐，眨巴眼。福伊最近又上新闻了。他的婚外子女太多，他们对他提起了集体诉讼，因为他的脸每次凑到镜头或话筒前，都会给他们造成精神上的痛苦。此时此刻，只有他平滑如欧几里得平面的完美平头、罗乐德斯旋转名片夹还能将他本人与东东甜甜圈知识人的关系勉强维系下来。你很难对一个在最艰难时仍能保持头发一丝不乱，还要叫上像乔恩·麦克琼斯这样的朋友的男人失去信任，麦克琼斯是一个黑人保守派，最近刚在自己的奴隶名中加了个“麦克”。麦克琼斯正在朗读他的新书《米克，请吧：从贫民区到盖尔语的黑人爱尔兰之旅》。作者是福伊的好马仔，而且现场免费供应布什米尔斯威士忌，本应该有更多的人才对，但是，显而易见，东东甜甜圈知识人快撑不下去了。也许一小群愚蠢的黑人思想者的观念早已没有用处。

“我在斯莱戈，翡翠岛[1]北岸一个没有教堂的艺术家小村庄。”麦克琼斯读道。他本就口齿不清，又模仿白人的做作发音，让我真想冲他脸上来一拳。“电视里正在转播全爱尔兰曲棍球锦标赛。基尔肯尼对阵戈尔韦。人们挥着棍子追逐一只小白球。一个穿着渔夫式线衫的塌肩弓背的家伙站在我身后，轻轻地用橡木棍的底端敲自己的手掌。我感到一种前所未有的自在。”

我坐在金哥儿附近，他和平时一样躲在后排，大嚼一根枫糖棒，翻着不知哪儿冒出的一期《趴地跳跳车》杂志。福伊·切希尔看见我，敲了敲他的百达翡丽表，似乎我是一位迟到的教堂执事。福伊有点不太对劲，他一直用毫无意义的问题打断麦克琼斯。

“那个，曲棍球，是不是在大学俚语有呕吐的意思，我说得对吧？”

见金哥儿并没有看他手中的那份《代码》，我拿了过来。惠顿学院创办后的第一个财季，狄更斯的就业率提高了八分之一，房价上涨了八分之三，就连毕业率都提高了四分之一。终于，黑人的财富也呈黑字盈余状态。虽然就社会实验而言，现在下结论为时尚早，而且样本量也相对较小，但数字不会撒谎。过去三个月，由于惠顿学院的建立，沙夫中学的学生进步了不少。这倒不是说有谁跳级了，或者很快会出现在《谁想成为百万富翁》节目上，而是说平均来看，狄更斯学生的加州能力测试分数正在接近一个不说是精通也至少是大有希望的水平。只要我努力达到加州指南规定的标准，取得有目共睹的进步，那么十有八九，学校起码在短时间内不会进入破产接管程序。

朗读一结束，福伊便大步跨到前面，像第一次看木偶剧的孩子那样拼命鼓掌。“我要感谢麦克琼斯先生做了这场激动人心的朗读，但在我们进入下午的议程之前，我要发布一个声明。首先，我最新的观众参与类节目《验黑员》被取消了。其次，可能你们当中许多人已经知道了，一场新的战斗已经打响，而敌人的无畏舰就在这里准备离岸启航，这艘战舰就是惠顿学院这样一个全白人学校。我上头有些朋友，他们都否认惠顿学院的存在。但是，不用担心，我已经开发出了一种秘密武器。”福伊把他公文包里的东西倒在离他最近的桌子上，是一本新书。有两个人立即起身离开。我也想跟着走，可转念一想，我来这儿是有目的的，而且我真有那么点好奇，福伊接下来又要糟蹋哪一部美国经典。在传看这本书之前，福伊故作谦逊地把书展示给乔恩·麦克琼斯，乔恩回望了他一眼说道：“黑鬼，你确定你要把这坨屎拉到这世上吗？”等书传到后排，金哥儿看都没看就递给了我，而我一看到书名《汤姆·嗖亚历险记》，就不想放手了。我渐渐明白，福伊的大作也算黑人民间艺术，总有一天会值些钱的。我开始后悔那天烧了书，后悔自己没有早点开始收藏，因为我花了过去十年时间用我的黑人大宽鼻子蔑视也许现在根本不可能找到的首版兼绝版的《黑老头和充气维尼熊泳池》

《有限前程》《四月中的米德尔马契》《我会得到你的钱——我发誓》。在《汤姆·嗖亚历险记》的封面上，一个黑人预科生小子穿着便宜的乐福鞋，布满鲸鱼印花的青柠绿裤子下面露出彩色菱格纹袜子，手里拎着一桶白色涂料，勇敢地站在一面满是黑帮涂鸦的墙前，一干破衣烂衫的流氓在旁边恶狠狠地盯着他。

福伊把书从我手里抢回去的时候，我感觉自己像是漏过了一个奠定胜局的触地得分球。“毫不惭愧地说，这本书是一个WME[2]，一种大规模教育性武器！”福伊难掩兴奋，嗓音提高了两个八度，带着一种希特勒式的狂热。“他刚才恰好启发了我，汤姆·嗖亚这个人物要刺激一个国家去把篱笆刷白！以此掩盖惠顿学院所代表的可怕的种族隔离的形象。谁站在我这边？”福伊指着前门，“我知道这些伟大的非裔美国英雄支持这项事业……”根据法律规定，我无权透露福伊道出的是谁的大名，因为当我转过头以为将面对福伊那些看不见的幻觉时，发现站在东东甜甜圈店门口的竟是全世界仍在世的最有名的三位非裔美国人——在荧屏上以顾家好男人形象著称的比__·__ __比，以及黑人外交家科__·鲍__ __和康__莉__·__斯。[3]福伊感觉到东东甜甜圈知识人正濒临倒闭，真是用尽浑身解数，把所有能帮上忙的人都请来了。三位超级巨星似乎惊讶于观众如此之少，谨慎地坐下来，点了咖啡和熊爪杏仁饼，参与会议。本次会议上，主要是麦克琼斯在讲共和党那套老生常谈的废话——一个1860年生而为奴的孩子比美国选举出首位非裔总统之后出生的婴儿更有可能在双亲家庭里长大成人。麦克琼斯是个势利的黑人，擅于用放任自由主义掩盖自我仇恨；我至少不吝于公开展现。他继续列举统计数据，即使这些统计真实可靠，但只要你考虑到奴隶就是奴隶这一简单事实，它们也就变得毫无意义。内战前的双亲家庭并不一定是爱情的结合，而可能是一种强制的配对。他没有提到一些双亲家庭的奴隶婚姻是在姐弟、兄妹或母子之间缔结的。也没有提到，在奴隶制时期，离婚实际上是不可能的选项。那时没有“我出去抽根烟”然后一去不回的事儿。那么，所有因为孩子不知被卖到哪儿去了而变得没有孩子的双亲家庭呢？身为当代的奴隶主，看到万恶的奴隶制度没有被赋予它应有的邪恶与残忍时，我受到了侮辱。

“一派胡言。”我说道，像小学生一样举起手，打断麦克琼斯。

“难道你不是更愿意出生在这里而不是非洲吗？”科＿·＿威＿厉声反问，用一种和他的履历还有V领毛衫不太相称的街头语调。

“什么，在这里？”我指着地板，“在狄更斯？”

“好吧，可能不是狄更斯这样的鬼地方，”麦克琼斯说，给其他嘉宾递了一个“不用管，我能搞定”的眼色，“没人想在这儿生活，但你不能假惺惺地跟我说，你宁愿出生在非洲而不是美国的其他地方。”

你更愿意在这里而不是非洲。所有心胸狭隘的本土主义者打出的王牌。如果你在我头上放一个纸杯蛋糕，当然，我更愿意在这里而不是非洲的任何地方，虽然我听说约翰内斯堡并不是那么糟糕，在佛得角的海边冲浪简直妙极了。不过，我可没那么自私，我不相信我这相对的幸福——包括但不限于二十四小时随时可以吃到辣汉堡，享受蓝光影碟和艾龙牌办公椅——值得几代人付出受苦受难的代价。我严重怀疑，某位奴隶船上的先人在遭受强奸和暴打之间无所事事的时刻，站在齐膝深的大小便里，还能理性地认为几代人遭受的杀戮、难以承受的伤痛和苦难、精神折磨与疾病肆虐，到最后都将是值得的，只因为有一天我的重重重重孙能用上Wi-Fi，不管那信号多慢多不稳定。

我什么也没说，让金哥儿帮我回击。二十年里，我从来没有听他在集会上说过一句比承认冰茶里应该多放糖更有实质内容的话，而这一次，他却要正面对抗一个拥有四个高等学位、会讲十门语言（而且除了法语都不是黑人语言）的男人。

“黑鬼，我可不能任你这么诋毁狄更斯！”金哥儿尖锐地说。他站起来，用一根刚刚修剪过指甲的手指指着麦克琼斯：“它是一个城市，不是鬼地方！”

诋毁？二十年来东东甜甜圈知识人会议上的雄辩也许并不完全是白费力气。令人刮目相看的是，面对金哥儿的语气和块头，麦克琼斯并未败下阵来。“我可能用词不当。但我绝对不接受你所谓狄更斯是个城市的说法，它显然是个地方没错，不过也就是个美国的棚户区。一场后黑人、后种族、后灵歌式的闪回，如果你愿意的话，倒退到浪漫化的黑人蛮荒时代……”

“嘿，听着，傻瓜，把那套后灵歌、后黑人的屁话留给真他妈在乎的人吧，因为我只知道我是**前**黑人。生在狄更斯，长在狄更斯。他妈的打一开始就够劲儿的智人瘸帮老炮儿，老黑。”

金哥儿这一小段独白似乎惊艳了赖__女士，因为她分开了交叉的脚踝，打开她的双腿，到正好可以微露右大腿内侧的程度，然后拍拍我的肩膀。

“这个大块头是不是还打橄榄球？”

“高中时候打过一阵子跑卫。”

“我的内裤湿了。”[4]她用那种舔唇的性感俄语说。

我不是语言学家，但我能猜到这话的意思是，金哥儿可以在任何他乐意的时候献上他的家伙。这位黑帮大佬大步走到甜甜圈店的中间，每走一步，他帆布球鞋的橡胶鞋底就在地板上摩擦出咯吱咯吱的声音。“这里，你这傲慢、老土的混蛋，这里就是狄更斯。”和着只有他自己能听到的节拍，他突然跳起名为“瘸帮舞步”的复杂的黑帮轻柔踢踏舞。他一直背对众人，用前脚掌和后脚跟拼命旋转。他双膝并拢，双手自由舞动，舞遍全场，身体转出一串紧密的同心圆，又随着他的舞动迅速消散。仿佛地板被加热了，烫得他都不能在一个地方停留超过一秒钟。金哥儿用他所知道的最好的方式来与麦克琼斯争辩。

想要什么，得到什么，糟糕透了，拿些什么……[5]

想要什么，得到什么，糟糕透了，拿些什么。[6]

在稀稀拉拉的人群围观两人对峙之际，我完成了我这次专程赶来所背负的任务。我把老爸的照片从墙上摘了下来，夹在胳膊下面。如果他的照片还挂在那儿，在城里搞种族隔离无异于你在你父母卧室的隔壁做爱。无法集中精力。不能纵声大叫。我悄悄溜出来，金哥儿正在教麦克琼斯、__尔·科__比、__林·鲍____和目光迷离的康多__扎·__斯跳瘸帮舞步。他们像专业人士那样和着节奏，迈着老式帮会的舞步。看来，瘸帮舞步得了肯尼亚马赛人的真传，又从你在老西部片里看到的切罗基人战斗舞蹈中偷了些元素，是一种将身着宽松裤的**首席舞者**作为靶子的古老的勇士舞蹈。这种舞蹈要表达的是："准备好就开火，格里德利。"[7]而任何一个镁光灯下的黑鬼，哪怕是那些保守派的骗子，也知道身后赫然背着一个靶心的感觉。

我正给马解缰绳，福伊给我来了个父辈式的搂肩。他的山羊胡透出一种我从未见过的焦躁和紧张。他脖子上的污垢都结成了块，一股浓烈的体臭扑鼻而来。

"你要向着日落之处扬鞭而去啦，叛徒？"

"是的。"

"真是漫长的一天。"

“你不能接受奴隶制对大家都更好这一套，是不是，福伊？”

“至少，麦克琼斯是在乎的。”

“拉倒吧，他在乎黑人就好比一个身高七英尺的男人关心篮球一样。他不得不在乎，因为他也不会别的。”

得知我再也不会回东东甜甜圈知识人了，福伊无比遗憾地看着我，那眼神就像传教士当年望着丛林里的异教徒。那眼神的意思是，你太愚钝，不能理解上帝之爱，这并不要紧。无论如何，他依然爱你，只要你把女人、长跑运动员和自然资源交出来。

“你不担心那所全白人学校？”

“才不，白人孩子也需要学习。”

“但白人孩子不会买我的书。说到这事——”福伊递给我一本《汤姆·嗖亚历险记》，未经我的请求就在上面签了名。

“福伊，我能问你件事吗？”

“当然。”

“我知道这可能只是都市传说，但是你手里真的有那些极端种族主义的《小捣蛋》片子吗？要是真的，我可以跟你做个交易。”

显而易见，我触到了他的痛处。福伊摇了摇头，指了指他的书，缓缓走回屋里。玻璃门打开的时候，我能听到全国最有钱的黑人金哥儿和两位传奇的黑人全权公使正扯着嗓子，把N.W.A[8]的《去他妈的警察》的歌词说唱了出来。在把《汤姆·嗖亚历险记》放进马鞍袋之前，我看了下扉页题词，它竟带着点恐吓的意味。

致叛徒：

有其父，必有其子……

福伊·切希尔

去他的。我扬鞭返家。我在固特利大道上策马驰骋，发明了一种内城盛装舞步，完全不理会交警的存在，骑马在封闭的中间车道上的橙色施工区路障之间穿来穿去，走出一串8字形。在查理顿车道，我拉上了一名疲倦的滑板客，一手抓着缰绳，一手拉着她，像拉一辆长板敞篷马车一样把她从艾尔得罗姆大街拉到索耶大街，最后一个急转弯把她甩在了伯恩赛德路。我不知道在让狄更斯重获从未存在过的荣光这件事中，我到底在期待什么。即使狄更斯有一天真能得到官方正式承认，也不会有号角齐鸣、烟花升空的盛况。没有人会花心思在公园里为我竖一座雕像，或者用我的名字为一所小学命名。也不会有让·巴普蒂斯塔·波因特·杜萨布尔和威廉·奥弗顿把他们的旗帜插在芝加哥和波特兰时所感受到的那种热血沸腾。毕竟，这跟我找到或者发现了什么不是一回事。我只是给一件从未真正埋入地下的人工制品掸去尘土而已。当我回到家见到霍米尼，他激动万分地卸下马鞍，迫不及待地要给我看某位匿名学者刚刚为在线百科全书写的消除歧义的词条：

> 狄更斯是位于洛杉矶县西南部的一个无明确归属的城市。居民曾经都是黑人，现在有不少墨西哥裔。一度声名狼藉，人人知道它是世界谋杀之都，这鬼地方不像以前那么糟了，但仍不建议前去旅游。

没错，如果狄更斯果然能恢复成一个真正的城市，那么极有可能，霍米尼那灿烂的笑容将是我能获得的全部回报。

二十

千万不要跟别人说，不过接下来的这几个月，在狄更斯重启种族隔离还挺好玩的。与霍米尼不同，我从来没有过什么正经工作，所以就算不给报酬，能像非裔美国伊戈尔[1]一样开车载着霍米尼满城跑，对我这个邪恶的社会科学家来说，颇有点手握大权的感觉，虽然我们实际上正在嘲弄无权无势的观念。从星期一到星期五，每到一点整，他会准时站在卡车旁。

“霍米尼，你准备好实施种族隔离了？”

“是的，主人。”

我们从小事做起，而霍米尼在本地的名声和受到的爱戴却让行动显得无价。他会踩着轻柔踢踏舞的步子进屋，突然狂热地来一套来自往日奇特林巡回大舞台时代的教人眼花缭乱的歌舞，绝对会让尼古拉斯兄弟、霍尼·科尔斯，还有巴克与巴布尔斯嫉妒得黑脸发绿：[2]

正因我的一头卷发
正因我的一口白牙
正因我总笑意盈盈
就像穿上时髦新衣

正因开心我还活着
我用微笑面对挫折
只为肤色黝黑如影
也无妨，也许
我这“小亮”并非浪得虚名

接下来，就像是整个演出的一部分，他会在餐馆或美容院的橱窗玻璃上贴一个“仅限有色人种”的标志。从未有人把它们撕下来，至少没当着我们的面。他还真是尽心尽力做这事儿。

有时，为了表达对父亲的敬意，如果霍米尼正吃午餐或在卡车里睡觉，我会穿上老爸的白色实验室外套，手持一块胶合板走进去。我会给店主递上我的名片，告诉他我在联邦种族不平等部工作，正在就“针对被种族隔离者的规范性行为而实施的种族隔离”的效果进行一项为期一个月的调研。我会给他们五十美元的固定费用和三个可供选择的标志：“仅限黑人、亚裔和拉美裔”，“仅限拉美裔、亚裔和黑人”，以及“白人免进”。我很吃惊，竟然有很多小本生意的商家提出付我钱来挂上“白人免进”的标志。就像多数社会实验一样，我从来没有做什么原本承诺过的随访，但是，一个月过后，我居然连连接到业主的电话，他们询问棒棒博士，是不是可以保留那个标志，因为这让他们的客户感到很特别。“顾客们特喜欢。这让他们仿佛属于一个公共的私人俱乐部！”

说服本地唯一的电影院梅拉塔的经理也没用多长时间，我们告诉他如果把前排座位设为“白人和安静观影者专座”，而把楼座留给“黑人、拉美裔和听障人士”，投诉就能减半；我们也不总是事先征得许可，我们带着油漆和刷子，直接把万达·科尔曼[3]公共图书馆的开放时间从“星期天到星期二：闭馆，星期三到星期六：10:00—17:30”改为“星期天到星期二：仅限白人，星期三到星期六：仅限有色人种”。卡里斯玛在沙夫中学取得成功的案例流传开来，时不时会有别的机构请我去搞一点个性化的种族隔离。“一千个墨西哥男孩”（又名洛斯·艾墨斯）组织的本地分支想办一些午夜篮球之外的活动，以期降低社区内年轻人的犯罪率。“一些有助于提高墨西哥裔和印第安人声誉的活动”，一项不需要太多空间，孩子们可以平等竞赛的运动。诉诸大人物，一一报出埃东多·纳胡拉、塔内·罗宾逊、厄尔·沃森、舒尼·施梅尔和奥兰多·门德兹-瓦尔德兹等人的球场战绩，并不能起到劝阻孩子们的效果。

会见时间不长，由我方提出的两个问题组成。

问题一："你们有资金吗？"

"我们有星愿基金会提供的十万美金。"

问题二："他们不是只帮助生命垂危的孩子吗？"

"正是如此。"

在政府积极推行《民权法案》的时期，有些搞种族隔离的城市宁可填掉他们的市立泳池，也不愿让非白人的孩子分享往水里撒尿的邪恶快感。但是，在反向种族隔离的启发下，我们在一次行动中用这笔资金雇了一个扮成无家可归者样子的救生员，又建了一座用栏杆围起来的"仅限白人"泳池，孩子们喜欢跳进来玩马可·波罗游戏，一发现有巡逻的警车经过，就集体没入水下憋气。

卡里斯玛感觉她的学生们需要一种抗衡机制，以应对在"黑人历史和西班牙遗产月"期间产生的虚伪的自豪、利基市场营销所带来的冲击，于是，我想出一个"白人周"的主意。与名称不符的是，白人周实际上是一项三十分钟的活动，庆祝神秘的白人种族给休闲世界带来的奇迹和贡献。这项活动使那些被迫参与移民劳工、非法移民和中央航线等故事的课堂再现的孩子得到喘息的机会。你厌倦和受够了被强迫灌输谎言，如果这谎言是由你的同胞制造出来的，那就意味着你们全部都参与了制造。我们用了两天时间，把罗伯森大道上早已弃置不用的全自动洗车机变成了一条白人性的通道。我们还换了指示牌，这样狄更斯的孩子们可以排队，在不同的种族洗白选项中做选择：

普通白：疑点利益归于被告

较长的预期寿命

较低的保险费

豪华白：普通白外加

警察给予警告而非逮捕

音乐会和体育活动中的体面座位

世界围着你和你的关切而转动

梦幻白：豪华白外加

有年终分红的工作

服兵役是傻瓜的事儿

靠传承录取进入你心仪的大学

全心倾听的心理咨询师

你从来不用的船

所有缺点和恶习都被认为是“阶段性的”

无须为留在潜意识中的划痕、凹痕和事项负责

在我们能想到的最白的白人音乐（麦当娜、冲撞乐队以及猫

头鹰与河豚鱼乐队）里，小孩子穿着泳衣和短裤，在热水和肥皂泡里跳舞欢笑。他们完全不理会琥珀色的警灯，跑到不那么热的“巴西棕榈蜡”瀑布下面。我们递给他们糖果和苏打汽水，让他们站在热风机前面，想站多久站多久。提醒他们有热风拂面，是一种白且富的人才有的感觉。这种少数幸运儿的生活，就如同在敞篷车的前排座位上一天待二十四小时。

最好的不一定要留到最后，但是，当街区日临近时，霍米尼和我成功地在狄更斯几乎每一个地段和公共设施上都安装了某种形式的种族隔离标志，除了马丁·路德·“杀手”·金医院，它很吊诡地位于波利尼西亚花园，那是一个缩写为P. G. 的以拉美裔为主的社区，总有传闻说他们对非裔美国人抱有敌意。事实上，当地的传闻是，开车经过P. G. 去医院的狄更斯黑人为此所遭受的伤害通常比他们原本打算去医院治疗的伤害还要严重。在警匪众多的洛杉矶县试图穿过任何一个社区的街道，特别是在你不熟悉的地段，都是很危险的。你压根就不知道，什么时候你会突然被包围起来，就因为肤色不对，或衣服颜色不对。我在P. G. 不曾碰到什么问题，但实话实说，我从没在晚上去过那儿。在我们策划的医院行动的前夜，瓦里奥·波利尼西亚花园和巴里奥·波利尼西亚花园之间发生了枪战，这两个帮派因为拼写和发音问题早就结下了血海深仇。所以，为了确保霍米尼和我能够毫发无损地来回，我在我皮卡的前挡泥板上贴了两面小小的紫黄两色的湖人队三角旗，此外，还在车顶上竖起了一面1987年湖人队获得的总冠军旗，尺寸巨大，如同插在硫黄岛上的国旗。所有人，我是指所有洛杉矶人，都喜欢湖人队。沿着百年大道开车，甚至是在一辆开得特慢、时速拒绝超过十英里的趴地跳跳车的后面，湖人队旗在夜风中庄严地飘扬，赋予皮卡一种大使座驾的气质，让我们凭借暂时的外交豁免权得以顺利通行。

小马丁·路德·“杀手”·金医院的院长威尔伯福斯·明戈博士是我父亲的老友，我跟他说是我画了边界线，竖起了“出口”标志，还构想出了惠顿学院，他便允许我在这地方搞种族隔离。他靠在椅背上说，给他两磅樱桃，我就可以用我觉得合适的方式在他的医院实施种族隔离。在“没有人真他妈的在乎”的夜色的掩护下，霍米尼和我用恐怖电影海报上那种鲜血滴流的粗重字体，把“贝西·史密斯创伤中心”的字样涂在此前还只是一扇无名玻璃门的医院急诊入口。然后我们在最中间的混凝土柱子上钉上了一块普通的黑白金属板，上面写着“白人救护队专用”。

我不能说做这事儿的时候我心里一点都不慌。我还没在医院这么大的地方搞过隔离，在这儿，外人很可能会看到我在做的事。我不敢直接进去，便让霍米尼递过来一根我前一天晚上刚摘的新鲜胡萝卜。

“怎么样啊，伙计？”[4]我开玩笑道，咬着胡萝卜尖吃。

“你知道，主人，兔八哥就是布雷尔兔，只不过有个好经纪人而已。”

“狐狸抓到过布雷尔兔吗？因为我很肯定那些白人男孩会在这次之后逮住咱们。”

霍米尼把卡车侧面的“阳光塞米建筑公司”的标志放正，从后备厢里拿出油漆罐和两把刷子。

“主人，如果真有白人碰巧路过看到，他们会像平常那样想：‘这些黑鬼真是疯了’，然后继续忙自己的事。”

放在几年前，那时还没有互联网、嘻哈音乐、口语诗和卡拉·沃克[5]的剪影作品，我会倾向于赞同他说的话。但是做黑人这事儿已经跟那时不一样了。黑人的体验以前总是和一堆废话联系在一起，但至少还有点他妈的隐私。在上述事物出现后的一些年，我们的俚语和低俗的时尚观并未产生跨界的影响力。我们甚至还有自己专属的一套绝密房事技巧。一部在操场和门廊悄悄传看，由喝醉酒的父母故意留个门缝好让“臭小子可以学两手”的黑人《爱经》。但是黑人色情文艺在网络上的泛滥让任何一个有每月二十五美元的会员卡或者根本不尊重知识产权的人有机会看到曾经专属于我们的做爱技巧。今时今日，不单单是白人女子，各种教义、肤色和性取向的女人全都不得不忍受她们的性伴侣以每分钟一英里的速度，每动两下还要喊一声“谁的妞？”的做爱方式折磨她们。虽然美国主流社会从来没能真正欣赏巴斯奎特、凯瑟琳·巴特和帕特里克·尤因，而且迄今仍未发现《杀羊人》、李·摩根、滑石粉、弗兰·罗斯或约翰尼·奥蒂斯，但如今他们对我们的事情什么都要管，我知道我他妈的最后免不了要进大牢。

霍米尼把我推进了自动门。“主人，没人真他妈的在乎这个街区，除非他们真他妈的在乎。”

医院不再有指示方向的彩虹线了。在还采用蝶形绷带、不可吸收手术缝线和护士没有口音的日子里，分诊护士会塞给你一个马尼拉纸文件夹，你得沿着红线去找放射科，而橙线通往肿瘤科，紫线通往儿科。但在“杀手”金医院，急诊室的病人有时受不了苦苦等待这个根本不在乎他们的体系赏脸关照，有时全然是出于无聊，他们拿着塑料杯，杯里的冰早已化成水，漂着一根断指，或者用一块厨用海绵止血，凑过去贴着玻璃隔板，问分诊护士，那条颜色讨厌的线是通到哪儿的？护士会耸耸肩。而他们会忍不住好奇，走向那些写着“油漆未干”的标志——我和霍米尼花了一晚上画好，第二天又花了大半天，以确保每个人都会沿着它们走一遭。这是病人能够踏上的一条最接近黄砖路[6]的路线。

潘通426C色号有一点点矢车菊蓝的调子，但依然是一种奇怪而神秘的颜色。我选择它，是因为它看起来时黑时棕，这取决于光线、观者的身高或心情。如果你沿着三英寸宽的色条走出候诊室，你会碰到两道双开门，来上一连串向左和向右的急转弯，穿过塞满病人的走廊迷宫，走下三段未清扫过的肮脏楼梯，最后来到一盏昏暗的红灯泡照射下的阴暗的内前厅。在那儿，油漆线像干草叉一样分了三个岔，通向三扇未做标记的一模一样的双开门。第一扇门通往后巷，第二扇通往太平间，第三扇通往一间放着苏打汽水和垃圾食品自动售货机的储藏室。虽然我没能解决医保领域的种族和阶层不平等，但有人告诉我，沿着棕黑色道路走下去的病人更为积极主动。当终于被叫到名字的时候，他们对主治医生说的第一句话就是："医生，在你给我看病之前，我需要知道一件事。你他妈的在乎我吗？我是说，你他妈的真的在乎我吗？"

二十一

过去我们都是这样来庆祝街区日的，金哥儿和他的新手下，罗马斗兽场大道·“还有你吗，布鲁特斯”匪徒·慷慨街区瘸子和屎帮，会进入他们的敌人威尼斯海滨男孩的地盘；而后者，则沿着百老汇大街驾驶能装下四辆轿车和二十个傻瓜的拖车，逆光而行，伺机行动。对他们大多数人来说，除非自己被押到监狱去，否则这就是他们一年一度离开自己的街区的时候。自从可变利率的房屋贷款出现，小本生意就以酒吧和综合药店的形式在他们的势力范围之外被标价，而限制级电影明星在面积约为四分之一英亩的别墅周围竖起十五英尺高的樱桃木墙，把家变成了价值两百万美元的大院。现在，只要威尼斯海滨男孩的大多数成员想要“开工”，保护自己的地盘，他们就得从很远的地方（比如棕榈谷和莫雷诺谷）赶过来。如果你的敌人拒绝反击，战斗也就索然无味了。不是因为缺乏勇气或弹药，而是因为疲倦。在与高速车流和道路封闭搏斗三个小时之后，他们已经累到无力扣下扳机。因此，现在两个曾势不两立的黑帮以表演自己版本的内战场景再现来庆祝街区日。他们在往日伟大战役的战场相见，冲着对方放空枪和罗马焰火筒，待在人行道旁的咖啡馆的无辜平民只得东奔西跑，寻求掩护。他们从改装车和老爷车上冲下来，像兄弟会一样玩一种满手泥巴的粗暴游戏，西区的野小子们在威尼斯海滩的木栈道上互相追逐，用“破口大骂”的方式向老派斗殴致敬，抡起上臂甩出几记重拳，他们表演并重温改变历史的帮派斗争：雪兰多大街战役、林肯道之战以及臭名昭著的洛斯阿米戈斯公园大屠杀。表演结束后，他们和亲友在休闲中心——市中心一座去军事化的垒球场——聚会，用烤肉和啤酒重申和平。

跟所有警察局将犯罪率下降归功于“零容忍”政策不同，我可不想简单地假定我为期六个月的本地种族隔离行动与那年春天狄更斯经历的相对平静有什么联系，但那一年的街区日的确不同于以往。玛耳珀萨、霍米尼、史蒂维和我在访客休息处兜售我们的商品，比平时更快地卖完了水果片。人们给的钱也多了八分之一。通常来说，每个帮派，每个街区，都会于指定的日子在公园进行他们的“街区”保留剧目轮演。比如，六特雷街狙击兵城市杀手帮预订了6月3日，因为6月是一年的第六个月，而“特雷”又是三的意思。黑熊12·8帮并未如你想的那样选12月8日，而是选了8月12日，因为跟大家普遍以为的不一样，加州的冬天冷得要死。那个风和日丽的3月15日，我就待在休闲中心，因为对罗马斗兽场大道·“还有你吗，布鲁特斯”·瘸帮来说，街区日和3月15日这个大日子[1]赶在了同一天。它能选别的日子吗？

80年代后期，“街区”这个词还没被确切地定义为从卡拉巴萨斯山的高档社区、谢克海茨和上东区到州立大学的学生动物园的任何地点，那时洛杉矶人提到“街区”，会说“如果我是你的话，我会盯紧那个家伙。他或她是从街区来的！”或者“我知道我没有去见西尔维娅奶奶最后一面，但你指望我怎么做？她住在街区那种地方！”，当时，街区指且仅指一个地方——狄更斯。在那儿，在休闲中心垒球场上，在街区日横幅下的主队休息区，聚集着各种肤色和类型的黑帮及其家庭成员。狄更斯这个一度统一的社区自暴乱之后便分裂成无数小街区，而此刻，仿佛南斯拉夫的历史倒过来，金哥儿和帕纳什——这座城市往昔的铁托和米洛舍维奇——正戴着欧克利墨镜在临时舞台上重重踏遍全场，欢庆统一，他们猛烈地和着节拍进行说唱表演，多丽丝·戴式的烫发卷儿在宽阔的肩膀上弹来甩去。

我已经有年头没见过帕纳什了。我不清楚他是否知道玛耳珀萨跟我再续前缘了。我从来没有征求过他的许可。但是，看到他挥舞着露露·贝尔——他的12号口径泵动式步枪，相当于蓝调之王B. B. 金的吉他——表演最拿手的舞台绝技，像一名怀有犯罪思想的舞棒表演者似的把枪高高抛起再接住，重新上膛，射中空中一个飞靶般的轮毂罩，且全程单手操作，我便想也许我应该去问问他。金哥儿冲着麦克风吼叫："我知道你们这些黑鬼中至少有一个人买过中餐！"

两个会被警察或者任何一个街头智商达到五十分的人认定为“可疑的拉美裔男性”的家伙，站在庆典活动区之外的一垒线上，双臂交叉抱于胸前。虽然他们看上去跟公园里的其他人也差不多，但从那副面带鄙夷打量众人的样子，很难判断他们是否来自狄更斯。和三K党集会上的纳粹一样，他们在意识形态方面挺自在，在社区文化这一层面却不然。有人说他们来自波利尼西亚花园。不过，山核桃木烤肉和大麻烟令人难以抗拒的香味汹涌袭来，将二人一步步引进内场。当他们来到击球员准备区的时候，史蒂维正手持弯刀切菠萝，问道："你认识那俩黑鬼吗？"他一直盯着那两个家伙，一直到他们走下休息区的台阶。二人穿着卡其布宽松裤，肥大的裤管下露出的那两双耐克阿甘鞋简直太他妈的新了，如果他们脱下一只鞋，把它像海螺壳那样放在耳边，肯定能听到血汗工厂廉价劳动力构成的海洋在呼啸。史蒂维和戴着渔夫帽、穿着足球衣、沿下颌线转印“重踏者”文身的家伙交换了一下监狱里的那种眼神。街区的人穿体育俱乐部的球衣，不是因为他们是哪个队的粉丝。颜色、标识和球衣号码都具有和帮派有关的某种意味。

当你刚从牢里出来的时候，一切都具有种族意味。这并不是说在黑人主导的瘸帮和血帮里没有墨西哥人，拉美帮派里没有黑人。毕竟，街头的一切就是亲疏远近的问题。你的结盟靠的是兄弟们和整个街区，跟种族没关系。监狱里会有一些涉及身份政治的事情。也许就像电影里那样，白人对抗黑人对抗墨西哥人对抗白人，没什么好说的，我也确实听说一些不看肤色的暴徒进了牢里，和老黑或者带他们进来的墨西哥老乡一起跳舞的事情。**去他的拉拉扎[2]，去他的黑人权力运动。当年我饿肚子的时候，这个黑鬼的老妈给过我吃的，所以这种傻事以后再说。**

身穿白若冰盖的T恤、喉结部位垂直地印着木偶文身的傻瓜，首先冲我点了点头。

“怎么了，小子？”[3]

我们这些光头家伙从来不掺和任何种族仇恨。我们已经接受，无论种族为何，所有新生儿看着多少都像墨西哥人，所有光头看着多少都像黑人。我让他吸了一口我的烟卷。他的耳朵红得发紫，目光呆滞，像是日本漆器上的人物。

“这他妈的是什么，伙计？”木偶咳嗽起来。

“我管它叫腕管综合征。继续，试着握下拳头。”

木偶试着把手攥起来，但失败了。重踏者像打量一个疯子那样看着他，然后生气地把烟卷从他手里夺过来。我一眼就可以看出，虽然木偶和重踏者外形相似，但两人并不是一个阵营的。长吸一口后，重踏者用手指摆弄出了各种灵巧的帮派手势，但不管他怎么努力，也没法握拳、挥拳。他把他的镀镍手枪从腰带上取下来。他几乎拿不住，更别说扣动扳机了。史蒂维大笑，到处都是冰凉的菠萝片。二人大快朵颐，出乎意料的甘甜，带一点薄荷味儿的余韵，让他们像小孩子一样挤眉弄眼，咯咯笑。接下来，在其他恶棍的冷峻注视下，两个拉美混血儿走到了中外场深处，平静地吃光了菠萝，分享最后的大麻烟。

“你知道约翰尼·优尼塔斯[4]脖子上文的NK不是‘好孩子’的意思吧？”

“我知道它们表示什么。”

“表示黑鬼杀手。不过两个黑鬼属于不同的帮派。巴里奥·P. G.和瓦里奥·P. G.的人还真没他们这么酷。”

霍米尼和我会心一笑。也许我们干完医院的活儿之后在回家路上顺手挂在波利尼西亚花园的标志起作用了。我们做了两块牌子，把它们挂在贝克街两边的两根电线杆上，那里的生锈铁轨把社区分隔为瓦里奥·P. G.和巴里奥·P. G.两部分。我们挂牌子的时候使了点心眼儿，如果人们想要知道他们这边牌子上写着什么，就必须穿过铁轨到另一边去看。所以他们不得不冒险踏上敌人的领土，结果只是发现北边和南边的牌子一模一样；上面都写着“轨道右侧”。

玛耳珀萨把我从球员休息区拉到了本垒板。金哥儿和一干上了年纪的暴徒以及想要成为暴徒的小子在击球区找肋排和菠萝吃。帕纳什正在一边大口啃菠萝片，恨不得连皮吞下，一边讲述一名音乐家在路上的生活，玛耳珀萨打断了他。

“我就是想让你知道，我和棒棒上床了。”

帕纳什拿起剩下的菠萝，不顾外面有刺，连皮带瓤塞进了嘴里，出声地大嚼，吮吸最后一滴汁液。等到菠萝只剩像沙漠中的碎骨残骸一样干硬的渣滓的时候，他走到我面前，用露露·贝尔的枪管捅了捅我的胸口，然后说：“呸，要是我每天早晨都能吃到这样的菠萝，我也想跟这个黑鬼上床。”

突然传来一声枪响。在中外场，重踏者显然还在遭受腕管综合征的影响，他赤着脚，仰面躺在地上，用脚瞄准，一边狂笑，一边用脚趾扣动扳机，去射天上的云。看上去挺好玩，因此大多数男人还有几个女人走过来加入其中，他们吸着大麻，拿出武器，跳着穿过泥土内场，一只脚上有鞋，一只脚光着，希望在警察赶到之前也能开上几枪。

二十二

黑人很爆。“爆”是好莱坞行话，意思是拥有活力四射的镜头表现，可以说有点太上镜了。霍米尼说，这就是他们很少再拍摄黑白搭档电影的原因，大明星都被抢了镜。想想托尼·柯蒂斯[1]、尼克·诺特[2]。伊桑·霍克[3]跟一个非裔美国人拍了部电影，结果那部片子成了谁是真正的“隐形人”的试镜。难道他们拍过一个黑人女性和什么人的搭档电影吗？具有大银幕魅力的人屈指可数：吉恩·怀尔德[4]和斯潘基·麦克法兰。其他人——汤米·李·琼斯、马克·沃尔伯格、蒂姆·罗宾斯——只不过是侥幸紧紧攥住了奔马的鬃毛而已。

在洛杉矶违禁电影与无删减种族主义动画节上，霍米尼和斯潘基在新艺影院的大屏幕上讲着俏皮话，不难看出为什么那时所有同行都觉得他将成为下一个黑人大明星。他眼睛里的神采、圆嘟嘟脸颊的光泽十分动人。他的头发又卷又干，看起来似乎随时会自燃。他穿着破旧的工装裤，一双至少大了十个号的高帮运动鞋，没人能把眼睛从他身上挪开，他就是前青春期的终极直男。没人能像霍米尼那样厉害。我吃惊地看着他顶住了那些全无底线、不可原谅的关于西瓜和“我老爸在牢里”之类笑话的大肆攻击，以一声饱满而浑厚的“吆咋”安然应对每一次侮辱。很难判断他是不是在展现战火之下的怯懦或者说优雅，因为他有着完美的暴突双眼、缩回下巴的傻瓜样，就算在今天这也称得上黑人喜剧表演的卓越之作。但是现在的黑人演员在一部电影里只需要做一两次这样的事。可怜的霍米尼却得在一卷胶片里完成三次黑人脸部特写镜头，而且总是大特写。

灯光大亮，主持人宣布《小捣蛋》中唯一在世的演员来到了现场，并邀请霍米尼上台。经久不息的喝彩声之后，他擦了擦眼睛，接受提问。说起阿发发和小捣蛋们，霍米尼的头脑出奇地清醒。他讲解了拍摄流程。如何进行表演辅导，谁和谁合得来，谁是镜头外最搞笑的，谁是最招人烦的。他很痛惜没人注意到巴克韦的情绪表现有多么起伏多样，他激情四溢地讲起他的辅导老师的语言和措辞在米高梅时代得到了多么大的改进。我一直交叉手指，暗中祈祷不要有人提关于达拉的问题，这样我就不用再听一遍《足球罗密欧》那一集中，在片场休息时发生于露天看台下的“反转女牛仔”故事了。

“我们还有时间再回答最后一个问题。”

跟我隔着过道，后面某一排，一群涂成黑脸的女生齐刷刷地站了起来。她们穿着维多利亚时期的那种灯笼裤，上衣胸前绣着希腊字母*NIΓ*，头发随意地扎成粗辫，夹着木制晒衣夹，这些纽·约塔·伽马[5]女孩就像你在古董拍卖会上看到的娃娃，她们齐声说要提一个问题。

"我们想知道……"

但是她们被一片倒彩和一阵纸杯加爆米花桶风暴给打断了。霍米尼让观众安静一下。大厅变得鸦雀无声，自认为正义的人们将注意力放回他身上，这时我注意到，离我最近的那名女子其实是非裔，她小小的耳朵暴露了她的种族。在星期天的中午，竟能看到这样一个真正的黑人女子，像70年代的放克音乐那么黑，像有机化学中的碳正离子那么黑，跟我一样黑。

"还有什么问题吗？"霍米尼问观众。

在我前面两排的一个高个头、留胡子、戴软呢帽的白人男孩站了起来，用一根手指指着那排女生。"她们涂的黑脸一点儿都不讽刺，"他很不屑地说，"这一点儿都不酷。"

霍米尼用手捂住眼睛，冲着观众的方向问道："黑脸？什么是黑脸？"

起初，观众笑了。但霍米尼没有笑，主持人回头望着他，脸上带着一种自从像斯特平·费奇特[6]这样的伟大滑稽演员和乔治·W. 布什这样的首位笨总统出现以后就再也没人见过的眼睛大睁的傻傻表情。

白人小子恭敬地提醒霍米尼关注我们刚刚看过的几部影片。在《蒙混过关》那一集中，斯潘基在自己脸上洒墨来冒充霍米尼，这样他的黑朋友可以通过拼写测验，以便跟小捣蛋们一起参加学校组织的游乐园之旅。在《黑人小捣蛋》中，阿发发扮了黑脸，以便参加一个全黑人坛罐乐队主班卓琴手的试镜。《叽嘎——布！》那集，阿蛙脱到只剩内衣，用壁炉灰把自己从脑袋到脚趾都涂黑，大喊“布——嘎！布——嘎！布——！”，得以在和鬼魂的对峙中反败为胜。霍米尼点着头，拇指钩在吊裤带上，露出惊讶的神情。然后，他点上一根隐形雪茄吸了起来，还从嘴的一边儿换到另一边儿。“哦，我们可不管这个叫黑脸。我们把它叫作表演。”

观众又被霍米尼牵着鼻子走了一回。他们以为他在搞笑，其实他严肃得要命。在他看来，涂黑脸并不是种族主义。这就是常识。黑皮肤看着更棒。看着更健康，看着更漂亮，看着更有力量。这就是健美运动员和国际拉丁舞比赛的参赛者要把自己晒黑的原因。这就是柏林人、纽约人、商务人士、纳粹、警察、水肺潜水者、美洲豹队、坏人，还有歌舞伎的舞台工作人员要穿黑色衣服的原因。因为如果模仿真的是最高形式的恭维，那么白人搞黑脸歌舞秀就是赞美，这是一种不情不愿的承认：除非你恰好就是个黑人，否则做“黑人”就是一个人与真正的自由最为接近的时候。问问阿尔·乔尔森或者一大堆靠演“黑人”谋生的亚裔喜剧演员。或者问问那些女生联谊会的女孩们，她们倚在座位靠背上，让那个唯一的黑人成员自己保护好自己。

“霍米尼先生，这是真的吗？福伊·切希尔真的拥有真正的种族主义影片《小捣蛋》的版权？”

该死，别让这个黑鬼又开始唠叨关于福伊·切希尔的废话。

我盯着这个涂了黑脸的黑脸女人，想知道她是不是也在表演，是不是感到自在。她是不是知道，她本来的肤色实际上比她的“黑脸”还要黑。严格说来，就是她涂了“某种浅色的黑脸”。霍米尼指向观众席上的我，当他介绍我是他的“主人”时，几个脑袋扭过来看现实生活中的奴隶主到底长什么模样。我忍不住想告诉他们，霍米尼想要说的是“经理人”，而不是“主人”，但我意识到在好莱坞这两个词其实是一个意思。“我相信这是真的。而且我相信我的主人会帮我夺回来，总有一天这个世界会看到我最棒、最羞耻和最具杀伤力的作品。”谢天谢地，室内灯光变暗了。种族主义动画片要开播了。

我喜欢贝蒂娃娃。她身材不错，无拘无束，热爱爵士乐，显然也爱鸦片。因为在魔幻短片《起起伏伏》里，月亮在地球陷入大萧条时被拍卖给了其他行星。土星赢了，这个岁数很大、戴眼镜、一嘴坏牙、操一口浓重意第绪口音的犹太球体贪婪地搓着双手。“我赢了。我赢了全世界。我的上帝。”[7]他志得意满，然后把地心引力移出了地心。那是1932年，马克斯·弗莱舍[8]的犹太人隐喻让本已混乱的全球局势更加糟糕。贝蒂倒是不在乎，因为在一个猫咪和奶牛会飞、雨滴往上掉的世界，头等大事就是看好你的裙摆，不要让它飘到天上露出你的紧身内裤。是谁说贝蒂娃娃不是家族成员的？接下来的六十分钟，一些喝醉酒的、羽毛耷拉的美洲土著人没能抓住华纳兄弟的吉祥物兔八哥，更不用说同化它了。墨西哥老鼠想骗外国佬小猫咪，以便偷越边境偷奶酪[9]吃。非裔美国猫、乌鸦、牛蛙、女佣、掷双骰子的赌徒、棉农和食人族排成看上去没有尽头的长队，在《史瓦尼河》和艾灵顿公爵《哈莱姆丛林之夜》的音乐伴奏下，表演沙哑嗓音的《乐一通》傻瓜。有时一通霰弹袭击或炸弹爆炸，会将像猪小弟这样名义上是白人的角色变成一个火药色的黑小丑，并授予他荣誉黑鬼的地位，这可以让他在片尾字幕安然无恙地歌唱类似《康城赛马歌》那样的欢乐旋律。节目结尾是大力水手和兔八哥轮流上阵，单枪匹马地战败了由长着吓人獠牙、四只眼睛，说话像连珠炮一样，拿着大锤子还伪装成艺伎的日本士兵发动的第二次世界大战。最后，在锣声和观众喝彩声中，超人一举摧毁日本帝国海军，使其彻底投降，灯光重新亮起。坐在黑暗里对着十足的种族主义笑过两个小时之后，负罪感随着光亮不约而至。每个人都能看到你的脸，那感觉就像你老妈逮到你打飞机。

坐在我前面三排的一个黑人小子、一个白人小子和一个亚裔小子准备离开，他们收拾外套，似乎想将仇恨抖落。黑人小子，在《黑炭公主与七个小矮人》这样的经典卡通里被贬低和戏弄的角色，此刻仍藏在超人的披风后面，开玩笑地攻击他的亚裔伙伴，嘴里喊着，“抓住帕特里克！他是敌人！”帕特里克举起手护住自己，抗议道：“我不是敌人。我是中国人。”兔八哥说的**日本人、猴子、眯眯眼的猴子**这些词还在他耳边回响。白人小子在这场小冲突中没挨打也没被吓着，他笑着往嘴里塞了根烟。有烟你就抽，休息一会儿吧。一个短短的夜晚，看了近一个世纪前的《小捣蛋》短片和彩色卡通片，这么快就能燃起种族仇恨和耻辱的怒火，真是太疯狂了。我想象不出有什么比我刚才目睹的“娱乐”更为种族主义的了，这就是为什么我知道关于福伊在《小帮派》系列中能分一杯羹的传言一定是假的。还有什么能比我们刚才亲眼所见更种族主义的呢？

我看见霍米尼正在大堂里给纪念品签名，好多东西都和《小捣蛋》没什么关系。但是，那些老电影海报、雷摩叔叔的收藏品，还有杰基·罗宾森的纪念册，任何能追溯到1960年之前的东西，都是有关系的。[10]有时我都忘记霍米尼有多搞笑了。以前，为了绕开白人设置的一连串蠢笨的陷阱，黑人必须始终思维敏捷。你必须准备好即兴妙语，或者装傻充愣，好让白人挑衅者放下武器，不再趾高气扬。也许，如果你的幽默感能够提醒他，原来那头卷毛底下也差不多是个人类，那么说不定你就能躲过一顿暴打，拿到早该给你的欠薪。真见鬼，在40年代做一天的黑人，就等于在底层和第二城市[11]进行三百年的即兴表演训练。只消在星期六晚上看上十五分钟电视就能看出，搞笑的黑人已经所剩无几，公然的种族歧视表现得也不再和以前一样。

霍米尼和纽·约塔·伽马姐妹会的那群黑脸女人摆姿势拍合影。“窗帘和打盹配吗？”霍米尼干巴巴地说道，而后绽放了一个灿烂的笑容。在这群人里，只有真正的黑妹听懂了这个笑话，无论她怎么努力克制，就是笑得停不下来。我悄悄走到她身边。她在我开口之前就回答了我的问题。

“我是医学院预科生。为什么？因为这些白人婊子都有熟人，这就是为什么。老女孩们的关系网现在还存在，而且这可不是开什么该死的玩笑。如果你打不赢她们，那就加入她们。这是我妈妈常说的，因为种族主义无处不在。”

“它不可能无处不在。”我坚持道。

未来的托普西医生想了一下，把散下来的一绺头发缠在手指上绕。“你知道唯一没有种族主义的地方是哪儿吗？”她环顾四周，确定姐妹们不会听到，然后小声说，“记得黑人总统和家人手牵手走过白宫草坪的那些照片吧？在那一刻，在那些该死的镜头里，在那一刻而且只有在那一刻，不存在该死的种族主义。”

但在剧院大厅里有太多的种族主义。一个歪肩膀的白男人用棒球帽的帽檐拍着自己的右耳朵，伸出胳膊搂过霍米尼，亲他的脸蛋，使劲贴他的脸。两人就差以坦伯和邦斯[12]相称了。

“我就是想说，所有那些大谈特谈‘最后的真正黑鬼’的说唱歌手没有一丁点儿能比得上你，因为你，我的男子汉，你可不光是最后的‘小捣蛋’，你是最后的真正黑鬼。我说的‘黑鬼’是黑得不能再黑的黑鬼。”

“哎哟，谢谢你，白人老兄。”

“那你知道为什么不再有黑鬼了吗？”

“不，先生，我不知道。”

“因为白人是新的黑鬼。我们只是太自以为是了，没有意识到这一点。”

“你是说‘新的黑鬼’？”

“没错，你和我都是——我们说到底都是黑鬼。我们同样都是被剥夺了选举权，准备去回击这个操蛋体制的人。”

“只不过，你只需要坐一半时间的牢。”

托普西在新艺的停车场等我们，她仍穿着演出服，涂着黑脸，但戴上了一副设计师款太阳镜，兴奋地在她的书包里翻找着什么。我企图在霍米尼看见她之前就催他钻进皮卡，但她还是拦住了我们。

“詹金斯先生，我想给您看样东西。”她从包里拿出一个超大号的三孔活页夹，把它放在皮卡的车头上打开来。“这是我用分类账簿做的所有《小帮派》和《小捣蛋》剧照的复印件，哈尔·罗奇工作室和米高梅时期的都有。”

“我的天！”

在霍米尼看到之前，我抢过文件夹，迅速扫了下目录。都在这里了。全部两百二十七部片子的标题、主体拍摄日期、演职人员名单、拍摄天数和总制作成本，还有损益表。等一下，两百二十七？

“我记得只有两百二十一部吧？”

托普西笑着把文件夹翻到了倒数第二页。1944年下半年拍摄的影片，一连六部都被禁映了。这就是说，我从未看到过的整整两个小时的《小捣蛋》可能仍雪藏于某个地方。我感觉自己似乎正在看联邦调查局关于肯尼迪暗杀事件的绝密报告。我一把抓起文件夹，把活页举起来对着太阳，想看透这个编目所蕴含的黑人性，回到从前。

“你怎么会想到做这件事的？”我问她。

托普西从她的书包里掏出另外一个复印件。上头列出了1963年以来看过这本账簿的所有人。一共有四个名字：梅森·里斯、莱昂纳德·马尔丁、福伊·切希尔和巴特弗莱·戴维斯，我猜想最后一个是托普西的本名。我眼睛还盯着那张纸，霍米尼和巴特弗莱已坐进了车里。他一只胳膊搂着她，另一只靠在车喇叭上。

“那个黑鬼拿了我的片子！我们赶快走！”

从西洛杉矶开到福伊在好莱坞山上的住宅，比预想中花了更长的时间。过去我父亲老逼着我陪他去见福伊，进行一番精彩的黑人谈话，那时还没人知道从盆地到山区有条南北捷径。那时新月高地和罗斯莫尔街都还是小马路，开起来一路畅通；现在它们都成了双车道，一辆车紧接一辆车的主干道。老天，那时我总是在福伊家的泳池里游泳，而他们就在一旁大谈政治和种族。对于福伊用从《黑猫和乐队小孩》赚来的钱买了此处房产这个事实，我父亲从来没有表现出任何痛苦，最初的分镜脚本还挂在我卧室的墙上。“快擦干，臭小子！”爸爸会说，“你把水都滴到人家的巴西樱桃木地板上了！”

一路上，巴特弗莱和霍米尼多半时间在用她和联谊会姐妹们欢庆多元文化的照片来联络感情。他们一个族群接着一个族群，一个街区接着一个街区地抹黑洛杉矶城。她坐在他的腿上，而且两人都不系安全带，违反了每一条交通法规和社会禁忌。“这是我在康普顿野餐会……我是右边数第三个‘贫民区小妞’。”我偷瞄了一眼照片。女人们和她们的伙伴都涂黑了脸，戴着爆炸头假发，拿着40年代的包包和篮球，抽着大麻烟。嘴里满是金牙和鸡腿。在我看来，这倒不是种族主义嘲讽，反而是缺乏想象力这一点，很具有侮辱性。兹普老黑[13]都去哪里了？爵士乐大师呢？黑人保姆呢？黑牛犊子呢？管家呢？双料四分卫呢？周末天气预报员呢？在城里每家电影工作室和经纪公司迎接你的前台接待员呢？**威瑟斯彭先生很快就下来。要我给您倒杯水吗？**那就是这一代的问题；他们不了解自己的历史。

“这是我们为五月五日节办的‘不带美国佬的宾果之夜’……”

和康普顿野餐会的照片相反，想从里边找到巴特弗莱并不难：这次她坐在一个亚裔女人旁边，她们二人跟其他姐妹一样，戴着巨大的阔边帽，围着一样的披风、肩带，还贴了一英尺长的瘪塌塌的潘乔·维亚式大胡子，一边喝龙舌兰酒，一边涂着她们的牌。“是8……太好了！”巴特弗莱快速翻看着她的照片。每一场派对都有自己的着装要求，地堡俱乐部：纯基因池泳池派对，日式火锅过夜趴！啤酒之路——徒步和佩奥特掌[14]之旅。

福伊的房子坐落在穆赫兰大道边能够鸟瞰圣费尔南多谷的山顶上，比我印象中要大。那是座巨大的都铎式建筑，有一条环形车道，虽然入口的大门上挂着一个大大的“法拍房”标志，但看起来更像一所英式淑女学堂而不是住宅。我们飞快地下了车。山里的空气清新而纯净，我深深地吸了一口，屏住呼吸，此时霍米尼和巴特弗莱已经走到了大门口。

“我能感觉到，我的片子就在里边。”

“霍米尼，这地方是空的。”

“它们就在这儿。我知道。”

“怎么，你打算像《意外之财》那集似的，把后院刨个底朝天吗？”我问道，勾起了对斯潘基在《小帮派》中的最后演出的回忆。

霍米尼把栅栏晃得嘎嘎响。这时我想起了密码，就像你想起你最好的朋友小时候的电话号码一样。我在门禁上按下1、8、6、5。

门发出蜂鸣，滚子链收紧，缓缓把门拉开。1865，黑人还真他妈的直白。[15]

“主人，你不进来吗？”

“不啦，你们俩去搞定吧。”

穆赫兰大道那一边风景如画。

面向北方，我给自己计时，在一辆超速的玛莎拉蒂和两个驾驶敞篷宝马车庆祝生日的少年中间开始跑。一条土路往山下延伸，穿过长约一英里的浓密常绿阔叶灌丛，最后抵达一条小道和结晶水峡谷公园。公园是一片面积不大但得到精心呵护的休闲区域，有几张野餐桌，几棵遮阳树，还有一个篮球场。我坐在粗壮的冷杉树下，无视顺着树干往下滴的树液。打球的人在做准备活动，为了在下班之后日落之前打上一两轮。唯一的一个黑人男子有三十多岁，肤色浅黑，裸着上身，在中央球场踱步。他是那种半专业的篮球运动员，经常在布伦特伍德和拉古纳这样的豪华社区的白人球场上打球，为的是打一场体面的比赛，获得一个能够占上风的机会，谁知道呢，或许甚至是一份未来的工作。

“在那儿的黑鬼注意了，快从球场上滚开。”为了讨白人小子的欢心，那家伙喊了一嗓子。

正在休学术假的哲学教授在掷界外球。一个人身伤害律师打了个底角跳投，显示出惊人的出色技艺，一个胖胖的药剂师变向运球过了一个儿科医生，带球上篮，却把球打在篮板上，球弹了出来。日内交易员投了个界外球，球滚向停车场。即使在洛杉矶，这个豪车像超市购物车一样司空见惯的地方，福伊的1956年300SL还是不容易认错的。在这个星球上总共还剩不到一百辆。在距前挡泥板不远的地方，福伊坐在一个小小的草坪椅上，只穿着拳击短裤、T恤衫和凉鞋，一边打电话聊天，一边在几乎和他的老爷车同龄的笔记本电脑上打字。他正在等衣服晾干。他的衬衫和裤子搭在衣架上，挂在鸥翼式车门上，此刻车门正做展翅飞翔状，就像一条银龙的双翼。我得问问他。我站起来，穿过篮球场。两个球员正在争抢滚落的篮板球，争论在他们站起来之前球该归谁。

"是谁犯了规？"一个穿着破球鞋的球员问我，双臂张开，仿佛在恳求同情。我认出了这个人。他在一个早就撤档但还在广播联卖中出售的警匪节目里扮演一名留着大胡子的探长，这节目在乌克兰特别火。"是那个胸毛很重的家伙。"电影明星不同意。但这是正确的裁判结果。

坐在椅子上的福伊抬起头来看着我，不过并未停止说话和打字。他冲着电话连珠炮一样胡言乱语，完全不知所云，似乎在谈高速铁路还有卧铺车厢搬运工这个工种的回归。奔驰轿车的倍耐力白胎壁轮胎的花纹磨光了。黄色泡沫如脓水一样从裂了缝的脓包般的皮革座椅里渗出。福伊也许已经无家可归，但他拒绝拿他的手表或汽车去拍卖，哪怕卖相如此不堪，这车也能轻轻松松卖个几十万美元。我得问问他。

“你在写什么?”

福伊把手机搁在自己肩上。“一本叫作《有天我来谈白人》的文集。”

“福伊，你上一次有自己的原创想法是在什么时候?”

福伊全然没有被冒犯的感觉，他想了片刻:“可能不是在你老爸死了之后。”然后继续打他的电话。

我回到福伊的老房子，发现霍米尼和巴特弗莱正在泳池里裸泳，我真的有点吃惊，因为竟然没有好管闲事的邻居报警。估计是因为所有黑老头看着都差不多，我猜。夜幕降临，水下的灯光悄然自动亮起。夜色里，灯光下，泳池那种轻柔的淡蓝，是我最爱的颜色。霍米尼假装自己不会游泳，在深水区使劲抓住巴特弗莱这个足够大的浮游设备。他并没有找到他想找的东西——他的片子，但是他能够抓牢的东西似乎已让他获得安慰。我脱了衣服，滑入水中。难怪福伊会破产，水温至少有华氏九十度。

我仰身漂在水上，透过水蒸气，看着北极星闪耀，指向一种我自己甚至都不清楚是否需要的自由。我想到了父亲，就是靠他的创意，福伊当初才有钱买下这栋现在归银行所有的房产。我翻过身换成死人漂的姿势，想把我的身体摆出他横尸街头时的样子。他们朝他开枪前，他说出的遗言是什么?**你们可不知道我儿子是**

什么人！经历了这一切，狄更斯城、种族隔离、玛耳珀萨、务农，我依旧不知道我是什么人。

你必须要问自己两个问题：我是谁？我怎样才能成为我自己？

我一如既往陷入失落，认真地考虑将农场掀个底朝天，把庄稼连根拔起，卖掉牲畜，然后造一个超大的冲浪池。因为，能在后院冲浪，该是件多酷的事啊！

二十三

“寻找遗失在月桂峡谷的胶片宝藏”事件发生约两周之后，秘密被曝光了。《新（派）共和》杂志首先报道了这件事，自“林白小鹰”绑架案之后它就再没用孩子当过封面。在“新吉姆·克劳：公立教育是否折断了白人儿童的羽翼？”这行说明文字之上，是一个十二岁的白人男孩，他被当作反向种族主义的小小象征。新吉姆·克劳站在沙夫中学的楼梯上，戴着沉重的金色锁链。凌乱的金发从他的头套帽和降噪耳机底下探出来。他一只手拿一册《黑人英语》课本，另一只手抱着个篮球。金色的金属牙套在噘起嘴唇的低吼中闪耀，他穿的加大码T恤上写着“Energy = an Emcee^2”。[1]

很早以前，我父亲就教导我，无论何时你在新闻杂志的封面上看到一个问题，答案永远都是“否”，因为编辑知道，那种以“是”为答案的问题会把读者吓跑，正如形象生动的香烟危害警告和流脓的生殖器特写画面非但不能阻止人们抽烟和进行不安全的性行为，反而会起到鼓励作用。所以你会看到这样吸引眼球的新闻标题："O. J. 辛普森与种族：判决会分化美国吗？"不会。"电视节目走得太远了吗？"没有。"反犹主义正卷土重来？"没有，因为它从未消失过。"公立教育是否折断了白人儿童的羽翼？"否，因为这期杂志出街一周之后，五个白人小孩，书包里塞满了书、防狼哨和狼牙棒，跳下租来的校车，试图重返沙夫中学，而副校长卡里斯玛·莫利纳站在门口，阻止他们进入这所推行准隔离政策的学校。

尽管卡里斯玛不曾指望这些关于沙夫继续按现有速度改进的新闻曝光能起什么作用，但沙夫中学还是在第二年就成了全国排名第四的公立学校；她也应该知道，两百五十个可怜的有色人种孩子接受次等教育之事永远也不会上头条，而拒绝让一个白人孩子享受良好教育则会引发一场媒体风暴。然而，没人能料到的是，无法忍受的白人家长们联合了起来，他们听从福伊·切希尔的建议，把孩子从较差的公立学校和徒有虚名的私立学校中拉了出来。还呼吁恢复强制乘坐校车的做法，这是他们父母那一辈曾强烈反对的。

由于加利福尼亚州早已破产，外加无力提供配备武器的护卫，它只能眼睁睁地看着为重新融合而被献祭的羔羊——苏茜·霍兰德、汉娜·纳特尔、罗比·哈利、基根·古德里奇和梅洛尼·范德维奇——不是在国民警卫队的保护下，而是在电视直播的魔力和福伊·切希尔的大嘴伴随下下了车。这几周,我看到他在车里度日，而且我还听说，上一次的东东甜甜圈知识人会议无人出席，虽然按照日程，著名的社区组织者__拉__·奥__ __[2]本应莅临发言。

狄更斯城五人组（后被称作五重奏）缩着肩膀，胳膊防卫性地挡在脸前，准备好迎接石头和瓶子之刑，他们经历了夹道笞刑，跑进历史。但是，与1957年9月3日的阿肯色州小石城不同，狄更斯并没有对他们恶言相向；相反，这里有人找他们要签名，还问他们是不是已经为三年级舞会找好了舞伴。不过，这些待录取的学生走到楼梯顶端的时候，发现副校长卡里斯玛正站在那里，尽力扮演着福布斯州长的角色，不肯让步，伸开双臂抵着门柱。个子最高的学生汉娜想绕过去，但卡里斯玛牢牢地守住门。

“盎格鲁人不能进来。”

霍米尼和我在阵营的另一侧。我们站在卡里斯玛身后，与小石城中央中学或1962年密西西比大学除后勤人员之外的所有职工一样，站在了历史的错误一边。霍米尼那天到学校是为了告诉学生们什么是吉姆·克劳。卡里斯玛召我来则是要我读福伊·切希尔的一份商务信函，是他附在其最新再创作的多元文化文本《米円之间》[3]的邮件版中寄过来的。这部以铁路苦力时代为背景的、斯坦贝克经典的纯中国式改编作品，就是把原书所有冠词去掉，而且把“l”和“r”都互换位置的一份复写本。**也许在蒸个见鬼的湿界上，霉个人都彼此惊下，彼此嗨怕**。我永远搞不懂，为什么过去了半个多世纪，看过了陈查理[4]的大儿子、碎南瓜乐队里的小子、超棒的音乐制作人、滑板玩家和五金店电视广告里白人小伙温顺的亚裔妻子之后，像福伊·切希尔这样的人还认为，日元是中国的货币，亚裔美国人发不出该死的“l”这个音，但字条上潦草的笔迹着实令人不安：

致自由主义议程的卒子：

我知道你不会认为这部呕心沥血之作表现出令人惊叹的智慧，但这是你的损失。本书将让我确定无疑地置身于伟大作家自学成才的传统，与弗吉尼亚·伍尔夫、川端康成、三岛由纪夫、马雅可夫斯基和大卫·福斯特·华莱士并肩而立。本周一，开学第一天见。课程也许开在你的校园里，但你旁听到的将是我的世界。带上纸笔和黑鬼劝语者那个叛徒。

您忠诚的，

福伊·“你知道甘地打他老婆吗？”·切希尔

卡里斯玛问我，为什么他特地列出这几位作家的大名，我告诉她我也不知道，忘了说这些小说家全都是自杀身亡的。不好说这份声明是不是透着点自杀的想法，但不排除这个可能。现在可没有多少黑人第一人了，不过既然福伊有望成为“第一位自杀身亡的黑人作家”的候选人，我也要有所准备。如果他真的算是“自学成才”的话，毫无疑问，他有个世上最烂的老师。

福伊走到人群前面，准备接管谈判工作，他神奇地抽出一小沓DNA检测结果，并没有在卡里斯玛的眼前晃，而是直接拿到离他最近的电视摄像机镜头前。“我手上拿着的这些检测结果单表明，所有这些孩子的母系根源都可以追溯到几千年前生活在肯尼亚东非大裂谷的祖先。”

“黑鬼，你到底站在哪边？”

置身于学校并不神圣的大厅里，我看不到是谁发问，但这是个好问题，而且从一片沉默来判断，福伊对此并没有答案。这倒不是说，我知道我是站在哪边的。我只知道，《圣经》、良知说唱[5]歌手和福伊·切希尔不站在我们这一边。不过，卡里斯玛知道她是站在哪一边的，她用双手顶着福伊的胸，把他和几个孩子像保龄球瓶一样推下了台阶。我环顾同在门槛这边的面孔——霍米尼、老师们、希拉·克拉克，每个人都略带惊恐，却又意志坚定。见鬼，也许我最终站在了历史的正确一边。

“既然你们这么想上狄更斯的学校，我建议你们等街对面那所学校开学。”

满怀憧憬的白人学生们站起来，转身望向他们的祖辈，神秘的惠顿学院引以为豪的先驱者。崭新的设施、高效的教师、绿意盎然的校园，惠顿的确有种无可否认的吸引力，孩子们已开始满怀向往地转向他们的学术天堂，像被鲁特琴和美味的自助餐厅食物所吸引的天使一样，直到福伊突然出现在他们面前。“别被那些偶像迷惑，”他叫道，“那个学校是万恶之源。它是打在所有支持平等和正义的人脸上的一记耳光。它是用来愚弄在这个以及全部社区努力工作的人们的种族主义笑话，在一根木棍上吊个胡萝卜，放在老马前面，骗得它们跑到累死。另外，这个学校根本就不存在。”

“但它看上去如此真实。”

“那只不过是感觉很真实的美梦而已。”

这群孩子坐在旗杆旁边的一片草地上，失望但并不绝望。这是一个多文化的墨西哥僵局，黑屁股的福伊和白人孩子坐在中间，卡里斯玛和惠顿学院的乌托邦幽灵待在两侧。

据说在泰格·伍兹年少的时候，他的父亲会在周末的逐洞赛上拼命用声音干扰儿子，当儿子只需再来一个六英尺推球入洞就能获胜的时候，父亲故意把口袋里的零钱弄得叮当响。最后的赢家就是注意力不怎么分散的那个傻瓜。说起来，我还真是特别容易分神，可以说是永久性跑偏，因为我父亲喜欢跟我做一种他称作“追寻事实”的游戏，在我手头正忙着什么事情的时候，他会给我看一张著名的历史图片，然后问我，“在那之后发生了什么？”有一次，我们应该是正在看棕熊队的比赛，在一个重要的暂停时段，他拿一张尼尔·阿姆斯特朗在月球尘埃上所留脚印的照片在我面前一晃。在那之后发生了什么？我耸耸肩。“我不知道。他拍了克莱斯勒汽车的那些电视广告。”

“错。他成了一个酒鬼。”

“爸爸，我猜你想说的是巴兹·奥尔德林……”

“实际上，很多历史学家认为，他一登上月球，人就废了。‘这是个人的一小步，却是人类的一大步。’这话到底是他妈的什么意思？”

我第一次参加少年棒球联盟赛出场击球时，马克·托雷斯，一个身材瘦长的速球型投手，裤裆那儿跟少男勃起时那么硬，投球也像初次性交那样神速，给我来了个0–2快速球，快得我和裁判都没看清，只能凭借球从我额头擦过时的风速推测它一定是个高内角球。我父亲从球员席冲了上来。他不是为了要给我什么击球建议，而是递给我那张美苏士兵在易北河会师的著名照片——他们彼此握手，庆祝第二次世界大战在欧洲战场事实上的终结。在那之后发生了什么？

“美国和苏联又打了持续近五十年的冷战，两方不得不双双花掉几万亿美元，投在被艾森豪威尔称为军事工业复合体的金字塔式防御计划上。”

“只能得部分分数。照片上的所有苏联士兵都因与对方过于友好遭了难。”

根据你对科幻的痴迷程度，在《星球大战》第二部或第五部，但不管是哪一部，在达斯·维达和卢克·天行者的光剑对决进入最高潮，西斯黑暗尊主刚刚把卢克的胳膊砍断的时候，我父亲从引座员的手里抢过手电筒，然后把一张黑白照片甩在我胸前。在那之后发生了什么？一团朦胧的光影里，一个年轻的黑人女子穿着精心熨烫过的白色衬衫和桌布图案的裙子，防卫性地把一个三孔活页文件夹放在她正在发育的胸部和心理前面。她戴着又厚又黑的墨镜，但还是盯着我和在她身后作弄她的那群尖叫的白人女子。

“她是小石城事件九人中的一个。他们还派了联邦军队。她去了学校。后来皆大欢喜。”

“接下来发生的是，第二年，州长没有继续如法律所要求的那样在学校推进融合，而是关掉了市里的所有高中。如果黑鬼想上学，那么就没人能上学。说起学习，请注意他们可不会在学校里教你。”我从来没说过“他们”是我父亲那样的老师。我只记得我特别想知道，卢克·天行者为什么无缘无故就迅速跌进星光闪耀的深渊。

有时我真希望西斯黑暗尊主是我爸。我的处境肯定会比现在好。虽然我会失去右手，但我肯定不会有做黑人，以及总是要决定我何时和是否要介意这一点的负担。再说了，我本来就是左撇子。

就这样，大家都像草渍一样顽固，等着有什么人能来介入。政府、上帝、护色漂白剂、军队，甭管什么。

卡里斯玛怒不可遏，她看着我：“这破事儿什么时候才算完啊？”

"不会有完的。"我嘟哝着，走进了加州春日早晨的徐徐清风里。福伊指挥他的部队合唱一曲《我们终将胜利》。他们手挽手，随着节拍缓缓摇摆，哼唱。大多数人都以为《我们终将胜利》的版权已经公有，由于黑人斗争的慷慨，它那强有力的副歌可以随便由任何人在任何感觉被不公和背叛刺激到的时候唱响，理应如此。但是如果你站在美国版权局的大门外，用高唱《我们终将胜利》的方式抗议人们通过偷来的歌获利时，你每一次演绎，就会欠皮特·西格[6]遗产管理委员会五分钱。尽管拼尽全力高唱的福伊早已把最动人的歌词"终有一天"改成一声"就在此刻！"的呐喊，但以防万一，我还是在人行道上丢下十分钱。

福伊双手高高举过头顶，套头衫扯了上去，露出了他的啤酒肚，也露出了他别在意大利真皮腰带上的一把手枪。他对歌词的改动、他的迫不及待、那封信，还有他眼睛里的那种绝望之情，都得到了解释。为什么我没能早点发现，他一贯规规矩矩的齐平头假发不再有棱角了。

"卡里斯玛，报警。"

除了大学嬉皮士、黑人民谣歌手、芝加哥小牛棒球队的粉丝和其他各类理想主义者外，并没有人知道《我们终将胜利》第二至第六句的歌词是什么，当福伊的合唱团把下一句的歌词唱错时，他拔出了他的武器，晃来晃去，就像那是点四五口径的分镜头提示卡。他督促合唱团挺过最难的部分，他们转身背对着他，飞快地越过我和霍米尼，向学校大门奔去，不过他们还是进不去，因为卡里斯玛已经把门锁上了。

狄更斯并不是那么容易散架的。一家已经习惯于帮派杀戮和变态杀手不断涌现的地方媒体也不会。所以，当福伊冲着他歪斜地停在罗斯克兰路的奔驰车尾啪啪来了两枪的时候，人群只是分开了一点，也就是消防通道那么宽，这样白人孩子可以跑到他们的校车上，获得相对的安全，他们俯身坐在座椅上。就任何方面而言，反种族隔离都绝非易事，自打福伊向他们的民权运动的象征又射出两枚子弹之后，这一进程就变得更加缓慢，因为自由公交车的两个轮胎瘪了。

福伊冲着梅赛德斯–奔驰的标志又射了一枪。这一次，后备厢以一种奔驰所独具的缓慢而高贵的方式弹开了，他从里边拿出一只装着白涂料的旧桶。但在我或者任何其他人可以追上他之前，他转着圈，用他的皮带和走调的歌声阻止我们靠近。他又改了一处歌词。这一次他个性十足地把副歌改为《我终将胜利》。电视歌唱比赛上的那些评委经常说什么来着？你真的把这首歌唱成了自己的。

涂料罐打开时发出的砰的一声总是最令人满足的声音。仍在拼尽全力高歌的福伊，为他开后备厢的方式洋洋自得（这无可非议），背对街道站起身来，拿手枪径直瞄准我的前胸。“我见过一百万次了，”我父亲常说，“职业黑鬼会突然崩溃，因为本就易于拆穿的伪装揭掉了。”吞噬他们的黑人性突然蒸发不见，就像窗子上的沙粒被雨水冲刷，剩下的只有人类生存状况的透明，每个人都能一眼看穿你。简历上的谎言终于被戳穿了。他们花那么长时间才写出报告来的原因公之于众，拖延不是因为苦苦关注细节，而是因为患有阅读障碍症。怀疑已经得到证实，总是放在有色人种男性家里洗手间附近角落桌上的漱口水，装的并不是“用来祛除口气，为口腔提供二十四小时保护，免受牙龈炎和牙周炎致病菌困扰的液体”，而是薄荷甜酒。这种液体用于祛除噩梦，为你提供一种虚假的安全感，让你觉得自己的李施德林微笑正在温柔地杀死它们。“我见过一百万次了，”我父亲会说，“东海岸的黑鬼们至少有葡萄园和萨格港。我们有什么？拉斯维加斯和该死的疯狂烤鸡餐厅。”就个人而言，我喜欢疯狂烤鸡，倒不是因为我真以为福伊对我或其他人会构成威胁，而是因为，如果我能活着走出去，我要做的第一件事就是去光顾位于佛蒙特街和58街之间的那一家。给自己点个三件套——焦烤鸡、火烤玉米配土豆泥，还有那种特别美味的红色水果宾治，味道和我在八岁生日派对上吃到的一样。

警笛远隔着半个城在鸣响。即便洛杉矶县曾靠着估值过高的房子赚足了财产税，狄更斯也从来没有得到它应得的那份公共服务。而现在，由于预算削减、贪污盛行，报警响应时间简直可以用永世来作计量单位，接过犹太人大屠杀、卢旺达大屠杀、伤膝河大屠杀和庞贝报警电话的接线员至今仍坚守岗位。福伊把枪从我眼前移开，瞄准了自己的耳朵，然后用另一只手把那桶没搅开的半干涂料举过头顶。一坨一坨的白浆落到他的左脸，顺着他的身体淌下来，最后，他的一只眼、一个鼻孔、一条衣袖、一个裤腿，还有一只百达翡丽表全都染成了白色。福伊不是一棵知识树，最多算一撮意见草，但不管怎么样，很明显，作秀也好当真也罢，他这株植物已经从里边枯死了。我低头观察他的根部。从他山羊胡子和下巴倾泻下来的牛奶瀑布将一只棕色的鞋溅上了白点儿。这一次他毫无疑问是疯魔了，因为一个像福伊这样的黑人成功人士，如果有什么东西能让他倾注比对上帝、国家和他四肢粗壮的老妈更多的爱，那就是他的鞋。

我朝他走过去。我抬起双臂，张开两手。福伊把枪管更用力地顶在他奇形怪状的爆炸头上，把自己当人质。他要借警察之手自杀还是在逃跑时自杀，我不是很在乎，但我高兴的是，他终于不再唱歌了。

“福伊，”我的语调听起来与我父亲的惊人地相似，“你应该问你自己两个问题：我是谁？我怎样才能成为我自己？”

我等着听那句“我做这一切都是为了你们这些黑鬼，这就是我得到的感谢”。抱怨没有人买他的书。抱怨即使他已经身兼制片人、导演、编辑、酒席承办人等多重角色，即使他是一档在两大洲同步播放，将同质性和浪漫化的黑人思想的搞笑版本传播到超过六个国家的数十户家庭中的脱口秀节目的明星，也并没有改变这个世界对我们的看法，更不用说我们对自己的看法。抱怨他虽然直接促成了黑人当选总统，但什么也没改变。抱怨上周一个黑鬼在《青少年危险边缘》[7]节目上赢了七万五千块，但什么也没改变。而且抱怨你能看出，一切都变得越来越糟。因为“贫穷”已经从本地语言和我们的意识中消失了。因为也有白人小子在做洗车工。因为色情片里的女人比以往任何时候都好看，而英俊的男同性恋“为了片酬扮成直男”。因为著名演员在商业广告里为电话公司和美国军队唱颂歌。你知道你怎么能看出这破事儿搞砸了吗？因为某人以为现在还是20世纪50年代，想把种族隔离那一套再次引入美国社会。这个某人不就是你吗，是不是，叛徒？安标志？建个假学校，好比第一次世界大战时，法国为了骗过德国炸弹而把贫民区改造为假巴黎，火车站、凯旋门和埃菲尔铁塔一应俱全。像第二次世界大战时，德国人反过来在特雷津集中营建了假的商店、剧院和公园，想糊弄红十字会，让他们相信暴行根本没有发生，而整场战争就是一系列该死的暴行——一颗子弹、一次非法拘留、一次绝育手术、一颗原子弹，渐次发生。你糊弄不了我。我可不是纳粹德国空军或者红十字会。我可不是在这个鬼地方长大的……有其父，必有其子……

当血从你的指缝间冒出来，血量只能用“丰富”来形容。但是当腹内翻搅，五脏六腑都揪紧的时候，我开始有一种类似于“闭合”[8]的体验。我完全没听到枪声，但是我这辈子头一回和我父亲有了共同之处——我们都被没胆的混蛋击中了肚子。一种满足感油然而生。我觉得，似乎我终于还清了亏欠他和他那套乱七八糟的黑人性和童年理论的债。老爸从来不信“闭合”这回事。他说这是一个伪心理学概念，是心理咨询师们为了减轻西方白人的负罪感而发明的。在他这么多年的研究和实践中，他从来没有听到哪个有色人种的病人提到需要“闭合”。他们需要的是复仇。他们需要的是距离。也许还有宽恕和一个好律师，但从来不会是闭合。他说人们误以为自杀、谋杀、胃束带减肥手术、跨人种婚姻和多给小费是闭合，但在现实中他们所获得的不过是消除。

闭合的问题在于，一旦你尝过它的滋味，你就会在生活里的每一个细小方面都想得到它。特别是在这样的时候，你血流如注，而你的奴隶已经彻底反叛，正在大喊：“把我的《小捣蛋》片子还给我，混蛋！”他攥紧拳头，愤怒地暴揍行刺你的人，得出动洛杉矶县治安部门的一半人手才能把他拉下来，你却只能拿起不知谁丢在排水沟里的被水泡过的一本《Vibe》杂志来给自己止血，你真没有时间让任何东西从身边溜走。坎耶·韦斯特[9]宣称：“我就是说唱乐！”杰斯[10]认为自己就是毕加索。而生命正在他妈的飞逝啊。

"救护车马上就到。"

事态最终平息下来。霍米尼一刻不停地哭喊，他脱下T恤卷成枕头形状，托住我的头放在他膝盖上。一个副警长在我面前蹲下来，用她手电筒的底部轻轻地碰了碰我的伤口。"你真是做了件够他妈勇敢的事，黑鬼劝语者。另外，我能帮你做点什么呢？"

"闭合。"

"我觉得你不需要缝针。看着不像打在肚子里了，更像是擦到了你腰上的赘肉。是皮外伤，真的。"

任何一个把枪伤称为皮外伤的人肯定从未中过枪。但是我可不打算让这微不足道的同理心匮乏影响我的闭合大计。

"在挤满人的剧院里大喊'着火了！'是犯法的，对吧？"

"没错。"

"好吧，我在一个后种族的世界里小声说了'种族主义'。"

我把自己为了找回狄更斯而做的种种努力告诉她，跟她说为什么我觉得建一所学校能赋予这个城市一种身份认同感。她满怀同情地拍拍我的肩膀，通过对讲机呼叫了她的上司，在等救护车的时候，我们三人讨论了罪行的严重性问题。除了破坏州有财产，县当局不太可能对我进行别的控告，虽然我试图说服他们，自从惠顿学院出现以后，本区犯罪率有所下降，但我的所作所为还是违反了宪法第一修正案和《民权法案》，另外，除非已有一项关于"向贫困宣战"的停战协定，否则至少还包括《日内瓦条约》

的四个条款。

救护人员赶到了。纱布和几句安慰稳定了我的情绪，急救就进入了标准程序。

“有没有直系亲属？”

我躺在那儿，就算不是奄奄一息，也是差不离了，我想到了玛耳珀萨。如果高挂在湛蓝天空上的太阳的方位可以作为参考的话，她此刻应在同一条街的另一头午休。她的公交车面朝大洋停着。她光着的脚搁在仪表盘上，鼻子埋在加缪的书里，听着传声头像乐队的《必是此地》。

“我有个女朋友，不过她结婚了。”

“那这个人呢？”她问道，用圆珠笔指着赤裸上身的霍米尼，这家伙正站在一边，向副警长供述，副警长在笔记本上边记录边狐疑地摇头。“他是家属吗？”

“家属？”霍米尼听到了救护人员的话，似乎受到了侮辱，他用T恤擦了擦皱皱巴巴的腋窝，走过来看我在干什么。“为什么我不是比家属还要亲近的人？”

“他说自己是这人的奴隶，”副警长插话了，看了看自己做的笔记，“为他工作，据这个疯子说，已经四百年了。”

急救员点点头，用她戴着有粉乳胶手套的手在霍米尼皮包骨头的背上摸了一遍。

“你身上怎么有这么多鞭痕？”

“我被鞭子抽过。像我这样没用又没志气的黑鬼还能在哪儿弄到背上的鞭子印啊？”

几名副警长把我铐在担架板上，他们知道现在终于有理由起诉我了，虽说在他们抬着我穿过人群送上救护车的过程中，我们还没有对用什么罪名达成共识。

“贩卖人口？”

“不对吧，他从来没有被买卖过。强制劳役怎么样？”

“也许可以，可好像你并没有强迫他劳动。”

“好像他也没有劳动。”

“你真拿鞭子抽他了？”

“没有直接抽。我付钱给其他人……说来话长。”

一个急救员的鞋带松了。她系鞋带的时候，他们把我放在公交车站的一条木制长椅上。椅背上是一张熟脸的照片，他亲切的微笑和富有权威感的红领带让我备感安慰。

“你认识靠谱的律师吗？”副警长问道。

“给这个黑鬼打电话就行。”我敲敲那张广告。上面写着：

> 汉普顿·菲斯克——律师
>
> 请记住，距离无罪只有四步：
>
> 1. 不要乱说话！ 2. 不要逃跑！ 3. 不要拒捕！
>
> 4. 不要乱说话！

大陪审团起诉的那天，汉普顿来晚了，不过他的服务绝对值回每一分钱。我告诉他我不能进监狱。我要收庄稼，有匹母马过两天就要产驹了。带着这些信息，他走进了聆讯室，拂去西装外套上的树叶，撣掉卷发上的小树枝，手持一碗水果说："身为农民，我的当事人是一个有营养不良和粮食匮乏记录的少数族裔社区里必不可少的成员，他从未离开过加州的土地，拥有一台二十年车龄的烧该死的乙醇的皮卡，在这个城市几乎找不到第二辆，因此他没有潜逃的风险……"

加州的总检察长专程从萨克拉门托飞过来进行我这个案子的起诉，她穿着普拉达鞋的双脚立刻跳了起来。"反对！这名被告，他是一个邪恶天才，他通过他的无耻行为，同时对所有人种施加了种族歧视，更不要说他公然的蓄奴行为。加州政府认为，有充分证据证明，被告彻底违反了1866年、1871年、1957年、1964年和1968年的《民权法案》，1963年的《平等权利法案》，宪法第十三、第十四修正案，以及该死的十诫中的至少六诫。如果我有这个权力，我会以危害人类罪起诉他！"

"这是我当事人人性的例证，"汉普顿平静地反驳道，轻轻地将水果碗放在法官席上，接着退后一步深鞠一躬，"从我当事人的农场新鲜采摘的，法官大人。"

阮法官揉了揉疲惫的眼睛。他从碗里拿起一个油桃把玩，开口说道："在我看来，不无讽刺的是，我们坐在这个法庭上，一位拥有黑人和亚裔血统的女性州总检察长、一名黑人被告、一名黑人律师、一名拉美裔法警，还有我，一名越南裔地区法官，要为一个司法争议设定标准，这一争议在本质上关乎适用性、效力，以及通过我们的法律制度表现出来的白人至上主义。既然在这个法庭上没有人否认'公民权利'的基本前提，我们可以就什么是宪法定义的'法律面前人人平等'一直辩论下去，这也正是本案当事人被控违反的条款。为恢复他所在的社区，他试图重新引入行为准则，即实施种族隔离和奴隶制，鉴于他的文化背景，无论这些概念可能有多么不合宪，甚至并不存在，他都需要界定他的社区，在这一过程中，他指出了我们身为美国人在宣称自己如何看待平等时所犯的根本性错误。'我不在乎你是不是黑色、白色、棕色、黄色、红色、绿色或紫色。'我们都这么说。这是我们毫无偏见的证据。但是，如果你把我们中间随便哪个人涂成紫色或绿色，我们都会怒不可遏。这就是他正在做的事。他给每个人都涂上颜色，把这个社区涂成紫色和绿色，看看谁还相信平等。我不知道他的所作所为是否合法，但我能保证这名被告拥有的一项公民权利是，他有权接受正当程序审理，有权要求快速审理。我们明天上午九点钟开庭。但各位请注意，无论判决有罪还是无罪，本案都会到达联邦最高法院，所以我希望你们在接下来的五年里没做别的安排。批准保释——”阮法官咬了一大口油桃，然后吻了一下他的十字架，“批准保释，保释金是一个香瓜和两个金橘。”

绝对的黑人性

二十四

我本以为联邦最高法院的空调很差，就像所有那些优秀的法庭电影表现的那样，比如《十二怒汉》《杀死一只知更鸟》。电影里的审判总是发生在炎热的夏季，某个潮湿的地方，因为心理分析类书籍里说犯罪率会随着温度升高而升高。人们容易情绪失控。浑身大汗的证人和诉讼律师开始对彼此吼叫。陪审员们也给自己扇着风，然后打开四窗格的窗户，盼着早点逃出去，吸上口新鲜空气。在华盛顿哥伦比亚特区，一年中的这个时节相当湿热，但是法院里竟然温度适中，甚至还该死的有点冷，不过，不管怎么样我还是得开窗——散掉所有的烟雾和五年来在司法体系中遭受的挫败。

“你可应付不了大麻!”我冲着出色的法庭艺术家和超级影迷弗雷德·曼内喊了出来。现在是这宗最高法院史上审理时间最长的案件的晚餐休息时段。我们坐在一间没有名称的接待室里打发时间,把一个大麻烟卷让来让去,吐槽《好人寥寥》里的高潮桥段。

那并不是一部伟大的电影，但是杰克·尼科尔森对演员和剧本的不屑，还有他最后那段独角戏，撑起了整部电影。

“你下达了红色军规[1]？”

“可能是吧。我现在太嗨了……”

“你下达了红色军规？”

“你他妈的说得没错，我下达了！然后我又来了一个，因为这家伙真他妈的太够劲儿了。”弗雷德跳出角色，“它叫什么来着？”它就是他手里拿的那支烟卷。

“它没名字，不过红色军规听起来倒是挺不错。”

弗雷德在所有重要案件中负责画素描：同性婚姻，《投票权法案》的结束，平权行动在高等教育乃至所有领域的终结。他说在三十年的法庭素描生涯中，这是他第一次看到最高法院为了晚餐而休庭。这也是他第一次看到大法官们抬高嗓门，彼此怒目而视。他向我展示了艺术家看待今天庭审的视角。在素描中，一个保守派天主教大法官假装挠脸，偷偷向来自布朗克斯区的自由派天主教大法官竖中指。

“Coño是什么意思？”

“什么？”

“这是她小声说的，接着又说了‘吸我那儿，混蛋’。”[2]

彩铅漫画里的我看着糟透了。我在画面左下角。我不能对这个允许公司不受监管地投入大量金钱影响政治竞选，允许焚烧美国国旗的法院指手画脚，但是禁止在法庭使用相机是它做过的最好的决定。因为，我显然是个长相丑陋的混蛋。又宽又扁的鼻子和一对奇大无比的耳朵从我富士山形状的光头上突出来，看起来活像一个人肉风速计。我露齿一笑，亮出满嘴黄牙，正盯着还算年轻的犹太裔大法官看，仿佛我能洞穿她的法袍。这时弗雷德说，他们不允许使用相机的原因与维护礼仪尊严什么的无关。这样做是为了保护国家，使其看不到普利茅斯岩石之下的真相。因为最高法院是国家亮出它的阳物和奶头，决定谁要被搞而谁要喝到母乳的地方。这里上演的就是一部色情文艺作品，波特大法官就“淫秽”是怎么说的来着？一看就知道。

“弗雷德，你觉得是不是起码把我的门牙画好看一点？我看上去就像见鬼的博古拉。”

“《博古拉》。一部被低估的电影。”

弗雷德把他吊牌上的压膜打开，用金属扣件做成一个临时的烟蒂夹，好夹起剩下的大麻，来上强有力的一大口。他的眼睛和鼻道都紧紧闭着，我问他我是否可以借他的铅笔一用。他点头同意，我趁此机会把他漂亮笔盒里的所有棕色之物都拿走了。我要是作为长相最难看的当事人名留最高法院史册，那该多操蛋啊。

在社会研究课（在我老爸的课程表上又称“不屈不挠的白人的方式和方法”）上，我父亲总会警告我，不要跟陌生白人一起听说唱音乐或布鲁斯。再大一点儿，我还被告诫不要和他们一起玩《大富翁》，喝两瓶以上的啤酒，或者吸大麻。因为这些活动会滋生一种彼此熟络的错觉。而任何事物（从饥饿的丛林猫到非洲渡船）的危险程度都比不上一个他们自以为熟悉的白人。当弗雷德从吞云吐雾的仙境回到哥伦比亚特区的夜晚，他露出了“难道我不是你的知己”的眼神。“我跟你说，老兄，我可是亲眼看着他们安然渡过了这一关。种族定性、跨种族婚姻、仇恨言论，还有基于种族的雇员配额，你知道我们和你们的区别是什么吗？我们双方都想拥有一‘席’之地，可是一旦你们真的进入这儿，你们这些家伙从来就没准备一个逃跑计划。我们呢？我们可以一接到通知就走人。我在走进任何一家餐厅、保龄球馆，或者参加狂欢聚会之前，从来不会不问清楚自己，如果他们这时突然袭击我，我他妈的该怎么离开这儿？这花去了我们整整一代人的时间，但是我们吸取了该死的教训。他们告诉你们，‘学校关了。不用再去上课了’。然后你们这些傻瓜就信了。想想吧，如果该死的暴风突击队现在正敲你的门，你会怎么做？你的脱身战略是什么？”

有人在敲门。是一个刚刚吞下最后一口预制辣吞拿鱼卷的法院工作人员。她很奇怪我为什么把一条腿悬在窗外。而弗雷德只是摇了摇头。我往下面看了一眼。就算摔下三层楼没给摔死，我也会被俗不可耐的大理石天井整得很惨。那是三十英尺见方的夸张的殖民风格建筑，被狮头雕像、竹竿、红兰花和带着泥沙的喷泉环绕。说到我们的出口，弗雷德指了指盆栽植物后面一个仅容霍比特人通过的侧门，它可能通向应许之地。

我再次进入法庭，发现一个脸色异常苍白的白人男孩坐在我的座位上。看起来就像他一直等到球赛第四节，从上层看台溜下来，悄悄绕过引座员，坐在某个因怕堵车而提前退场的球迷空出来的场边座位上。让我想起了一个黑人单口喜剧段子，几个白人回来发现"黑鬼占了他们的座位"，他们抽签决定由谁来开口请他们离开。

"你坐了我的位子，小子。"

"嘿，我正想告诉你，我感觉似乎我的合宪性也在接受审判。你的啦啦队好像没多少人啊。"他挥舞着看不见的花球。**瑞卡一若卡！瑞卡一若卡！姐妹们！嘭！呸！**

"感谢支持。我非常需要。但是请往旁边挪一个位置。"

大法官们回到法庭。没有人提到我刚刚找到的队友。这是难熬的一天。眼袋爬上了他们的面庞。他们的法袍起了皱褶，失了光泽。事实上，黑人大法官的衣服上似乎还沾上了烤肉酱。法庭里只有两个人看上去精神饱满，就是秉持杰弗逊主义的首席大法官和极品律师汉普顿·菲斯克，两人的头发纹丝不乱，没有表现出一丁点儿疲惫的迹象。不过，汉普顿在换装方面更胜首席大法官一筹。他现在穿着一套喇叭裤脚、紧包那儿、花里胡哨的黄绿色连体衣，看上去很好斗。他把洪堡软毡帽、披风和象牙柄手杖放在一边，调整了一下自己的肿胀之处，然后站在一旁，首席大法官有事要宣布。

“我知道,这是非常辛苦的一天。我知道,在我们的文化里,‘种族’是尤其难以谈论的话题，因此我们认为有必要延迟……”

我旁边的白人孩子捂着嘴用咳嗽发出了《动物屋》式的“胡扯”。我轻声问这个鬼家伙尊姓大名，因为你理应了解是谁和你在一个战壕里并肩战斗。

“亚当·Y___。”

“伙计。”

我虽然嗨到天际，但还不至于嗨得不知道种族之所以是一个难以“谈论”的话题，是因为它难以谈论。虐童现象日益普遍，在这个国家同样是难以谈论的，但你从来不会听到有人抱怨这一点。他们直接避而不谈。你最近一次就两厢情愿的乱伦之乐所进行的平静而慎重的对话是在什么时候？有时事情就是那么难以启齿,但实际上我认为,国家在谈论种族方面做得不错,当人们说“为什么我们不能更诚实地谈谈种族问题”时，他们真正要表达的意思是“为什么你们老黑不能理智一点儿”,或者“去你的,白小子。如果种族真的那么容易谈论，如果我真的说了我想说的话，我会比你本来打算炒我鱿鱼的时间还要早被炒掉”。说到种族,我们指的是“黑鬼”,因为无论持何种信仰,似乎没有人觉得就印第安人、拉美裔、亚裔以及美国的最新种族——名人，说些信手拈来的废话有什么难度。

黑人甚至都不谈种族这事。没有什么再被归因于肤色了。肤色是所有“减轻刑罚的情节”。能够怀着见识和勇气讨论“种族”的只有那些喜欢将肯尼迪家族和摩城唱片浪漫化的大嗓门中年白种男人，那些博览群书、心胸开阔的白人孩子，比如我旁边穿着扎染的波巴·菲特T恤的孩子，底特律的自由投稿记者，还有美国“蛰居族”，坐在自家地下室猛敲键盘，针对网上永不停息的种族主义评论写下谨慎而深思熟虑的回应。所以，谢天谢地，我们有微软全国广播公司、里克·鲁宾、《大西洋月刊》的那个黑小子、布朗大学，[3]以及来自上西区的美丽大法官，她很酷地靠近麦克风，终于提出了第一个有意义的问题：“我认为我们在这里制造了一个法律困境，即一个违反民权法律的行为，其后果却正与上述法律旨在推进但尚未取得的成就相同，该行为是否在事实上侵犯了民事权利？我们绝不应该忘记的是，‘隔离但平等’原则被推翻，不是出于任何道德理据，而是基于法院认为隔离是永远不可能平等的。至少，本案启发我们不要问自己隔离但事实上平等如何，而要问自己，如果‘隔离且不完全平等，但是比以前任何时候都无限改善’呢？米诉美利坚合众国一案，要求我们进行更为根本的检视：当我们说‘隔离’‘平等’‘黑人’时，我们在说什么。那么，让我们从本质着手——当我们说‘黑人’时，我们究竟在说什么？”

除了拒绝让70年代的时尚消亡之外，汉普顿·菲斯克此人最棒的一点就是，他总是时刻做好准备。他理理像大帐篷门一样贴在胸前的两片翻领，清了清嗓子，故意摆出一副他知道他会让一些人紧张的姿势。而他希望听众会紧张，因为一般情况下，这就意味着他们会全神贯注。

“那么，黑人性是什么，大法官阁下？这是一个好问题。不朽的法国作家让·热内在被一位演员要求写一部全黑人卡司的戏剧时，也问了同样的问题，他想的不仅仅是‘黑人到底是什么？’这个问题，他还加了一句甚至更为根本的质询，‘首先，他是什么肤色？’”

汉普顿的法律团队拉了下绳，窗帘从窗户上垂落下来，他走向电灯开关，让整个法庭变得漆黑一片。“除了热内，许多说唱歌手和黑人思想家也加入了讨论。早期一个名为青春黑少年的、装腔作势的白人说唱五人组声称‘黑人性是一种思想状态’。我当事人的父亲，令人敬重的非裔美国心理学家F. K. 米（愿这个天才的家伙安息）曾假设黑人身份是分阶段形成的。在他的‘精粹黑人性’理论中，第一阶段是新黑人。这时的黑人处于一种前意识状态。就像许多孩子对彻底的黑暗——我们此刻正沉浸于其中——有所恐惧一样，新黑人害怕自己的黑人性。一种无穷无尽、无法逃脱的黑人性。”汉普顿打了个响指，一张巨幅的迈克尔·乔丹耐克广告图片被投影到法庭的四面墙上，但它很快又被接下来的一张科林·鲍威尔在联合国大会上分享铀黄饼成分的照片所代替，过一会儿又是呈现对伊拉克家常便饭般的入侵，还有康多莉扎·赖斯龇着大牙缝满嘴谎话的图片。这些非裔美国人可以证明汉普顿的观点。他们是自我仇恨如何迫使一个人看重被主流接纳胜过看重自尊和道德的范例。库珀·古丁、电视真人秀《真实世界》里的科洛尔，还有摩根·弗里曼的形象也都飞快地掠过。汉普顿一一列举这些久已被人遗忘的流行偶像，暴露了自己的落伍，但他继续发表宣言："他或她想成为黑人以外的任何人。他们饱受可悲的低自尊和极度干裂的皮肤的折磨。"[4]一张黑人大法官对准球洞来一个十英尺直击球洞的图片在四壁展开。这引得所有人开怀大笑，包括黑人大法官自己。"第一阶段的黑人看《老友记》的重播时，完全没有意识到以下事实：每当电视上情景喜剧里的白人男性和黑人女性约会，他总是这群人里边最不好看的那个，渴望从姐妹那儿得到爱。他们是特特尔们，斯克里奇们，大卫·休默们，乔治·科斯坦萨们……"

首席大法官小心翼翼地举起手。

"对不起，菲斯克先生，我有一个问题……"

"这会儿可不行，去你的——我正在兴头上呢！"

我也一样。我拿出了我的卷烟器，在黑暗中竭尽所能地把湿润的产品放进去。他们可以判我藐视，藐视[5]一切。我不需要任何人告诉我，第二阶段的黑人性是什么。那就是"真正的黑人"。这破玩意儿我早就懂了。自从我年龄大到可以玩《找不同》[6]的时候，它就深深地钻进我的头脑里了，我父亲让我在洛杉矶湖人队的照片里指出那个象征性的白人成员。马克·兰斯伯格，在我需要你的时候，你躲在哪里？“第二阶段黑人性的最显著特征，就是种族意识的提高。此时，种族仍然是耗时耗力的议题，但表现方式更为正面。黑人性成为一个人的经验性和概念性框架中的必要组成部分。黑人性被理想化，白人性被痛斥。情感各种各样，从苦涩、愤怒、自我毁灭到亲黑亢奋和黑人至上思想的浪潮……”为避免被察觉，我躲到桌子下面，但是大麻烟卷点得完全不对头。我根本没法吸进嘴。我就在这刚发现的藏身之处，拼命地让烟卷保持点燃的状态，一边从奇怪的角度看福伊·切希尔、杰西·杰克逊、索杰纳·特鲁斯、莫姆斯·马布利、金·卡戴珊和我父亲的照片。[7]我从来都无法逃离父亲。他是对的，根本没有“闭合”这回事。可能是烟卷太湿了，没法好好燃烧。可能是我卷得太紧了。可能是我手里根本没有什么烟卷，我只是太嗨了，刚才那五分钟我只是抱着手指在拼命吸。“第三阶段黑人性是种族先验论。一种反抗压迫、寻求安宁的集体意识。”去他的，我要出去。我得出去。我决定悄悄溜出去，不给汉普顿丢人，他像正义捍卫者那样为这个没完没了的案子战斗。“第三阶段的黑人是罗莎·帕克斯、哈莉特·塔布曼、坐牛、凯萨·查韦斯、铃木一朗这类人。”[8]我在黑暗中捂住自己的脸，我的侧影就像李小龙在《龙争虎斗》里准备狠狠教训别人时的样子。多亏了法庭画家弗雷德，我有逃离方案，可以在一片黑暗中找到路。“第三阶段的黑人，就是你左边的女人，你右边的男人。他们相信美本身就有价值。”

华盛顿哥伦比亚特区像大多数城市一样，在夜色中更为动人。当我坐在最高法院的台阶上，用易拉罐作烟管，凝视如购物中心一样灯火通明的白宫，我努力想搞明白我们国家的首都到底在什么方面如此与众不同。

从百事可乐铝罐里吸到的大麻虽然不能说有多棒，但还凑合。我把烟吐到空气中。那边应该谈到第四阶段的黑人性了，绝对的黑人性。我不太确定绝对的黑人性是什么，但不管是什么，它可不怎么讨喜。从表面上看，绝对的黑人性无意于成功。它是唐纳德·高因斯、切斯特·海姆斯、艾比·林肯、马库斯·加维、艾菲·伍达德，[9]还有那位严肃的黑人演员。它是蒂帕里罗雪茄、粉肠和狱中一夜。它是交叉运球，是在室外穿拖鞋。是“鉴于”和“那类事”。是我们漂亮的手、我们难看的脚。绝对的黑人性就是毫不在乎。克拉伦斯·库珀、查理·帕克、理查德·普赖尔、玛雅·戴伦、桑·拉、沟口健二、弗里达·卡罗、拍黑白电影的戈达尔、席琳、巩俐、戴维·哈蒙斯、比约克，以及各种排列组合的武当帮。绝对的黑人性是冒充虚构作品的论文。它意识到世事无绝对，除非它们已然存在。它认可，矛盾不是原罪也不是罪行，而是人类的弱点，正如发梢分叉和放任自由主义。绝对的黑人性就是逐渐认识到，尽管糟糕透顶，也意义寥寥，但有时，正是虚无主义让人生值得一过。

坐在最高法院的台阶上吸着大麻烟，在“法律面前人人平等”[10]的箴言之下仰望星空，我终于明白哥伦比亚特区的问题所在。在这里，因为所有的建筑都差不多一个高度，所以根本看不到天际线，只有华盛顿纪念碑直指夜空，如同一根巨大的中指伸向世界。

二十五

好笑的是，我的欢迎回家主题派对也有可能成为我的欢送入狱派对，全看联邦最高法院怎么判决，于是挂在厨房过道里的横幅上干脆写着“**合宪或是入监——等候宣判**”。玛耳珀萨把聚会控制在很小的范围，仅限朋友和隔壁的洛佩兹一家参加。大家聚在我的陋室里，看失而复得的《小捣蛋》，围坐在霍米尼身边，他是此刻真正的焦点人物。

福伊原本被控企图谋杀，因其暂时性精神错乱而被判定无罪，但我确实打赢了和他之间的民事官司。事情是什么样，往往不像事情不是什么样那么显而易见。不过就和大多数美国名人那样，福伊·切希尔传说中的财富也只是——传说而已。而在他卖车交了律师费之后，他仅有的真正值钱的东西正是我唯一想要的——《小捣蛋》的胶片。我备好了西瓜、金酒、柠檬水，还有一台十六毫米胶片放映机，打算就着“是，老板”式的老式种族主义，度过一个愉快的颗粒感黑白胶片之夜，这样的种族主义在《一个国家的诞生》和如今在ESPN[1]上播放的任何东西出现后就消失不见了。两个小时过去了，我们都不理解福伊为何如此大费周章藏着这些胶片。尽管霍米尼对自己的银幕形象如痴如醉，但这无价珍藏里大部分都是未放映过的米高梅《小帮派》的片子。到了40年代中期，电视剧早就死气沉沉、新意全无了，而这些短片尤其糟糕。晚期的《小帮派》保留了原班人马：阿蛙、米奇、巴克韦、鲜为人知的珍妮特，当然还有跑各种龙套的霍米尼。这些战后短片都特别严肃。在《完美纳粹》那集中，他们发现了一个伪装成儿科医生的德国战争犯。琼斯医生的种族主义出卖了他自己，发烧的霍米尼到他那儿去看病，迎来的是一句嘲讽——“看来我们在战争中没把你们都干掉。服下这些砷片，我们看看效果，好吗？”在《与世隔绝的蝴蝶》中，霍米尼难得当了回主角。他在树林里沉睡了很长时间，一只帝王斑蝶在他乱糟糟的头发里结了个茧，他吓坏了，脱掉他的草帽给克拉伯特里小姐看。她兴奋地大声说他有个“蝶蛹”，那些总是过度好奇的小捣蛋们在一旁误听成了“梅毒”，就想把他送到“红‘蹬’区”隔离起来。不过片子里还是隐藏了一些宝贝的。为了挽回一蹶不振的业务，工作室还制作了一些由《小帮派》原班成员重新演绎的缩减版剧场片断。世人没有看到巴克韦在《琼斯皇帝》里演布鲁图斯·琼斯和阿蛙演坏心眼儿的史密瑟斯，真是太可惜了。达拉重返剧组，特别出色地扮演了任性的“安提戈涅”。阿发发在克利福德·奥德兹的《失乐园》里全情投入地扮演了陷于困境的利奥的角色。但总的来说，福伊所保留的档案中没有什么东西能说明他为何要如此费尽心机让这些作品与世隔绝。种族主义和往日一样猖獗，但也不会比去亚利桑那州议会一日游恶毒多少。

“还剩多少，霍米尼？”

“大概十五分钟，主人。”

在屏幕上，“老黑在柴堆中——镜头1”的字样从一捆谷仓木柴上闪了过去。两三秒钟过去了。砰的一声，一个黑人小毛头跳出来，面露活力四射的笑容。“这就是黑人！”他说完就眨眨他小海豹一样可爱的大眼睛。

“霍米尼，那是你吗？”

“我也希望是啊，那个男孩很有天分！”

突然，你能听到导演在镜头之外喊叫，“我们的木头够多了，但我们需要更多黑鬼。快点，福伊，这次要搞定。我知道你只有五岁，但是快点把这场戏给我弄黑。”镜头2也同样好看，不过接下来便是一个低成本的电影短片《石油大亨！》，演员包括巴克韦、霍米尼和《小捣蛋》里一个不知名的演员，还有一个在演职员表里写作“小福伊·切希尔，又名‘黑人’”的可爱小孩，这一集风靡一时，据我所知也是《小帮派》系列的收官之作。

“我记得这一集！哦，我的天哪！我记得这一集！”

“霍米尼，别跳来跳去的。你挡着我了。”

在《石油大亨！》中，我们看到，小捣蛋们在后巷和一个坐着由私人司机驾驶的车赶来、戴顶“十加仑”牛仔帽的瘦高牛仔秘密会面之后，在格林维尔的零犯罪大街上拼命推一辆满载现金的独轮车。阔起来的黑鬼三人组成天戴着礼帽，穿着燕尾服，用无限量供应的电影和糖果盛情款待一个越来越可疑的帮派。他们甚至还给穷鬼米奇买了一套他在体育用品店橱窗前艳羡已久的、昂贵的接球手装备。帮派对巴克韦关于暴富的解释——“我找到了四叶草，赢了爱尔兰乐透”——并不满意，他们抛出一系列说法。孩子们在赌博，赌马。哈蒂·麦克丹尼尔去世前把所有的钱都留给了他们。后来帮派威胁巴克韦，要是他不说出钱是从哪里来的，就把他开除。“我们在开采石油！”帮派仍然满腹狐疑，也找不到一个井架，他们跟着霍米尼到了一个隐秘的库房，在那儿他们发现丧心病狂的黑恶棍们让黑鬼镇所有的孩子挂上输液吊瓶，五分钱一品脱，用原油加黑油来装满石油罐。在结尾，穿着纸尿裤的福伊转身在摄影机前做着“黑人！”的鬼脸，然后画面在《小帮派》的主题音乐中仁慈地淡出。

最后，金哥儿打破了沉默。“现在我知道傻瓜福伊为什么会发疯了。如果让我遇到了这样的操蛋事儿，我也会疯掉的。我会一辈子拿枪打那些混蛋，不问理由。”

史蒂维，一个像自由市场看不见的手那样残忍、像患了阿斯伯格综合征的瓦肯人那样无情的黑帮硬汉，此时却任由一大滴泪顺着一边的脸颊往下淌。他冲着霍米尼举起一罐啤酒，还说了句祝酒词。“我不太确定自己想表达什么，不过，我要说‘敬霍米尼。你是个比我棒的男人’。我发誓，奥斯卡应该给这位黑人演员发个终身成就奖，因为你们太不容易了。”

“现在也一样。”帕纳什说，我竟然没发现他也在，我估计他是在《嘻哈警探》片场拍了一整天之后赶回来的。“我明白霍米尼经历了些什么。我也碰到过导演们对我说，‘我们需要有更多的黑人在镜头里。你能让它黑起来吗？’然后你说，‘去你的，你这种族主义混蛋！’而他们会说，‘就是这样，别丢了这种劲头！’”

内斯特·洛佩兹猛地站起来，摇晃了一会儿，估计是伏特加和大麻上头了。“至少你们还有在好莱坞打拼的经历。我们有什么？飞毛腿冈萨雷斯，头上顶香蕉的女人，‘我们不需要徽章！我没必要给你看任何发臭的徽章！’[2]还有一些监狱电影！”

“不过确实是一些很棒的监狱电影啊，老兄！”

“至少还有几个黑人小捣蛋。该死的西班牙辣味香肠或者亚洲小白菜在哪里？”

虽然内斯特关于没有辣味香肠的事说得在理，但我只字未提辛·乔伊和爱德华·苏·胡这两个亚裔小捣蛋，他们虽然绝对称不上明星，但比那些被工作室推到镜头前的流鼻涕的淘气鬼有更多戏份。我奔到谷仓去看我新买的瑞典绵羊，我的宝贝儿罗斯拉格[3]挤在柿子树下，这是它们在贫民区度过的第一晚，它们害怕山羊和猪会来欺负自己。其中一只羊羔是不纯的白色，另一只则是斑驳的浅灰色。它们在发抖。我把两只都拥在怀里，亲了亲它们的鼻子。

霍米尼站在我身后，我都没注意到，然后他竟然有样学样，用他干裂的深栗色嘴唇对准我的嘴亲了一下。

“这是搞什么鬼，霍米尼？”

“我要辞职。”

“辞什么职？”

“当奴隶。我们明天讨论赔偿事宜。”

绵羊仍在害怕地发抖。“瓦拉莫迪格。”[4]我在它们微微颤抖的耳朵旁低语。我不知道这是什么意思，但手册上说，在第一周，每天要把这句话对它们至少说上三次。我不该买下它们，但它们正濒临灭绝，一个畜牧学专业的老教授在新闻上看到我，认为我会是一个不错的看护者。我也很害怕。我要是进了监狱该怎么办？到时谁来照顾它们？如果我违反第一、第十三和第十四修正案的罪名不成立的话，据说他们还有可能以种族隔离的指控把案子拿到国际刑事法院去审判。他们从未以种族隔离为由起诉过任何南非人，却要逮捕我？一个人畜无害的美国中南部非裔美国人？阿曼达阿威胡！[5]

“你在外面完事了就进屋吧。”玛耳珀萨在卧室里叫道。

她的声音里有一种催促的意味。我知道她的意思是现在就进去。我打算回头再用奶瓶给小羊喂奶。电视上正在播《目击者新闻》。我这五年来的女朋友趴在床上，用手托着她漂亮的脑袋，看着梳妆台上面的电视里播放天气预报。卡里斯玛坐在她身旁。卡里斯玛头倚在床头板上，穿着长袜的脚交叉着放在玛耳珀萨的屁股上。我发现床垫上已经没有什么空间了，就爬进了我梦寐以求的三人世界。

“玛耳珀萨，我要是入狱了可怎么办？”

“闭嘴，好好看你的电视。”

“在法庭上，汉普顿有一点说得很好，他说，如果对霍米尼的‘奴役’等同于虐待人类，那么美国这个大公司最好准备好迎接几代无偿实习生发起的超大规模的集体诉讼。”

“你能别说话了吗？你要错过了。”

“但是，如果我入狱了呢？”

“那我就只好另寻一个黑鬼来做无趣的性爱。”

参加派对的其他人挤在卧室门边，往里张望。玛耳珀萨向背后伸出手，抓住我的下巴，把我的脑袋掰向屏幕。“快看。”

天气预报员尚塔尔·马丁利正挥手指向洛杉矶盆地。天气炎热。**从南方流入一股湿气。对圣克拉丽塔谷和文图拉县的内谷地区来说，高温警报依然生效。对其他地区来说，是常规的季节温度，到午夜时会转凉。多数情况下，从圣巴巴拉至奥兰治县的海岸沿**

线乃至更为温暖的内陆，天空晴朗，或多云，气温温和或适度［甭管这是什么意思］。**现在是各地天气预报。目前直至深夜不会出现太大的天气变化**。我一直喜欢天气图。3D效果的海岸地形图随着预报向南方和内陆的移动而旋转变化。色彩随山脉和平原的高低而渐变，它们总让我看得津津有味。**目前各地气温为……**

> 棕榈谷103°/ 88°……奥克斯纳德77°/ 70°……圣克拉丽塔108°/ 107°……千橡市77°/ 69°……圣莫尼卡79°/ 66°……凡奈斯105°/ 82°……格兰岱尔95°/ 79°……狄更斯88°/ 74°……长滩82°/ 75°……

"等等，刚才是在说狄更斯吗？"

玛耳珀萨笑得很狂野。我侧身从兄弟们还有玛耳珀萨的孩子们（我绝不会说出他们的名字）身边挤了出去。我跑到门外。挂在后门廊的青蛙温度计显示的正是华氏八十八度。我无法停止哭泣。狄更斯又回到地图上了。

二十六

一天晚上，那天是我父亲去世的周年忌日，玛耳珀萨和我开车去东东甜甜圈店，参加开放麦克之夜。我们坐在老位子上，在距舞台远而离洗手间和灭火器倒是很近的那一侧，沐浴在“安全出口”标志迷离的红色灯光下。我确定了其他几个安全出口的位置，指给她看，以防万一。

“以防什么万一？是怕某个神奇的人真讲了一个好笑的故事，而我们得跑出去，挖开理查德·普赖尔和戴夫·查普尔的坟墓，确认他们的尸体还埋在该死的地底下，而不是赶上了黑人复活节？现在这些该死的微型黑人喜剧演员真让我他妈的受不了。这就是为什么这儿出不了黑人乔纳森·温特斯、约翰·坎迪、W. C. 菲尔兹、约翰·贝鲁西、杰基·葛里森和罗珊妮·巴尔，[1]因为一个真正搞笑的大块头黑人会把美国吓得屁滚尿流。”

“现在也没多少大块头的白人喜剧明星了。还有，戴夫·查普尔并没有死。”

“关于戴夫，你只是相信你想要相信的罢了。那个黑鬼死了。他们不得不杀了他。”

俱乐部里的一个人确实曾逗笑过我一次。那天，当新任主持人，一个矮胖黑人，跳上舞台的时候，我父亲和我坐在一起。那人的肤色就跟欠了电费账单的房子一样漆黑，整个人看上去如一只发狂的牛蛙。他的眼睛拼命地从脑袋上突出来，像是要挣脱头脑内部的精神狂魔。现在回想起来，他确实很胖。我们坐在老地方。通常来说，除非是我老爸登台，我就埋头看我的书，对那些荤段子和白人黑人的笑料充耳不闻，就当它们是躲不掉的背景噪声。但这个人蛙一开口就让我笑出眼泪。“你妈妈接受社会救济太长时间，”他大声说道，随意地握着银色的麦克风，就像他根本不需要它，只是因为有人在后台塞给他而已，“你妈妈接受社会救济太长时间了，她的脸就印在食品券上。”能让我放下《第二十二条军规》的人，一定是特别搞笑的。自那之后，都是我拽着老爸去开放麦克之夜。如果我们想坐在平时的位子上，我们就必须越来越早地赶到那儿，因为洛杉矶黑人社区里已经传遍了，有个搞笑的混蛋在主持开放麦克之夜。甜甜圈店从晚上八点开始就会充斥着黑人的捧腹大笑，到现在依然如此。

这个自带流量的宫廷小丑可不只是讲笑话；他会挖掘出你的潜意识，用它击打你的愚蠢，不是打到你认不出来，而是打到你能被认出来。有天晚上，在“开门”两小时后，一对白人夫妇走进俱乐部，他们坐在前排中央，加入了轻浮无聊的队列。他们有时笑得特别大声，有时小声窃笑，仿佛他们这辈子一直是黑人。我不知道是什么吸引了喜剧演员的注意力，他那完美的球形脑袋上沁满了在观众席照明灯照射之下产生的汗珠。也许他们笑得有点太大声了。在该嘻嘻笑的时候他们哈哈笑了。也许他们离舞台太近了。也许如果白人感觉没必要坐在前排，这事儿根本就不会发生。“你们白人他妈的到底在笑什么？”他喊道。观众席传来更多笑声。那对白人的声音最响。他们拍着桌子，很高兴被注意到了，很高兴被接纳了。“我可不是在开玩笑！你们这些不请自来的混账东西到底在笑什么？快滚出去！”

紧张的笑可一点都不搞笑。房间里响起了尴尬的笑声，伴着走走停停、起起伏伏的粗劣早午餐爵士乐。黑哥们儿和围圆桌而坐的拉丁裔兄弟们进城欢度夜晚，他们知道什么时候应该止住笑。这一对儿可不知道。我们其他人都默默嘬了口罐装啤酒和汽水，打算冷眼旁观。只有他们在孤零零地笑，因为这一定是演出的一部分，不是吗？

“难道我看起来是在跟你们开玩笑吗？这玩意儿不是给你们看的。懂吗？现在快滚出去！这是我们的东西！”

笑声停了。只有恳求援助却未得到回应的表情，然后是轻轻地将两把椅子往桌子后边拖的声音，尽可能地小声。一阵12月的冷风，街上的声音。夜班经理在他们身后关上门，几乎没有留下一点白人曾来过的证据，除了没动过的两杯饮料、三个甜甜圈，这是最低消费。

“我他妈的到底讲到哪儿了，在我被粗暴地打断之前？哦，对，你老妈，那个秃头……”

每当我回想那个晚上，黑人喜剧演员把一对白人夫妇赶到夜色中去，他们夹着尾巴和假想的历史离开，我不会考虑对错。不会，当我的思绪回到那个夜晚时，我想到的是我自己的沉默。沉默意味着抗议或同意，但更多的时候，它意味着恐惧。我猜这就是为什么我如此沉静，能成为这么好的劝语者、黑鬼以及别的什么角色。就是因为我总是感到害怕。害怕我可能会说出的话。害怕我可能会做出、必须守住的诺言和威胁。这就是我喜欢那个人的原因，虽然当他说“滚出去，这是我们的东西”时，我并不认同。但我佩服他满不在乎的样子。我真希望当时自己不那么害怕，希望自己有胆量站起来抗议。不是去谴责他的所作所为，或者为白人的遭遇伸张正义。毕竟，他们可以自己站起来，招来当权者或他们的上帝，重重回击在场的每个人。但我希望我当时能够站起来，直面那个男人，问他一个问题：“那么，到底什么才是**我们的东西**？”

闭　合

我记得那位黑人老兄宣誓就职的第二天，福伊·切希尔一副神气活现的样子，开着他的跑车在城里兜风，拼命按喇叭，挥舞美国国旗。他并不是唯一一个庆祝的人，整个街区虽然不像O. J.辛普森被判无罪，或者2002年湖人队夺冠时那么兴高采烈，但也差不多。福伊开车路过我家时，我碰巧正坐在前院剥玉米。“你为什么挥国旗？”我问他，“为什么是现在？我以前从来没见你挥过。”他说他感到这个国家，美利坚合众国，终于还清了它的债。“那么印第安人呢？还有中国人、日本人、墨西哥人、穷人、森林、水、空气、他妈的加利福尼亚秃鹫呢？他们什么时候收账？”我问他。

他只是冲我摇摇头，说了些什么我父亲一定会为我羞愧，我永远不会明白之类的话。他说得没错。我永远不会明白。

致　谢

感谢莎拉·查尔方特、吉恩·奥和科林·迪克曼。

特别感谢凯米·伊尔桑米和创意之都。没有你们的信任和支持，本书难以完成。

热情拥抱洛·艾塞科夫、希拉·马尔多纳多和莉迪娅·奥福德。

多谢我的家人：妈妈、安娜、莎朗和安卡。爱你们。

深深的敬意、感激献给小威廉·E.克罗斯，灵感也来源于他，感谢他在黑人身份认同发展这一领域所做的开创性工作，尤其是他发表于《黑色世界》第二十卷（1971年7月）的论文《从黑鬼到黑人的转化体验》，我在研究生时代拜读过，受益至今。

译　注

序篇

1. 在这里，狮子当是指“犹大的狮子”，意即耶稣，见《圣经·启示录》5∶5：“不要哭！看哪，犹大支派中的狮子，大卫的根，他已得胜”；而此处的犹太人当是指犹大，即出卖耶稣的门徒。
2. 1925年，田纳西州教师斯科普斯因为在课堂上讲授达尔文进化论，触犯《巴特勒法案》而遭到审判。该案影响深远，通常被称为“斯科普斯猴子审判”。
3. 1931年，九名黑人男孩乘坐敞篷货车穿越亚拉巴马州乡村时因斗殴被捕，随后被控强奸了同车的两名白人女孩。九人中有八人被草率定罪，判处死刑。因事发地为斯科茨伯勒，九人被称为“斯科茨伯勒男孩”。该案是美国历史上最著名的民权案件之一。
4. 德雷德·斯科特（1799—1858），美国黑人奴隶，以德雷德·斯科特诉桑德福案闻名于世。他诉称自己及妻女因曾居住于自由州，故应获得自由。1857年，联邦最高法院判决黑人不能成为美国公民，国会无权限制奴隶制。该案的判决成为美国内战的导火索。
5. 1892年的普莱西诉弗格森案是美国历史上的一个标志性案件，对此案的裁决标志着“隔离但平等”原则的确立。

6. 原文为德语，以这句话为内容的铁铸标志悬挂在纳粹建造的奥斯维辛集中营的大门上。
7. 原文为法语。
8. 原文为阿拉伯语。
9. 原文为日语。
10. “保卫市民，服务市民”，洛杉矶警察局的口号。
11. 原文为意大利语。
12. 西班牙语，意为“就是这样”。
13. 合众为一，原文为拉丁语“E pluribus unum”，是美国国徽上的格言。本段引号内的词句及上一段的“种瓜得瓜，种豆得豆”，原文均为拉丁语。
14. 天使粉，一种迷幻药，与冰毒成分类似。
15. 汉普，汉普顿的昵称。
16. 800号码，被叫集中付费业务。
17. 拉斯特斯，以前对黑人的贬损性称呼。
18. 每年2月是美国的黑人历史月，旨在纪念美国公民为摆脱奴役所进行的奋斗，赞颂黑人为美国历史文化做出的贡献。
19. 美国联邦最高法院的大法官是终身任职的。
20. 潘格洛斯，伏尔泰讽刺小说《天真汉》中的人物。

你铲起的屎

一

1. 斯金纳箱，美国心理学家伯尔赫斯·弗雷德里克·斯金纳为研究条件反射而设计的一种实验装置。

2. 安娜·弗洛伊德（1895—1982），著名心理学家西格蒙德·弗洛伊德的小女儿。
3. 尼尔·杨，生于1945年，加拿大摇滚歌手、制作人、导演、编剧。
4. 吉特巴，又名水兵舞，一种伴着爵士音乐跳的快速四步舞。
5. 不会动，原文为inaction，一语双关，也可以理解为“参与（平权）运动”。
6. ABD本是All But Dissertation的缩写，意为除毕业论文之外全部程序都已走完的“准博士”。此处在老爸口中则成为“all but defeated”。
7. 卡尔·“基洛·G.”加菲尔德（1977—1997），美国说唱歌手，1997年在位于新奥尔良的家中被枪杀。
8. 这首诗模仿了丁尼生的著名诗作《轻骑兵进击》。
9. 老英吉利八百，美国麦芽酒品牌，以四十盎司的大瓶装为主，受黑帮和说唱歌手推崇。

三

1. *r*值是相关系数，其绝对值越大，说明相关性越高。*p*值是用来判断假设检验结果的参数，通常认为*p*值小于0.05时变量有相关性。
2. 此处戏仿乔治·奥威尔《动物农庄》中的“七戒”。
3. 小子和牛仔的原文为西班牙语。
4. 无限多，原文为拉丁语。

四

1. 《我相信我能高飞》是美国歌手R.凯利的一首热门歌曲。
2. 瘸帮，美国最大和最暴力的街头帮派之一，1969年成立于帮派文化盛行的洛杉矶，在历史上，成员主要是非裔美国人。瘸帮的标志色是蓝色。

3. “养殖”（husbandry）与“丈夫”（husband）发音相似，所以“动物养殖”（animal husbandry）与“禽兽丈夫”（animal husband）谐音。
4. 乔治·华盛顿·卡佛（1864—1943），美国教育家、农业化学家、植物学家，第一个取得农业硕士学位的黑人，以研究花生而著称。
5. 奇亚草小盆景，流行于美国的一种小型盆景，将奇亚草种在动物或人物造型的陶罐中，几周后可长成类似皮毛或头发的外观。绿色牛仔裤先生，美国儿童电视连续剧《袋鼠船长》中的知名角色，该剧1955年开播，1984年停播。
6. 蒙戈·桑塔马利亚（1917—2003），古巴音乐家，擅长非洲音乐、传统古巴音乐、拉丁爵士等多种曲风。他1963年演绎的赫比·汉考克的《西瓜人》于1998年入选格莱美名人堂。
7. 这句话的原文为西班牙语。

五

1. 这句话的原文为西班牙语，朱利奥·塞萨尔·查韦斯生于1962年，是墨西哥传奇拳击手。
2. 《小捣蛋》（*The Little Rascals*），20世纪20年代至40年代播出的儿童喜剧系列短片，最早由哈尔·罗奇电影工作室拍摄制作。后来系列更名为《小帮派》（*Our Gang*），制作权一度转售给米高梅电影公司。
3. 保丽净，一个护牙产品品牌。
4. 贝特西·罗西旗，美国最早期的国旗，由贝特西·罗西设计。
5. 在这里，作者故意模仿托马斯·潘恩的名言“这是考验人们灵魂的时代”，将“考验”（try）换成了“煎烤”（fry），又将出处安在了一个和独立战争的英雄内森·黑尔（Hale）名字发音相近的海尔（Hail）身上。

6.《牧场是我家》，一首经典民歌，有时被称为美国西部的“非官方国歌”，1947年成为堪萨斯州州歌。

7. 南希·霍多罗夫，生于1944年，美国社会学家、教授，著有《母职的再生产：心理分析与性别社会学》等。在学术上，她深受弗洛伊德和凯伦·霍妮影响。她被视为女性主义思想的领导者，特别是在精神分析和心理学领域。

8. 国际银弦潜水艇乐队是《小捣蛋》中由孩子们组成的临时乐队，所用乐器比较随意。

9.《白人的负担》，英国诗人吉卜林的一首诗。

10. 黑羊，原文为shvartze sheep，shvartze为意第绪语，是对黑人的贬称。

11. “布的吉格爵士”“佐的伯爵士”原文为“Sir Jig of Boo”“Sir Bo of Zo”，作者将“Jigaboo”（对黑人的贬称）和“bozo”（傻瓜）拆开来杜撰的爵位名称。

12. 少年小刀，日本著名独立女子朋克乐队。

13. 大车，柔道的一种脚步技术动作。可可金，日语里“黑”的音译。

14.《阿莫斯和安迪》，美国的一档广播剧，由两名白人创作和配音，后改编为电视剧，起用了黑人演员。

15. 戴夫·查普尔，生于1973年，非裔美国脱口秀表演者、演员、作家和制片人，被称为喜剧天才。

16. 李·斯特拉斯伯格（1901—1982），美国方法派表演理论创始人，演员、导演、教师。他是影响20世纪表演风格的里程碑式人物，其学生包括玛丽莲·梦露、詹姆斯·迪恩、罗伯特·德尼罗、梅丽尔·斯特里普等。他凭借《三个老枪手》获威尼斯电影节最佳男演员，凭借《教父2》提名奥斯卡最佳男配角。

17. 加州《精神卫生法》第5150条规定：任何精神疾病患者危及他人或自己的安全时，可在县指定或官方认可的监护地点接受72小时的治疗与评估。
18. 此处应为作者的玩笑之语。

六

1. 伯班克，位于加州洛杉矶县中部的城市，被称为“世界媒体之都”，美国国家广播公司、华特迪士尼公司、华纳兄弟等许多媒体与娱乐公司的总部或重要部门都设在这里。
2. “绿拇指”（green thumb）是指某人精通园艺和农艺。
3. 图派克（1971—1996），非裔美国说唱歌手、演员，全名图派克·阿玛鲁·夏库尔。图派克提倡自由、平等，作品主题涉及暴力、黑人贫民区、种族主义、社会福利等议题，被公认为有史以来最伟大的说唱歌手之一。
4. 1861年4月12日，美国南方邦联军队向联邦政府军在南卡罗来纳州查尔斯顿港的萨姆特堡要塞展开炮火袭击，打响了美国内战的第一枪。
5. 和洞察者一样，雅阁（accord）、思域（civic）是本田车的品牌名称，其英文分别意为和谐、公民。
6. 奇卡诺，墨西哥裔美国人或在美国讲西班牙语的拉丁美洲人后裔。
7. 《达摩流浪者》是美国作家杰克·凯鲁亚克于1958年出版的作品，小说描写了两位青年进行的禅僧修业式的全国漫游，主人公试图在日常生活中探寻禅理，借此认识自我和世界。

8. 班克斯，生于1974年，英国街头艺术家，他的街头涂鸦作品以黑色幽默著称。
9. 萨卡加维亚，生于1788年，卒于1812年（一说1884年），休休尼族印第安人，美国西部拓荒时期的传奇女性，作为远征队的向导和翻译帮助队员到达太平洋彼岸。
10. 从林、水果城均为黑帮名称。

东东甜甜圈知识人

七

1. 在这里，“聚会”的英文“function”也有功能的意思。
2. 大急流城，密歇根州的一个城市。
3. 奥利奥的黑色巧克力和白色夹心配色使其有了“讨好白人的黑人”的引申义，这类人被认为有着黑皮肤和白人特性，背叛了黑人传统。
4. 廷巴克图，西非马里共和国的一座城市。哈莱姆文艺复兴，20世纪20年代开始的由纽约哈莱姆区的黑人作家发动的文学运动。《匹兹堡信使报》，匹兹堡发行的面向非裔美国人的报纸。
5. “长发姑娘，长发姑娘，放下你的长发”，格林童话《长发公主》中最著名的一段话。
6. 《巴斯克维尔的猎犬》，英国作家柯南·道尔笔下的福尔摩斯侦探故事之一。
7. 保罗·里维尔（1735—1818），美国独立战争时期的著名爱国者，在莱克星顿和康科德战役前连夜飞奔警告殖民地民兵英军即将来袭。

8. 左洛复和来士普均是抗抑郁药物。
9.《虚构和黑人多面手》(*Fiction, Blacktotum*),factotum意为家务总管、杂役,福伊将“fact”换成了“black”,于是就成了“blacktotum”。

八

1. 昆塔·肯特,美国黑人作家亚力克斯·哈利的小说《根》中的主人公,他1750年生于冈比亚,1767年被贩卖至北美为奴。
2. 斯穆兹,麻省理工学院专用的非标准长度单位。

确切的变化,或者禅与乘坐公交车的艺术以及关系修复

九

1. 姬龙雪(1921—1989),法国时尚设计师,黑色达卡即其旗下香水品牌。
2. 艾伦·斯班林(1923—2006),美国金牌电视制作人,曾监制多部大热的经典剧集,极为多产。他的豪宅是洛杉矶最大的单一家庭住宅。
3. 布莱特·伊斯顿·埃利斯,生于1964年,美国作家、剧作家和导演,代表作为《美国杀人魔》。他的标志性技艺是用不动声色的风格表述极端行为和观点。
4. 快闪汉堡,美国西海岸一家地方性的连锁快餐店,总部位于加州尔湾市。
5. 这句话的原文为法语。
6. 贝莱尔,洛杉矶高档住宅区之一。

7. 约翰·韦恩（1907—1979），美国电影演员，曾获奥斯卡最佳男主角奖。
8. 1819年，美国与西班牙签署《亚当斯-奥尼斯条约》，沿着色宾河、红河、阿肯色河以及北纬四十二度线，划定了美国和西班牙殖民地之间的边界，结束了长达近二十年的边界纠纷。
9. 皇家坏蛋殿下，美国歌手普林斯（Prince）的绰号。
10. 格温多林·布鲁克斯（1917—2000），1950年获普利策诗歌奖，成为第一位获此奖项的非裔美国女性。
11. 局部运动，1977年成立于夏威夷的著名冲浪服装品牌。
12. 在荷兰，当局允许在咖啡馆销售用于个人消费的大麻。

十

1. 作者用非裔美国音乐家詹姆斯·布朗（James Brown，brown也指棕色）的名字开玩笑。
2. 西班牙语，意思是老人及残障人士优先就座。与英文标识的不同在于没有提到“白人”。
3. 这里应是指1942年日军偷袭珍珠港之后美国囚禁十一万日裔美国人的事件。
4. 在雪茄店门口放置木雕印第安人立像的传统起源于17世纪的欧洲。当时民众识字率不高，店铺以门口的各种标识物件来区分彼此。因为烟草是由美洲的印第安人传至欧洲的，所以木雕印第安人立像成为烟草店的标识。
5. 麦迪逊大道因广告公司总部云集而成为美国广告业的代名词。
6. 此处戏仿莎士比亚戏剧《亨利四世》中的名句“为王者无安宁”。

城市杂记：间奏

1. 宁静海，1967年7月美国宇航员阿姆斯特朗登月之后为登月基地起的名字。
2. 这三个城市分别位于墨西哥、乌克兰和刚果。
3. 地头老黑，奴隶制时期人们对黑奴的一种贬称，指整日在田间劳作的黑奴。与之相对的是“家用老黑”，指在奴隶主家中干活的黑奴，通常比“地头老黑”有更高的地位和更好的生活条件。

墨西哥人太多了

十一

1. 麦司卡林，一种强致幻剂。
2.《泰山》系列电影中泰山与动物交流的语言，后指白人对其他种族的无礼招呼。20世纪70年代，美国奥克兰的黑人青年常用它来编口号。
3. 四方场地手球游戏，一种儿童球类游戏，四个玩家站在正方形场地的四个格子中，按规则将皮球拍向其他人所在的方格。
4. “真混蛋”的原文为西班牙语。
5. 这段话原文为西班牙语。
6. 美国剧作家尤金·奥尼尔的原著名为《送冰人来了》，这里改写本的“冰”指毒品。前后文中提及的被改编名著分别为斯托夫人的《汤姆叔叔的小屋》、塞林格的《麦田里的守望者》和菲茨杰拉德的《了不起的盖茨比》。

十二

1. 白人大迁移，美国中高产阶层的白人为了避免在废除种族隔离后与有色人种混居，一度纷纷迁往城郊居住。
2. 十趾吊，一种冲浪动作。
3. 约翰·亨利，非裔美国人的一位民间英雄，传说他曾担任“铺铁轨的人”，在建造铁路隧道时，他负责把钢钻打进岩石，打出放置炸药需要的洞。他的故事被写进民歌、喜剧、小说等。
4. 喜剧救济，英国的一个慈善组织，成立于1985年，其理念是让英国的喜剧演员在给公众带来笑声的同时，筹措善款帮助有困难的非洲人民。
5. 爱娃·布劳恩，希特勒的妻子。

十三

1. 瓦肯举手礼，美国科幻影视系列《星际迷航》中瓦肯人互致问候的手势。
2.《波莱罗》，西班牙传统舞曲。1928年，法国作曲家莫里斯·拉威尔从《波莱罗》取材，创作了《波莱罗舞曲》。
3. “啄木鸟”在俚语中指美国南方穷困的白人男性。
4. 卡斯帕罗夫，俄罗斯国际象棋大师。
5. 鲍比·费舍尔，美国国际象棋大师。
6. 伊莱·惠特尼，美国发明家、机械工程师和机械制造商，轧棉机的发明者。

十四

1.《脱线家族》是一部颇受欢迎的美国情景剧。

十五

1. 这句话的原文为西班牙语。
2. 磁石学校，无学区入学条件限制，以特色课程、教学内容和方法吸引学生的学校。
3. “我们走吧”，原文为西班牙语。
4. 此处后一个“就是这样”的原文为拉丁语。

苹果和橘子

十七

1. 图坦卡蒙，古埃及新王国时期第十八王朝法老。
2. 开放麦克之夜，一种脱口秀形式，在酒吧、咖啡馆、喜剧俱乐部等场所举行，是由新人表演的脱口秀，强调即兴、观众参与。
3. 阿伯特和科斯特洛，美国20世纪四五十年代的著名脱口秀搭档，下文提到的《谁在一垒》即为他们的代表作。
4. 罗西音乐，主唱兼主词曲作家布莱恩·费瑞和贝斯手格拉罕·辛普森于1970年创立的英国摇滚乐团，1972年发行首张专辑《罗西音乐》，在20世纪70年代风行于欧洲和澳洲。罗西音乐开创了华丽摇滚更多复杂的音乐元素，显著影响了早期的英国朋克音乐，2019年入选摇滚名人堂。

5. 美好冬季乐队（Bon Iver），美国独立民谣歌手兼作曲家贾斯汀·弗农创立于2006年的民谣乐队。Bon Iver取自法文bon hiver的谐音，意思是美好的冬天，这个名字也暗合了其静谧、寒冷而哀伤的音乐基调。

十八

1. 混蛋，原文为德语。
2. 班图斯坦，又称班图家园、黑人家园等，是为南非以及西南非洲（今纳米比亚）的黑人居民留出的领土。
3. 麦金托什，苹果的一个品种，下文多处提到苹果各品种，不再一一说明。

十九

1. 翡翠岛，爱尔兰的别称。
2. WME，通常指美国顶级经纪公司威廉·莫里斯奋进娱乐公司，在这里是Weapon of Mass Education（大规模教育性武器）的缩写。
3. 这三人是比尔·科斯比、科林·鲍威尔和康多莉扎·赖斯。
4. 这句话的原文为俄语。
5. 出自美国嘻哈乐队不良习惯的《如果你想要些什么》。
6. 这句话的原文为拉丁语。
7. 1898年，在美国与西班牙的马尼拉湾战役中，美国将军杜威对“奥林匹亚号”舰长格里德利说了这句名言。
8. N.W.A，来自美国洛杉矶的嘻哈团体，活跃于1986—1991年，匪帮说唱最早、最重要的推手，被公认是嘻哈史上最伟大且最有影响力的团体之一。N.W.A的歌词屡受争议，被认为不尊重女性，以及美化毒品和犯罪。他们也经常通过音乐控诉种族歧视和警方过度执法。2016年入选摇滚名人堂。

二十

1. 伊戈尔，俄罗斯史诗《伊戈尔远征记》中的勇士。
2. 他们都是20世纪美国踢踏舞表演的代表人物。尼古拉斯兄弟，舞蹈表演组合，成名于20世纪中期；霍尼·科尔斯，非裔美国人，活跃于20世纪40—90年代的表演舞台；巴克与巴布尔斯，歌舞表演组合，其中约翰·巴布尔斯被誉为节奏踢踏舞之父。
3. 万达·科尔曼（1946—2013），非裔美国诗人，被称为“洛杉矶非官方桂冠诗人”，作品揭露了社会不平等现象，著有诗集《邪恶的沉迷》等，曾获艾美奖。
4. 这句话是动画角色兔八哥的口头禅。
5. 卡拉·沃克，生于1969年，非裔美国艺术家，探讨种族、性别、性、暴力、身份地位等敏感议题，以其黑色剪影作品而闻名。2007年入选《时代周刊》“影响世界的100位艺术家”。
6. 在《绿野仙踪》中，桃乐丝得到指点，黄砖路是从小人国到翡翠城寻求大魔术师奥兹帮助的必经之路。

二十一

1. 3月15日是恺撒大帝遇刺身亡的日子。
2. 拉拉扎（La Raza），旨在维护墨西哥裔美国人公民权利的运动。

3. 这句话的原文为西班牙语。
4. 约翰尼·优尼塔斯（1933—2002），美国职业橄榄球运动员、传奇的四分卫，主要效力于巴尔的摩小马队，曾三度当选美国职业橄榄球大联盟最有价值球员。

二十二

1. 托尼·柯蒂斯（1925—2010），美国演员，曾主演《热情似火》《斯巴达克斯》等经典影片，1958年凭借在《挣脱锁链》中的出色表演获得奥斯卡奖提名。
2. 尼克·诺特，生于1941年，美国演员，曾出演《悲欢岁月》《四十八小时》等，1992年凭借《潮浪王子》一片获金球奖并入围奥斯卡最佳男主角奖。
3. 伊桑·霍克，生于1970年，美国演员，曾出演《爱在黎明破晓时》《训练日》《爱在日落巴黎时》等。
4. 吉恩·怀尔德（1933—2016），美国演员、作家兼社会活动家，曾主演《雌雄大盗》《欢乐糖果屋》《新科学怪人》等，两次获得奥斯卡提名。
5. “纽”“约塔”“伽马”分别是N、I、Γ这三个希腊字母的读音。
6. 斯特平·费奇特（1902—1985），美国演员，被认为是第一位拥有成功电影事业的黑人演员，成名于20世纪30年代。
7. 这句话的原文为德语。
8. 马克斯·弗莱舍（1883—1972），波兰裔美国漫画家、发明家、电影导演和制片人。他把贝蒂娃娃、大力水手和超人等动画形象呈现于大银幕之上，并做出了多项技术创新。
9. “奶酪”一词的原文为西班牙语。

10. 雷摩叔叔，非裔美国作家乔尔·钱德勒·哈里斯创作的一系列儿童故事的主人公。杰基·罗宾森，美国第一位进入职业棒球大联盟的黑人球员，他于1947年上场比赛，被视为民权运动史上的标志性事件。
11. 底层和第二城市分别是来自洛杉矶和多伦多的剧团，以即兴和喜剧表演闻名。
12. 坦伯和邦斯，19世纪美国流行的白人黑脸秀中的著名角色，一个敲手鼓，一个打响板。
13. 兹普老黑，白人黑脸秀表演历史上的著名角色，用以嘲讽和贬低当时美国北方城市中衣着入时、受过教育的自由黑人。
14. 佩奥特掌，一种仙人掌，其提取物可以制作致幻剂。
15. 1865年标志着美国奴隶制的废除。美国宪法第十三修正案于1865年1月在国会通过，12月正式生效。

二十三

1. 这是对爱因斯坦质能方程式$E=MC^2$的戏谑改写，此处的Emcee可缩写为MC，在美国多指非裔占主流的说唱歌手。
2. 这里指的是贝拉克·奥巴马。
3. 原著为美国作家约翰·斯坦贝克的《人鼠之间》(*Of Mice and Men*)，此处为Of Rice and Yen，意为米円之间。
4. 陈查理，美国作家厄尔·德尔·比格斯笔下的华人探长。
5. 良知说唱(conscious rap)，又译良心说唱，是说唱音乐的一种流派，歌词注重积极向上。
6. 皮特·西格（1919—2014），美国民歌复兴运动的先驱，有“美国现代民歌之父”之称。他最出色的歌曲是《转！转！转！》《花儿都到哪儿去了？》等。

7.《青少年危险边缘》，美国的一档电视智力竞赛节目，第一名的奖金为七万五千美元。

8. 闭合（closure），在英语里也有“完结”“了结”之意。

9. 坎耶·韦斯特，生于1977年，美国知名说唱歌手、音乐制作人，获得21项格莱美奖，于2005年和2015年两次入选《时代周刊》“全球最具影响力100人”。

10. 杰斯（Jay-Z），生于1969年，美国知名说唱歌手、音乐制作人，获得22项格莱美奖，入选《公告牌》《滚石》“史上最伟大100位艺术家”，也是第一位入选歌曲创作名人堂的说唱歌手。他的歌曲《毕加索宝贝》中有这样的歌词："我要做些什么/要去哪里/你们全都看见/我是现代的毕加索/毕加索宝贝。"

绝对的黑人性

二十四

1. 红色军规（Code Red），一种潜规则式的上级默许士兵私下执行的惩戒行为。1992年的美国电影《好人寥寥》是一部军事法庭片，一名海军士兵死于红色军规，海军律师丹尼尔·卡菲试图揪出真凶，即下达红色军规的杰瑟普上校（杰克·尼科尔森饰演）。

2. "吸我那儿，混蛋"，原文为西班牙语。上文coño是西班牙语中骂人的脏话。

3. 里克·鲁宾，生于1963年，美国著名音乐制作人，挖掘和推广了一大批黑人嘻哈歌手和团体，被誉为重新定义了说唱乐的人。黑小子，应是指曾任《大西洋月刊》记者的塔那西斯·科茨。他的《在世界与我之间》《美丽的抗争》已由译林出版社出版。

4. 皮肤干裂（ashy skin）是指皮肤极度干燥，其症状在有色人种身上更为明显，例如黑人皮肤会因此呈灰色，ashy skin本义即为“灰色的皮肤”。
5. “藐视”一词的原文为法语。
6. 《找不同》，一种儿童益智游戏。将几样物品放在一起，让儿童找出其中一件与其他物品不同的物件，如三副眼镜和一个相框。
7. 索杰纳·特鲁斯（1797—1883），美国著名废奴主义者，曾为黑奴。莫姆斯·马布利（1894—1975），非裔美国脱口秀女演员。
8. 坐牛（Sitting Bull，1831—1890），印第安人拉科塔族的一名部落领袖。凯萨·查韦斯（1927—1993），美国劳工领袖、社区组织者和拉丁裔美国民权活动家。铃木一朗，生于1973年，日本棒球明星，曾效力于美国职业棒球大联盟西雅图水手、纽约洋基、迈阿密马林鱼等球队，连续十年入选美国全明星赛并获得金手套奖。
9. 唐纳德·高因斯（1936—1974），非裔美国都市小说家。切斯特·海姆斯（1909—1989），非裔美国侦探小说家，对冷硬派推理小说产生了深远影响。艾比·林肯（1930—2010），非裔美国爵士歌手、作曲家、演员、民权活动家。艾菲·伍达德，生于1952年，非裔美国演员、制片人，获艾美奖、金球奖等，曾出演《洛杉矶法律》《星际迷航》《绝望主妇》。
10. 这句话铭刻于美国联邦最高法院的门楣之上。

二十五

1. ESPN，美国一个二十四小时专门播放体育节目的有线电视联播网。

2. 这句话是小说《碧血金沙》中的名句，入选好莱坞百年百句经典。小说讲述的是19世纪20年代三个美国淘金客在墨西哥搜寻金矿的故事。
3. 罗斯拉格，一种濒危的短尾家养绵羊，起源于瑞典，目前基本上也仅见于瑞典。
4. 瓦拉莫迪格（Vara modig），瑞典语，意为“要勇敢”。
5. 阿曼达阿威胡（Amandla awethu），祖鲁语，意为“人民的力量”，在南非抵抗种族隔离的运动中曾作为集会口号。

二十六

1. 此处罗列的都是著名的白人喜剧演员。